orte-KRIMIreihe

Herausgegeben von Annemarie Bänziger

Jon Durschei

War's Mord auf der Meldegg?

Kriminalroman

orte-Verlag

Für Irene Bosshart, die fröhliche und manchmal gestresste Wirtin des "Kreuz" von Zelg-Wolfhalden. Mit Dank für Gastfreundschaft und Unterstützung bei dieser Arbeit.

Nach dem Erscheinen von "Mord über Waldstatt" wurde fälschlicherweise die Behauptung herumgeboten, es kämen Personen in diesem Roman vor, die in Waldstatt leben. Die Behauptung sei hiermit endgültig dementiert. Und ebenso sei festgehalten: Alle Personen des vorliegenden Buches sind erfunden. Allfällige Ähnlichkeiten mit lebenden Menschen sind zufällig und unbeabsichtigt. Nur die "Meldegg" gibt's wirklich; allerdings lebt und wirkt dort nicht das vom Autor beschriebene Ehepaar.

Jon Durschei

Postfach 2028, 8033 Zürich
und 9429 Zelg-Wolfhalden/AR

Satz: Irene Bosshart, Zelg
Layout: Hampi Witmer, Bauma
Umschlagfoto: Irene Bosshart, Zelg
Umschlaggestaltung: Heinrich Knapp, München
Printed in Germany
ISBN 3-85830-059-4

1

I

Ambrosius musste trotz seines rumpelnden Magens unwillkürlich lächeln: Da hatte er sich weiss Gott erneut "erwischen" lassen, war wiederum, etwas überspitzt gedacht, von ihm zuvor unbekannten Menschen bzw. von einer Frau aus dem Kloster gelockt worden.

Das ewig Weibliche, oh ja ...

Diesmal war er aber ohne jeden Vorbehalt froh über seinen Entschluss, die Einladung des wohl für die deutschsprachige Schweiz ziemlich untypischen Wirtepaars angenommen zu haben, hier auf der Meldegg, drei-, vierhundert Meter über dem weitgehend verbauten Rheintal, gut anderthalb Wochen zu verbringen, in der Kirche des Frauenklosters Grimmenstein täglich die Messe zu lesen und ansonsten mehr oder weniger intensiv an seiner Arbeit über die Aktualität Pascals in der heutigen Zeit zu schreiben.

Ambrosius spürte Freude.

Auch wenn es leicht verrückt war, schon wieder im Appenzellerland — diesmal mit Ausblick zum Rheintal und den Vorarlberger Alpen — einige Ferientage zu verbringen.

Der Mensch denkt und Gott lenkt eben; und in wenigen Minuten würde er sein kleines, sauber aufgeräumtes Zimmer, von dem aus er einen Zipfel des Bodensees sehen konnte, verlassen, die bei jedem Schritt knarrende Holztreppe hinuntergehn und dann ins — auf einem alten Holzschild — als "Wirtschafth" bezeichnete Restaurant treten, das in zwei kleinere, durch Holzstützen voneinander optisch getrennte Räume aufgeteilt war und Gemütlichkeit und Wärme ausstrahlte.

Ich habe klug entschieden, sagte er sich — und fand die Art doch recht eigenartig, wie er Sonja Hasler kennengelernt hatte.

Es war in einem Abteil des von Ambrosius gewählten Bahnwagens gewesen, zu Beginn der für ihn endlos langen Rückfahrt von Waldstatt zu seinem Disentiser Kloster.

Und er hatte die junge Frau angesprochen, nicht sie ihn.

Schuld daran war, Ambrosius erinnerte sich genau, Georges Bernanos' Roman "Tagebuch eines Landpfarrers", in dem die vielleicht 1,65 m grosse, schwarzhaarige, mit ihren kräftigen Nüstern an ein freundliches Fjord-Pony erinnernde Frau offensichtlich sehr vertieft las, eine Frau übrigens, die ohne das starke Brillengestell, das ihre Nase weitgehend verdeckte, noch hübscher ausgesehen hätte.

„Was, Sie lesen Bernanos?" hatte er sie gefragt, kaum war ihm, ein Zufall, keiner?, zu seinem Erstaunen klar geworden, welches Buch die Frau in ihren Händen hielt, worauf ein bis Zürich dauerndes Gespräch anfing.

Ambrosius lächelte wieder, in Erinnerung daran.

Ja, Bernanos sei eine Liebe von ihr, erfuhr er damals von Sonja Hasler; es fasziniere sie, wie dieser Dichter neben Männer- auch Frauen- und Mädchengestalten vor den Leser hinzustellen verstehe, da kenne ein Schriftsteller, und erst noch ein tief religiöser, die Frau, nicht nur den Mann, ob der "Herr Pater" das "Tagebuch eines Landpfarrers" gelesen hätte?

Er hatte.

Praktisch den ganzen Bernanos.

„Sicher", hatte er ihr bestätigt, „ich las den Roman, auf französisch und deutsch ... Und all die andern Romane ... Bernanos steigt wirklich ins Innere, holt die Qual und die Freude des Menschen ins Wort ..."

Dies ungefähr hatte er erwidert.

War's pathetisch gewesen, übertrieben?

Wie immer, die gute Frau Hasler war bis Zürich nicht mehr zum Lesen gekommen; und unter anderem hatte sie ihm verraten, dass sie gemeinsam mit ihrem Freund am äussersten Rand des Appenzeller Vorderlands ein kleines Hotel und Ausflugsrestaurant führe, es gehöre zur Gemeinde Walzenhausen, stehe direkt über einer Felswand, von der Gartenwirtschaft könne man zum Rheintal hinunterblicken, ihre Beiz* sei weit vom Dorf entfernt, eigentlich, was die Luftlinie anbelange, näher von St. Margrethen und Au als von Walzenhausen, und nur sie, die Wirte, dürften auf einem steilen und steinigen Waldweg mit dem Auto zur Meldegg hochfahren, so hiesse auch das Restaurant.

* Deutschschweizer Ausdruck für Wirtschaft, Gasthof

Sobald sie besser französisch könne, lese sie das Buch natürlich im Original, hatte sie weiter gemeint, im Moment traue sie sich das nicht zu, sie belege aber einen Fernkurs, besonders wegen der Romane und Schriften von Bernanos ...

„Wissen Sie, ich habe nie ein Gymnasium besucht, mir fehlt im Grunde genommen das Wissen, mich mit solchen Büchern zu beschäftigen ...“

Das war lächerlich: Die Frau, die jetzt unten im Restaurant Gäste bediente oder in der in den Felsen gehauenen Küche das Abendessen vorbereitete, glaubte, sie sei zu ungebildet, um Bernanos zu lesen oder über Philosophie zu reden.

Dabei hatte Ambrosius schon vor der Ankunft auf der Meldegg erkannt, wie klug, wie geistig offen diese Frau war; und während der Fahrt nach Zürich war ihm überdies aufgefallen, dass Frau Hasler stets sorgfältig nach Worten suchte, sich immer wieder korrigierte und gar entschuldigte, wenn sie dachte, sie hätte eine ungeschickte Formulierung gebraucht, ohne zu ahnen, wie sehr mancher akademischer Wichtigtuer ihr auch auf intellektuellem Gebiet nicht das Wasser zu reichen vermochte.

Wärme hatte die wohl im besten Sinne bescheidene Frau auf Ambrosius ausgestrahlt, Herzlichkeit; genau das, was er sich von einem weiblichen Menschen wünschte, nach den Tagen mit Adelheid Berger* und all dem Schlimmen, was auf der Geisshalden passiert war.

Noch jetzt konnte er sein damaliges Glücksgefühl nachvollziehen.

Da stieg er in Gossau, nachdem er sich auf dem Perron von den Rehsteiners und deren beiden Lausbuben verabschiedet hatte, in den Intercity München-Zürich, litt zuerst, weil ein älterer, unheimlich dicker Mann neben ihm unentwegt an seinem Stumpen sog, auf den Knien die nach Ambrosius' Ansicht allerdümmste Zeitung der Schweiz, den "Schrei", durchblätterte und innerlich vor Geilheit und Verlangen zu grunzen schien, wenn er auf einen nackten Frauenkörper starren konnte, der wie x andere dazu beitragen sollte, die Auflagezahl des Boulevardblattes zu halten oder gar zu steigern.

---

* sh "Mord über Waldstatt" von Jon Durschei

Und dazu hockte eine deutsche Seniorin gegenüber, die pausenlos Mandarinen schälte und das Abteil mit dem Duft der Ambrosius nicht gerade sympathischen Früchte erfüllte.

Und dann, als Frau Hasler in Wil zugestiegen war und die beiden andern den Zug verlassen hatten, veränderte sich einiges.

Seltsam, jedoch wahr: Auf einmal war jede Zurückhaltung von ihm abgefallen; und so sehr er sonst Privates verschwieg, dieser ihm doch fremden Frau bekannte er, dass er im Appenzellerland Ruhe gesucht hätte, aber unverhofft in einen Mordfall geraten sei, der ihn, auch als Priester, einmal mehr an den Menschen, an das Gute in ihnen, zweifeln liess.

Warum hatte er Sonja Hasler dies erzählt und sie, bevor er in Zürich in den Zug nach Chur umstieg, gar noch gebeten, ihm die genaue Adresse von der "Meldegg" zu geben, vielleicht tauche er einmal bei ihr und ihrem Freund auf; dort direkt über dem Rheintal sei er bisher nie gewesen, dabei wohne er doch am Vorderrhein, dessen Wasser in den Bodensee fliesse?

Warum dieses Vertrauen, die Selbstverständlichkeit, einer bisher Unbekannten seine jüngsten Erlebnisse nicht vorzuenthalten?

Und wieso hatte er seine übliche Reserve überhaupt aufgegeben, sein Verlangen, nie Privates, Erlittenes andern mitzuteilen?

Wieso?

Was es letztlich gewesen sein mochte (weibliche Wärme schätzte Ambrosius seit je), es kam anders heraus, als er beim etwas abrupten Abschied von der nach Bern zu ihren Eltern weiterfahrenden Frau gedacht hatte.

Sehr anders.

Nicht er entschloss sich, Sonja Hasler einen Brief zu schreiben, um ihr mitzuteilen, er käme für einige Tage auf die Meldegg, er wolle das Kloster Grimmenstein besuchen und für eine Woche oder so bei ihnen ein Zimmer mieten.

Nein, Frau Hasler schrieb ihm.

Schon drei oder vier Tage nach seiner Rückkehr hatte er einen Brief von der jungen Frau bekommen, in welchem sie ausführte, die kurze Begegnung mit ihm hätte sie sehr gefreut, sie habe Franz, ihrem Lebensgefährten, davon berichtet und er habe spontan vorgeschlagen, Pater Ambrosius gemeinsam auf die Meldegg einzuladen; wenn er, der "Herr Pater", dies nicht ohne Gegenleistung wolle, könne er ja ab und zu einen Halben spendieren, ihr Freund sei einem guten Tropfen nicht abgeneigt, auch deswegen, aber um Himmels willen nicht allein deswegen, habe er über Jahre davon geträumt, mit ihr ein kleineres, abgelegenes Hotel oder eine entsprechende Wirtschaft zu übernehmen; er, Franz, sei früher Primarlehrer in Zürich gewesen und wolle sich wie sie im Appenzeller Vorderland vom ewigen Baulärm, den Abgasen und der Hektik der grössten Schweizer Stadt erholen.

Klar, dass Ambrosius zurückschrieb — worauf neue Briefe von Frau Hasler folgten, in denen sie ihm offenbarte, dass Dichter wie Bernanos oder Hölderlin ihre Kindheit erhellt hätten und dass sie eigentlich erst jetzt glücklich sei, seit sie mit Franz zusammenlebe, der wie sie aus einer Bauernfamilie komme; die Wirtschaft und die paar Gästezimmer brächten zwar nicht viel ein, die Einheimischen würden ihnen, den fremden Fötzeln*, zum Teil mit Skepsis begegnen, sei doch die "Meldegg" während dreier Generationen im Besitz derselben Familie gewesen, einer Familie Züst; nun, zum Leben reichten die gegenwärtigen Einnahmen alleweil, und falls Pater Ambrosius, was sie hoffe, die Einladung annähme, könnte er mit ihr oder mit Franz gar hin und wieder durch die herrliche Gegend über dem Bodensee reiten, sie besässen zwei Haflinger und einen Esel, die sie unterhalb der Meldegg in einem Offenstall hielten.

Dieser Aussicht konnte Ambrosius nicht widerstehen.

Über dreissig Jahre war's her, seit er, in Melnik, dem für immer verlorenen, auf dem Rücken eines Pferdes gesessen war, es geniessend, an Reben vorbei und durch Wälder zu gleiten und zu hoffen — eine Hoffnung wider die Hoffnung — , dass das dicke Pferd des Bäckers Czernik, es hiess Plaska, er hatte es Beppino genannt, mal ihm gehöre.

Morgen, jaja, würde er, sofern das Wetter besser wurde, sich zum erstenmal wieder auf ein Pferd wagen (es ist doch eher ein Pony als ein Pferd, alter Wichtigtuer!) und zusammen mit Franz Unternährer, den er bei der Begrüssung im Bahnhof von St.Margrethen sofort gemocht hatte, eine Landschaft erkunden, die ihm

* deutschschweiz. für Lump, Taugenichts

auf der Autofahrt vom Bahnhof hinauf zur Meldegg trotz etlicher neuer Ferienhäuser sehr angesprochen hatte; nicht zuletzt auch, weil es Franz Unternährer verstand, die Umgebung lebhaft zu schildern und zu loben.

Es war wirklich eine Landschaft, die man lieben musste: Weich, harmonisch, hügelig — und mit einer Sicht zum Bodensee hinunter und, wie er wenigstens glaubte, ins Montafon hinein, wie er sie in seiner Zelle in Disentis nie erträumt hatte.

Er freute sich auf den Ritt und dachte nicht an seinen armen Rücken und die in letzter Zeit recht steif gewordenen Gelenke.

Wozu!

Der Ritt würde ausfallen, wie er ausfallen würde.

Und auch aufs Abendessen unten in der Wirtschaft freute er sich.

Es gebe heute Gigot-Steaks mit Bohnen und Reis, ob er das möge?

Er mochte es und hatte dies Frau Hasler, die er insgeheim bereits Sonja nannte, sofort gesagt.

„Sie können mit uns im Wirtezimmer essen, wenn Sie wollen", hatte sie in ihrem unverkennbaren Bärndütsch vorgeschlagen, „es sei, Sie ziehen es vor, sich in der Wirtschaft unter die paar zufälligen Gäste zu mischen, meist geht es recht lebhaft zu und her, vor allem am Stammtisch ..."

Ambrosius wollte sich nicht unter die Stammgäste mischen, wenigstens nicht während des Essens.

Er hatte Lust, die beiden "Hoteliers" näher kennenzulernen und ihren gemeinsamen Freund oder Kollegen Richard Hermann, der — sofern er richtig gehört hatte — in Zürich als Buchhändler arbeitete, in seiner Freizeit unter einem Pseudonym Science-Fictionromane schrieb und sie dann im Eigenverlag veröffentlichte, also vermutlich wieder einer dieser Hobbykünstler war, denen Ambrosius nach den Erfahrungen der vergangenen Jahre am liebsten auswich.

Er urteile halt immer noch zu rasch, kritisierte er seine Voreiligkeit, er habe ja den jungen Mann bis jetzt nicht gesehen, besser sei schon, für ein paar Minuten auf den Holzboden zu knien und für Verstorbene wie Gabi oder den Schreiner Buff zu beten, sie bräuchten es, dass lebende Menschen an sie dachten.

Ambrosius überlegte nicht lang.

Er beugte seine Knie, nicht ohne vorher nochmals mit den Augen das erstaunlich helle Zimmer abzutasten, in dem er nun für zehn, zwölf Tage leben würde. Die alten Möbel, die sachliche Einrichtung, die zwei Poster mit irländischen Landschaften, eine an Chagall gemahnende Zeichnung, die vier Fensterchen — zwei Richtung Wald und den kaum zu erkennenden See, zwei gegen das Rheintal zu — gefielen ihm; hier, in diesem burgähnlichen, wie aus dem Felsen gewachsenen Flachdachhaus konnte er atmen — und selbst das Rauschen der Rheintaler Autobahn, das bis ins Zimmer drang, wenn er eines der Fenster auch nur für einen Spalt öffnete, bedrängte ihn nicht.

Es kündete von der heutigen Zeit, in der Menschen hierherum ebenfalls lebten, entweder unten im verbauten, zu einer einzigen Industriestadt verkommenen Tal oder oben auf der von erstaunlich hohen Bäumen, Föhren, Rottannen, Eichen, bewachsenen Felskuppe, die, wie er gesehen hatte, nicht aus Kalk, sondern aus Sandstein bestand.

Ja, Ambrosius durfte sich fast einen Glückspilz nennen. Auch auf der Meldegg hatte er, wenn er so wollte, eine Zelle, konnte in aller Ruhe arbeiten und meditieren, kaum zwei Kilometer vom wunderschönen, leider vom Strassenverkehr etwas eingeschnürten Kloster Grimmenstein entfernt, in dem er morgen — Frau Hasler hatte alles für ihn arrangiert — die Messe lesen würde.

Er war, was er nicht voraussehen konnte, sehr froh, am äussersten Rand des Appenzeller Vorderlandes zu sein und empfand Vorfreude, morgen oder übermorgen, sobald der gegenwärtig graue Himmel durch einen blauen ersetzt wurde, in der langen, schmalen, direkt über der steil abstürzenden Felswand angelegten Gartenwirtschaft zu sitzen, die ihn nicht allein wegen der Pergola unwillkürlich an ein Grotto im Tessin erinnerte, an ein Grotto freilich, das er bis heute während seiner kurzen Abstecher in die südliche Schweiz umsonst gesucht hatte.

Es war doch bedeutungslos, dass im Moment die Sonne nicht schien und es eher nach Herbst als nach Frühsommer roch, dass sein Magen wegen der vier oder fünf Gläser des süffigen Château de Lully rumpelte, die ihm beim Empfang auf der Meldegg von Sonja Hasler und Franz Unternährer aufgedrängt worden waren und die sich im Gedärme (oder wo immer) mit dem im Speisewagen zwischen Chur und St. Margrethen getrunkenen Riesling-Sylvaner eindeutig nicht vertrugen — bei einem notorischen Rotweintrinker, wie er einer war, kein Wunder.

Das war unwichtig, ganz und gar.

Wie die zahlreichen Sektenheinis und Bibelleser und -leserinnen, die, nicht gerade zur Erbauung von Franz Unternährer, offenbar halb Walzenhausen beherrschten und dem neuen "Meldegg"-Wirt mit ihrem frömmlerischen Getue schlecht in den Kram passten.

Er sei früher in jeder Hinsicht katholisch gewesen, hatte er dem Pater in der Wirtsstube erklärt, dann habe er sich, im Gegensatz zu Sonja, in einem jahrelangen Kampf von der Kirche etwas gelöst, auch wenn er gelegentlich noch zur Beichte gehe. Trotz aller Toleranz, zu der er heute fähig sei, finde er's entsetzlich, dass junge Menschen in die Arme von Predigern und Erlösungsbewegungen flüchteten; da schätze er — er hatte sie, wie er dies sagte, liebevoll angeschaut — die unkomplizierte Katholizität seiner Freundin, das andere wäre Mist, verlogenes Gesäusel, um verunsicherten oder einsamen Leuten das letzte Geld aus den Taschen zu ziehen.

Im Moment spielten diese Äusserungen für Ambrosius keine Rolle, zumal Franz Unternährer, der aus einer Entlebucher Bauernfamilie stammte (den Ortsnamen hatte Ambrosius vergessen) und dessen bäuerische Herkunft schon sein rundes gutes Gesicht verriet, in keiner Weise verbittert wirkte, als er vorhin über die in Walzenhausen ansässigen Sekten herzog.

Ambrosius hatte Grund zu danken.

Die Tage auf der Meldegg versprachen allerhand; sogar Geschichtsträchtiges — und ein geschichtlicher Mensch war er doch, oder? — dürfte ihm begegnen; Franz Unternährer hatte ja darauf hingewiesen, dass das Kloster Grimmenstein zu Appenzell Innerrhoden gehöre, also eine eigentliche Enklave im Ausserrhodischen* sei, und dass im Verlauf des zweiten Weltkrieges General Guisan, begleitet von höchsten Schweizer Offizieren, von der Gartenwirtschaft der "Meldegg" mit einem Feldstecher nach Bregenz und ins dritte Reich hinübergeblickt habe, wäre doch ein Einmarsch in die Schweiz vom Rheintal her damals durchaus denkbar gewesen.

Das war (zum Glück) längst zur Annahme von Historikern geworden.

Darüber gab's keine Gedanken zu verlieren.

Nicht einen.

Anderes war jetzt wichtiger.

Darum schüttelte Ambrosius alles für ihn Bedeutungslose ab und begann endlich zu beten.

II

Mein Gott, was für einen Abend hatte er erlebt, zuerst unten im Ess- oder im Wohnzimmer des Wirtepaares, das ihm immer lieber wurde, und dann am Stammtisch mit drei Einheimischen und drei derzeitigen Pensionären, mit der frechen Béatrice Weber aus Bern, dem Möchtegern-Zukunftsromanschreiber und mit Yves Wenzel, einem weiteren Gast aus Zürich, der tagsüber laut Sonja Hasler stundenlang oben im Säli auf dem alten Piano spielte und gewissermassen, wie Ambrosius von Sonja Hasler erfahren hatte, inkognito auf der Meldegg lebte.

---

* Die Bevölkerung von Appenzell Ausserrhoden ist in ihrer Mehrheit protestantisch, indessen jene von Innerrhoden auch während den Wirren der Reformation dem Katholizismus die Treue hielt.

Herr Wenzel habe sich, vertraute ihm Frau Hasler an, von seiner Familie, einer sehr bürgerlichen und renommierten dem Anschein nach, abgesetzt, sei — in der Schweiz beinah ein Kunststück — nirgends angemeldet, bezahle aber problemlos wöchentlich die von ihr ausgestellte Rechnung; irgendwie bewundere sie den fast sechzigjährigen Mann, in diesem Alter ein florierendes Geschäft oder Büro und das ganze soziale Umfeld von einem Tag zum andern aufzugeben und neu anzufangen.

Dies erfordere viel Mut, sie hätte ihn nie und nimmer; übrigens spiele er nicht nur Klavier, er schreibe auch an einem Buch, dessen Thema sie nicht kenne. Keiner der sonstigen Gäste, Richard Hermann eingeschlossen, wüsste um die Situation von Yves Wenzel, sie bitte daher Ambrosius, Diskretion zu wahren, sie selber kriegten mit der Gemeinde und der kantonalen Verwaltung enorme Schwierigkeiten, erführe man im Dorf von Yves Wenzels unangemeldeter Existenz auf der Meldegg; und Wenzel, das sei so sicher wie das Amen in der Kirche, würde in diesem Fall augenblicklich fliehen, in ein anderes Hotel oder eine Pension, wo ihm ein Klavier oder Flügel zur Verfügung stünde.

Ambrosius, vor dem von seinen Büchern und Heften noch verschonten Tisch, musste das Lachen verbeissen: Wie das Amen in der Kirche!

Frau Hasler durfte beruhigt sein: Er würde schweigen.

Ganz klar.

Schon weil er den massigen, grossgewachsenen, stets leicht gebückt gehenden Mann mit seinen wenigen Haarsträhnen und der für Ambrosius' Geschmack allzu monströsen Hornbrille mochte, den Stil, wie er — voller Charme und Herzlichkeit — mit den andern Gästen umging und ihn, Ambrosius, nach der gegenseitigen Vorstellung gleich in ein Gespräch über gregorianische Choräle verwickelt hatte, soweit dies an einem Stammtisch überhaupt möglich war.

Eindeutig, der Mann faszinierte ihn.

Und auch die drei männlichen Stammgäste, die praktisch Abend für Abend und, stellte er auf Franz Unternährer ab, oft schon den ganzen Nachmittag in der "Meldegg" verbrachten, interessierten den Pater.

Da war dieser schreckliche, zahnlose, etwa siebzig Jahre alte Köbi, ein Dibidäbi*, wie er im Buch stand, der praktisch jede echte Unterhaltung am runden Holztisch erstickte (es war ein ähnlicher Tisch wie im geliebten "Cumin", uralt, von Furchen und Rissen durchzogen), weil er's schlicht nicht ertrug, sobald andere Gäste zu zweit oder zu dritt miteinander sprachen, ohne das für sein Alter bereits extrem verschrumpelte und wohl auch geistig verkalkte Ex-Bäuerlein einzubeziehen.

Ambrosius hatte so etwas noch nie erlebt.

Und anfänglich war er erschreckt aufgefahren, wenn Köbi, der alle ungeniert duzte, mit seinem lauten, giftigen, in einer Minute zehn- oder zwöfmal zu hörenden „Hä!" wieder jemanden am Stammtisch niederschrie, der eine andere Meinung als seine vertrat oder es wagte, ihn nicht zu beachten, und sei's nur, weil er nicht begriff, was Köbi — wie hiess er sonst noch? — mit seinem zahnlosen Mund da an Weltwichtigem mitzuteilen hatte, zudem in einem Dialekt, dem sogenannten Kurzenberger Dialekt*, den nur noch eine Handvoll Greise in Walzenhausen und Umgebung reden und verstehen können.

Wie Gewehrschüsse hagelten dann die „Hä!" auf den so Gemassregelten ein, meist begleitet von einem heftigen Faustschlag auf die Tischplatte, den man diesem schmächtigen Kerlchen gar nicht zugetraute hätte und der jeweils Gläser und Flaschen regelrecht zum Zittern brachte.

Ein komisches, närrisches Männlein, das mit Hilfe seines krummen Spazierstockes jeden Tag vom unterhalb der Meldegg gelegenen Weiler Leuchen zur Wirtschaft hinauf humpelt und, wie Ambrosius seit einer halben Stunde wusste, auf dem Heimweg schon mehrfach in der Dunkelheit mitten im Wald betrunken umgefallen war — jedoch bislang immer, beschützt von seinem Schutzengel, den Weg zur Schlummermutter gefunden hatte, einem gewissen Marili Züst, die Köbi jeweils Anzüge und Unterwäsche wusch und bügelte und ihn umsorgte, als wäre er ihr eigener, vor Jahren nach einem Autounfall verstorbener und mit Köbi einst eng befreundeter Mann.

---

* halb bösartiger, halb liebevoller Ausdruck vieler Schweizer für Appenzeller

* Ein Schriftsteller, Peter Eggenberger von Zelg-Wolfhalden, versucht, diesen Dialekt zu retten.

Närrisch, das alles!

Und dann gab's den hochaufgeschossenen, mit 55 bereits völlig ergrauten, sich wegen der geringsten Lappalie erregenden und dann wie ein geplagtes Kind stotternden Kari Eugster. Noch gnaden- und rücksichtsloser als Köbi drangsalierte er seine Umwelt mit unendlichen Monologen; er schien, und immer wieder war er darauf zurückgekommen, nur ein Thema zu kennen, am soeben vergangenen Abend zumindest: die essbaren Pilze, die man auch nach der Katastrophe von Tschernobyl in den Wäldern und Schluchten von Walzenhausen, Lachen, Wolfhalden, Büriswilen und Oberegg (Dorfnamen, die Ambrosius geblieben waren) findet. Nie im Leben hätte Eugster aber deren mögliche Standorte, dies hatte Frau Hasler Ambrosius zugeflüstert, einem Anwesenden verraten, befürchtete er doch, einer von ihnen könnte im Herbst seine Angaben benutzen und ihm die Pilze wegpflücken, die er Jahr für Jahr für den Eigenbedarf sucht, oft tagelang mit leeren und halbvollen Körben und Jutesäcken unterwegs.

Eine schäbige Figur letztlich; doch so geworden, weil Eugster — wieder übernahm Ambrosius Aussagen von Franz Unternährer — zu Hause von seiner energischen Frau in die Rolle des Pantoffelhelden gezwängt wurde und nachts nie zu ihr ins Bett schlüpfen durfte; auch darüber habe er zum Leidwesen mancher Gäste und von ihm selbst, dem Wirt, schon ganze Abende lang lamentiert.

Nur einer der drei in relativer Nähe wohnenden Männer gefiel Ambrosius; und der war ausgerechnet kein Appenzeller, sondern ein Norddeutscher, vor gut dreissig Jahren aus Hannover in die Schweiz gekommen, ohne je seine Hochsprache zu verlieren.

In Anlehnung an den amerikanischen Westernschauspieler John Wayne nannte er sich einfach John (er hatte Ambrosius auch gesagt, er heisse John), arbeitete unten in Au in einer grossen, dreihundert Personen beschäftigenden Drahtweberei als Webmeister, bewohnte nicht unweit von der Meldegg, im Bauerngasthof "Sternen" von Büriswilen, zwei Zimmer samt winziger Küche und tat so, als würde er ausschliesslich von "Schützengarten"-Bier und "Kafifertigs" leben, die er stets mit drei Zucker und ohne Rahm haben wollte.

So oder anders, angenehm war's in Gegenwart der Wirtsleute und deren Gäste gewesen, für Augenblicke war in Ambrosius gar ein Gefühl des Aufgehobenseins aufgekommen.

Daran vermochte auch das rechthaberische und wahrscheinlich ganz im linken Spektrum angesiedelte Berner Frauenzimmer nichts zu ändern, das ihn wegen seiner Soutane bald mal auf die Schippe nahm.

„He, Herr Pater, glauben Sie an Gott?"

Sie war angetrunken, wenn nicht betrunken, als sie ihm von einem der Nebentische aus unverhofft die provokativ gemeinte Frage stellte, angekurbelt vom Gewürztraminer, der vor ihr stand und den Ambrosius — ehrlich gesagt — im Appenzeller Vorderland kaum auf einer Weinkarte erwartet hatte.

„Ja, ich glaube an die Existenz Gottes, meine Dame", hatte er ohne langes Überlegen auf die ihm keineswegs fremde Frage geantwortet, hierauf der jüngeren, schwarzhaarigen, elegant gekleideten und nicht übel aussehenden Frau sein mit Monsteiner gefülltes Glas zugeprostet und für seine sonstige Zurückhaltung kühn hinzugefügt, es mache ihm nichts aus, dass sie selber vermutlich nicht zu den Gläubigen gehöre, jeder habe das Recht, seinen eigenen Lebensstil zu leben, solange er diesen andern nicht aufzwinge, das gelte für sie wie für ihn ...

Das hatte gegen alle Hoffnung genutzt, zumal Franz Unternährer, er amtierte zu diesem Zeitpunkt hinter der für die alte Wirtschaft fast zu neumodischen Theke und zapfte eben ein Bier für Köbi ab, sich sofort einschaltete und, lausbübisch übers ganze Gesicht grinsend, zu Frau Weber meinte, er wolle doch keinen Streit in seinem Restaurant, draussen im Freien sei für Dispute Platz, der Regen kühle vielleicht die Dame ab, oder?

Besser, gelöster hätte der ehemalige Lehrer kaum reagieren und damit, wie man so gemeinhin sagt, die Spannung aus dem Raum nehmen können.

Frau Béatrice Weber, seit drei Tagen aus unerfindlichen Gründen ebenfalls Gast auf der Meldegg, musste daraufhin ebenfalls lachen und nahm später, aufgefordert von Yves Wenzel (bzw. dessem Charme), am Stammtisch Platz, worauf sie sich, gegen

Mitternacht mit lallender Zunge, mehrfach mit Stammgästen anlegte, den Pater aber — zu Ambrosius' Verblüffung — nicht mehr angriff.

Wirklich, ein schöner, lebhafter Abend war es gewesen.

Mal hatten sie auf Hochdeutsch, dann wieder in Mundart diskutiert, wobei man meist, von den Pilzen abgesehen, über die Appenzeller und übers Frauenstimmrecht* und einmal auch über deren Käse sprach, den der Selbstverleger und Science-Fiction-Autor aus Zürich schlicht zu räs fand, obwohl es längst einen Appenzellerkäse von milderer Qualität gebe, wie Frau Hasler dem eher farblosen Zürcher beizubringen versuchte, der — Ambrosius begriff es nicht ganz — mit ihr und ihrem Freund eine bereits langjährige Freundschaft zu pflegen schien.

Nein, das ist ein famoser Käse, dachte Ambrosius, rückte seine Brille zurecht, öffnete eines der Fensterchen, vernahm erneut die fernen Geräusche von der Autobahn und sah dennoch entspannt aufs Lichtermeer, das von den Bewohnern von Bregenz verursacht wurde.

Er selber war nie in Bregenz gewesen, wusste nur, dass Kafka mal in einer Erzählung geschrieben hatte, Hilfe komme vielleicht aus Bregenz, und dass viele Schweizer Männer dort unten Sextourismus betrieben.

Käufliche Frauen sind wohl billiger in Bregenz als in St.Gallen, dachte er, verbat sich aber, Männer zu verurteilen, die für ihre geschlechtlichen Freuden Geld bezahlen.

Es gab ja nicht nur die Sünde des Fleisches, es gab auch die Sünde des Hochmuts und der Selbstgerechtigkeit. Und dass sein Körper selten unter sexuellen Bedürfnissen litt, war nicht unbedingt sein Verdienst. Er hatte dafür andere Laster, den Wein zum Beispiel, seine Zigarren und Stumpen, die er freilich im Kloster seit Jahren nie mehr rauchte, weil seine Mitbrüder und Mitpatres für Einnebelungsaktionen, wie der Abt das Rauchen nannte, kaum Verständnis aufgebracht hätten; ganz anders als die beiden Wir-

---

* Die Männer von Ausserrhoden haben es in einer umstrittenen Landsgemeinde selber eingeführt, den Innerrhodern hingegen wurde es, weil sie den Frauen kein Stimmrecht zubilligen wollten, vom Bund aufgezwungen.

tinnen im "Cumin“, die immer mehrere Päckchen Nazionale und neuerdings auch, weil sie weniger stark waren, Kiels für ihn vorrätig hatten ...

Ambrosius blickte zu den fernen Lichtern hinunter und beneidete, mein Gott, was für ein Dummkopf war er doch!, ein wenig die Nonnen, die keinen Kilometer von der Meldegg entfernt im Kloster Grimmenstein wohnen und beten durften (was für ein Name, wie aus einem historischen Roman entsprungen!), in einer Landschaft, die er als bedeutend harmonischer, ausgeglichener als das enge, von mächtigen Bergen schier erdrückte Tavetsch empfand.

Morgen würde er das Kloster und dessen Kirche von innen kennenlernen.

Eine erfreuliche Perspektive, zusammen mit dem vereinbarten Ausritt.

Auch, dass er zwanzig oder dreissig Minuten zu Fuss gehen musste, um das Kloster und dessen Kirche zu erreichen, auf einem Wanderweg zuerst und dann entlang einer Strasse, wenn Frau Hasler die Route richtig beschrieben oder er, diese Gefahr war grösser, ihre Ausführungen voll begriffen hatte. „Nach der Wirtschaft geht's gleich das Wäldchen hinauf, Herr Pater, dann auf einem Trampelpfad durch Wiesen bis zum Hotel 'Linde‘, das heute als Disco für Jugoslawen geführt wird, nachher müssen Sie Richtung Walzenhausen, und auf einmal sehen Sie das Kloster unter Ihnen ...“

Nein, hinchauffieren, wie die beiden mehrmals vorgeschlagen hatten, liess er sich auf keinen Fall, unbekümmert darum, ob es morgen in der Früh regnen oder ob die Sonne scheinen würde. Zu sehr genoss er es, allein durch die Natur zu wandern und in aller Stille das Messopfer vorzubereiten. Das war eines seiner weiteren Laster, wenn man wollte: Sein Hang zum Alleinsein, zum Sinnieren beim Gehen, zum Sich-Öffnen gegenüber allem, was dem Innern entsprach und dieses bereicherte, wie von selbst ...

Ja, es war schön auf der Meldegg, bei Sonja Hasler und Franz Unternährer! Sie räumten wahrscheinlich noch immer die Wirtschaft auf und sehnten sich bestimmt mehr nach dem Bett und dem Schlaf als er ...

Sehr schön war es hier.

Nur, in der Nähe dieser Béatrice aus Bern wollte er, wenn immer die Möglichkeit bestand, morgen nicht abhocken. Eine für ihn 'ungute Ausstrahlung ging von der Frau aus, etwas Arrogantes und Leidendes zugleich. Viel Schmerz musste sie im Verlauf des bisherigen Lebens aufgesogen und in ihrer Seele — Ambrosius fand kein zutreffenderes Wort — deponiert haben. Auf den ersten Blick hatte er's bemerkt. Ein ganz klein wenig kannte er die Menschen, ein ganz klein wenig ...

Doch so sehr er befähigt war (ein Verhängnis fast, nicht ein begrüssenswertes Talent), fremdes Leid wahrzunehmen und es sozusagen, nahezu immer gegen seinen Willen, zum eigenen zu verwandeln, um dann oft über Stunden hin ins Gebet zu versinken, ins Gebet für diesen einzelnen Menschen — im Falle der Bernerin Béatrice Weber standen alle Signale auf rot.

Und, wenn je etwas, in den letzten Wochen und Monaten hatte er, als alter Knacker gewissermassen, endlich gelernt: Wer solche Warnungen nicht ernstnimmt, bezahlt später dafür. Das wollte er sich ersparen. Der Aufenthalt auf der Meldegg sollte rundum zu einem glücklichen werden.

Und manches deutete darauf hin, dass sein Wunsch kein frommer bleiben würde.

Denn abgesehen davon, dass ihm die Landschaft entgegenkam, die mächtigen, knorrigen Bäume rund um die Meldegg, die schmale, von Reben und andern Pflanzen überwachsene Terrasse vor dem Haus (es musste eine wahre Lust sein, vor einem der roten Gartentische zu sitzen und eine Nazionale zu rauchen), — er mochte auch die beiden Gastgeber, konnte sich keinen charmanteren, freundlicheren und geistreicheren Mann als Yves Wenzel vorstellen und spürte überdies, dass auch mit John, dem biertrinkenden Webmeister, Gespräche drin waren, Gespräche, die nichts mit dem allgemeinen Wirtschaftsgewäsch zu tun hatten, wie er's aus früheren Zeiten kannte.

Und vielleicht, wer weiss, lernte er in den nächsten Tagen auch die offenbar bildschöne und geheimnisvolle Berner Oberländerin kennen, die — Sonja Hasler hatte sie mit leuchtenden Augen geschildert — bereits mehrmals Yves Wenzel ein Wochenende lang besucht und mit ihm im Sälchen, genau unter dem Zimmer von Ambrosius, stundenlang Beethoven, Chopin, Schumann und neuere Komponisten, Bartok, Janácek, auch Stockhausen, gespielt hatte, zur grossen Freude von Sonja Hasler, die klassische Musik weit mehr (ihre Worte, nicht die Worte von Ambrosius) als das von ihrem Freund bevorzugte "Popzeugs" liebte und darum gern die eine oder andere Stunde "opferte", um dem nach ihren Worten sehr einfühlsamen Spiel der beiden zuzuhören und zwischendurch von Yves Wenzel von neuem gelobt zu werden, weil das alte Klavier, ein Erbstück einer ihrer vielen Tanten, so hervorragend gestimmt sei.

Ambrosius war, warum es leugnen, neugierig auf die dritte Bernerin im Bund; möglicherweise würde sie am kommenden Wochenende mit ihrem Freund und Geliebten im benachbarten Zimmer schlafen.

Weniger bis gar keine Lust hatte er hingegen, mit den zwei aus seiner Sicht gelinde ausgedrückt komischen Postbeamten aus Zürich näher bekannt zu werden.

Sie waren ihm sofort aufgefallen, als er nach dem kräftigen und doch exzellenten Nachtessen vom Esszimmer seiner Gastgeber zusammen mit dem schreibenden Buchhändler ins Restaurant hinüberging, das früher noch heimeliger gewesen sein musste, hatten doch die Vorgänger des heutigen Wirtepaares, eben die letzten aus der Züst-Dynastie, Wände herausgerupft (der Ausdruck Franz Unternährers), ein Buffet eingebaut und gegen das Rheintal hin grosse Aussichtsfenster ins zuvor von braunem Holztäfer verkleidete Mauerwerk eingesetzt, was die neuen Wirte, Aussicht hin oder her, ein wenig bedauerten.

Nein, die Pöstler* wollte Ambrosius nicht kennenlernen.

Er dachte aber, allen Vorsätzen zum Trotz, schon darüber nach, warum die zwei in der "Meldegg" gemeinsame Ferien verbrachten und den ganzen Abend lang wie ein turtelndes Liebespaar allein und vor der ewig gleichen Rotweinflasche an einem der Ecktische gesessen waren, der eine, eher klein, rundlich und mit Glatzenansatz, wohl in Bälde im Pensionsalter, der andere, für Ambrosius

* schweiz. für Postbeamte, Postangestellte

ein Durchschnittstyp wie er ihn aus Fernsehsendungen kannte, an die dreissig Jahre jünger.

Waren es zwei Homosexuelle, zwei Schwuchteln, wie John (Wayne, jaja!) die beiden spöttisch etikettierte, und wollten sie deshalb keinen Kontakt zu den übrigen Gästen?

Ambrosius schalt sich aus, weil er, längst war Mitternacht vorüber, so spät noch Zeit verschwendete, über eine derart müssige, nichts einbringende Frage nachzudenken. Er war doch nicht heute mit der Bahn nach St. Margrethen gefahren, um im Appenzeller Vorderland das Privatleben anderer Menschen zu bespitzeln und die Tatsache, dass es homosexuelle Menschen gab, als negativ oder was immer zu bewerten. Das war nicht erlaubt. Erholen wollte er sich, ausruhen, gelegentlich meditieren, an seinem Aufsatz schreiben, Pascal, Thomas und "Matto regiert" von Friedrich Glauser lesen und, warum nicht?, gut essen und trinken, im Kreise von Leuten, die ihn als Mensch und nicht als Respektperson, nicht als Pater behandelten und ihn kommentarlos allein liessen, wenn er das Bedürfnis danach hatte.

Homosexualität war da kein Thema.

Jeder Mensch durfte leben, wie er leben wollte, solange er andern keinen Schaden zufügte, Johannes Paul II. hin oder her.

Für Ambrosius war das eine Selbstverständlichkeit, seit jeher schon.

Er trat ans Fenster, stützte die Hände auf den angenehm warmen Radiator und war froh, dass er auf der Meldegg, hoch über dem Rheintal und dem Bodensee, anders als in der Surselva mit keinem Schnee rechnen musste.

Er hasste sie regelrecht, die langen, kalten und nassen Winter im Tavetsch.

Die Frage war nur: Warum war er nie aus Disentis fortgegangen, hatte — immerhin dreissig Jahre lebte er dort oben — nie einen der Äbte gebeten, ihn doch in ein anderes Kloster zu versetzen, etwa in eines im Tessin, das rauhe Klima mache ihm zu schaffen?

Hatte er das nicht getan, weil er die rätoromanischen Idiome liebte, sein "Cumin", seine Studier- und Betstube, die Spazierwege am Ufer des Vorderrheins und, seit Gabis Tod* allerdings weniger, jene nach Mompé und Segnes hinauf, Spazierwege, auf denen die bedrohlichen Berge meist dank Wäldern oder kleineren Bodenerhebungen nicht zu sehen waren?

War's darum?

Ambrosius fand wieder mal keine Antwort.

Schlafen wollte er daher, sich der Müdigkeit hingeben, der Gnade der Nacht.

Doch vorerst galt es, auf den aus Eichenholz bestehenden Boden niederzuknien, dem Herrn für den heutigen Tag zu danken und um Barmherzigkeit und göttliche Hilfe für all jene zu bitten, die Ambrosius mochte oder eben, was viel zu oft der Fall war, nicht mochte, deren körperliche Überreste auf Friedhöfen, in verschlossenen Urnen lagen oder die noch immer mit andern lebenden Menschen herumstritten, unter Neid und Missgunst litten und, ein chancenloses Unterfangen, das grosse Glück suchten.

Das tat Ambrosius seit Jahren: Für Mitmenschen beten, für die er wenig Zuneigung aufbrachte. Für Pater Dominik zum Beispiel, der jedem im Kloster am liebsten sein konservatives Weltbild handgreiflich übergestülpt hätte, oder neuerdings für die total ichsüchtige Frau Berger und eben jetzt, ungefähr in einer Minute, für die aggressive, nicht allzu trinkfeste Béatrice Weber, die er heute zum erstenmal in seinem Leben gesehen hatte. Sie alle, davon war Ambrosius überzeugt, brauchten mehr gute Gedanken als Freunde von ihm, weit mehr.

Als Priester wusste er das.

Er sank auf den Boden, vergass das leise, an einen Fluss gemahnende Gesumme von der Autobahn und konnte es doch nicht verhindern, dass das alte, bequem aussehende Bett mit dem von Sonja Hasler aufgeschlagenen Oberleintuch lockte. Die Regentropfen, die gegen die geschlossenen Fensterchen und auch aufs kaum sehr dicke Flachdach popperten, versprachen eine gute Nacht.

---

* sh "Mord in Mompé" von Jon Durschei

III

Yves Wenzel konnte mit dem besten Willen nicht einschlafen. Er dachte immer wieder an die zwei lausigen Beamten der Zürichbergpost; dazwischen auch an den schwer einzuordnenden, diese grässlichen Nazionale rauchenden und heute auf der Meldegg als Freund des Hauses eingetroffenen Pater, an die alkoholsüchtige Bernerin und vor allem an seine Frau, die er vor gut acht Monaten und nach bald fünfundzwanzig Jahre dauernder Ehe praktisch über Nacht im amerikanischen Stil verlassen hatte und die nicht mal ahnte, dass er im Appenzellischen, nach einem Abstecher nach Norditalien, Bergamo, Brescia, Turin, in einem den meisten Zürchern unbekannten Gasthaus lebte (leider nur den meisten!), unangemeldet, ein immerfort vor dem Staat und dessen Gesetzen wie gehetzt Flüchtender.

Es hatte so sein müssen.

Er war in seiner Beziehung zu Hildegard mehr und mehr erstickt, musste sich endlich, endlich von den Wirtschaftskreisen zurückziehen, in denen er sein Geld verdiente; und ebenso von seinen Freunden und Kollegen, die ständig dies oder jenes von ihm wollten: zum Beispiel, dass er nach Streitereien mit ihren Freundinnen sprach und die Sache wieder ins Lot brachte, dass er ihnen ein Ferienhaus, eine neue Wohnung suchte oder einen Verleger fand, wenn eine Geliebte von ihnen von der fixen Idee umgetrieben wurde, sie müsse die Welt mit tiefschürfenden Gedichten beglücken.

Es war nötig gewesen, abzuhauen.

Sehr sogar.

Eine weitere Chance wäre nie gekommen.

Und schon aus diesem Grund musste er aufhören, mit Schuldgefühlen zu leben, die ihn und wohl auch Antoinette quälten.

Jetzt musste es geschehen.

Noch heute nacht.

Noch heute ...

Zum hundertstenmal redete Yves Wenzel sich dies ein, und er wusste genau: Es war vergebens.

Dafür wusste er, hellwach vor dem Fenster stehend: Wäre er nur einen Monat länger in Zürich, in seinem, nein, in Hildegards Haus auf halber Höhe des Zürichbergs geblieben, dann hätte er bald nicht bloss sein tägliches Valium genommen, sondern irgendwann auch die Tabletten, die er — seine Versicherung — auch jetzt als eingeschriebenes Mitglied der Exitus-Vereinigung von Ort zu Ort in einem der Koffer oder in der beigen Reisetasche mitführte.

Blöd nur, dass gestern ausgerechnet die beiden höchsten PTT-Beamten der Zürichbergpost, der Verwalter und sein läppischer Stellvertreter, hierher gekommen waren, um — wie er von Sonja gehört hatte — zwei Wochen lang auf der Meldegg auszuspannen, in Walzenhausen vorne zu baden und das Therapieangebot des Kurhauses zu benutzen.

Blöd, blöd.

Überaus blöd!

Sie schienen ihn aber, oh Glück im Unglück!, (oder redete er sich dies nur ein?) nicht erkannt zu haben, ihn, den ehemaligen Postfachinhaber, der nur einen Steinwurf von ihnen entfernt gewohnt und mehr als nur einen Streit mit den sturen Kerlen am für Chefs reservierten Postschalter ausgetragen hatte, weil sie beispielsweise seine Massensendungen daraufhin kontrollierten, ob wirklich Drucksachen in den Pressecouverts steckten oder, was vor einem Jahr noch erheblich mehr Portokosten ausgemacht hätte, Kopien.

Er hatte sie immer verachtet, die beiden Buchstabenreiter und von der Bürokratie wie besessenen Schweizer Beamten, besonders den älteren, mit seiner schnarrenden, unangenehmen Stimme und der Art und Weise, wie er seine Brille zurechtrückte, wenn er ihn, Yves Wenzel, durchs Schalterfensterchen beflissen anblickte, sich räusperte und meinte: „Nein, Herr Wenzel, Kopien sind nun mal keine Drucksachen, Sie müssten es doch langsam wissen."

Gehasst hatte er sie, jawohl.

Und ihnen, so sah halt sein Inneres aus, gar den Tod gewünscht, einen Engel oder Teufel jedenfalls, der sie unter ein fahrendes Auto schubste, am besten gleich nahe der Post und der Tramhaltestelle, auch den jüngern mit seinen ewig grauen Pullovern und dem devoten und doch jede Kritik, selbst jedes Spässchen abblockenden Blick.

Und nun waren die zwei da.

Einfach da, auf der Meldegg!

Yves Wenzel konnte es nicht fassen, nicht begreifen.

Und immerhin bestand die Möglichkeit, dass sie ihn nicht erkennen wollten, weil es sie genierte— puh, zwei schwule Postbeamte, wer hätte es gedacht! — , von einem Mann begrüsst zu werden, der häufig in ihre Post gekommen war.

Diese Möglichkeit bestand.

Wenzel durfte daher mit einigem Recht hoffen, dass sie nie das Verlangen überkomme, sich an den Stammtisch zu setzen.

Das wäre peinlich, dachte er, die Katastrophe, die ich seit dem Tag meiner Ankunft befürchte.

Mit Bestimmtheit würden oder müssten die zwei Schwuchteln (Johns abschätzige Äusserung) dann fragen, ob er nicht auch in Zürich, in der Gegend des Toblerplatzes wohne, er käme ihnen bekannt vor — und spätestens in diesem Augenblick ginge beiden ein Licht auf und von neuem, von einem Tag auf den andern wäre er gezwungen, mit seinem ganzen Gepäck abzureisen, zu fliehen, einen Ort zu suchen, wo keiner ihn kannte; fliehen, wie vor zwei Monaten in Bergamo, als sein und Hildegards Hausarzt Dr. Rudin ins selbe Café in der Nähe des Bahnhofes trat, in dem Yves allmorgendlich einen Espresso trank, der den Schwachstromkaffee der Pension "Miloni“ vergessen liess, und die neuesten deutschsprachigen Zeitungen las, die er zuvor am Bahnhofkiosk von der fülligen, ihn stets mit einem "Ciao, bello“ begrüssenden Signora Calmetti erstanden hatte.

Die Absurdität selbst war das gewesen.

Dr. Hans Rudin vor seinem Tisch, maliziös lächelnd: „Ah, auch auf Reisen, Herr Wenzel, was machen die Bronchien, wie steht's mit Ihren kubanischen Zigarren ...?“

Und jetzt schien sich alles, noch absurder als in Bergamo, zu wiederholen.

Was sollte er tun?

Was?

Am besten wohl nichts.

Abwarten, einfach abwarten.

Oder, ein lächerlicher Gedanke, die beiden wie streunende Hunde mit dem Sturmgewehr abknallen, das er zufällig in einer Nische des Esszimmers des Wirtepaares erblickt hatte und das allem Anschein nach zur militärischen Ausrüstung von Franz gehörte, diesem Wirt, der sich gar nicht wie ein Wirt gab und letztlich trotz Bäuchlein auch keiner war.

Heller Schwachsinn, das alles.

Auch, was er, Yves, zu derart später Stunde dachte oder nicht dachte.

Immerhin, mit der Möglichkeit musste er rechnen, dass die beiden PTT-Witzfiguren während des Aufenthaltes auf der Meldegg um alles in der Welt anonym bleiben wollten, nach der Rückkehr dann aber gezielt in ihrer Post die Geschichte herumboten, der Wenzel wohne im Hotel, in dem sie gewesen wären, er habe eine Freundin und lebe höchstwahrscheinlich vom Familienvermögen, er habe es doch — zum Ärger seiner Frau — teilweise abgezweigt, man hätte so seine Quellen, im Grunde genommen müsste man den Juristen anzeigen oder mindestens Frau Dr. Wenzel informieren.

Unvorstellbar, eine solche Entwicklung.

Unvorstellbar.

Eine neuerliche Flucht, eine weitere Suche nach einer Bleibe, für ihn und Antoinette, nach einem Hotel, einer Pension, in der oder dem es ein nicht total verstimmtes Klavier gab, das Gäste benutzen durften.

Da war's schon besser, ans Telefongespräch zu denken, das er nach acht Uhr in der engen Kabine beim Eingang mit Antoinette geführt hatte, an ihre dunkle, das Berner Oberland, die Herkunft nicht verleugnende Stimme, die er so liebte und die nicht nur vieles versprach, sondern vieles einhielt ...

„Kommst du übermorgen, Antoinette?, du fehlst mir sehr ..."

„Klar komme ich, Yves, ich brauche dich doch, deine Nähe, deinen Charme ..."

„Charme, du spinnst ..."

Das war immer so.

Immer.

Alle bezeichneten ihn als charmant, als weltgewandt, behaupteten, er erreiche stets, was er anstrebe: mit seinem breiten Bubenlachen, seinem Augenspiel kaufe er jeden und jede, und wenn er dann noch wie ein halber Beethoven oder Liszt ans Klavier, an den Flügel sitze und zu spielen beginne, sei es geschehen, dann gebe es kein weibliches Wesen, das sich nicht in ihn verknalle.

Das mochte ab und zu der Fall gewesen sein.

Ab und zu.

In der Regel aber hatte er hart arbeiten, werben und scharwenzeln müssen, wenn eine Frau ihm gefiel.

Nur bei Antoinette verhielt es sich anders.

Dafür hatte er sie zu spät kennengelernt.

Viel zu spät.

Denn er war schon ein alter Mann gewesen, als er ihr in diesem schöngeistigen Besenbürener Künstlerhaus begegnete.

Ein alter, kaum sehr schwungvoller Mann. Da konnte sie ihm noch so oft vorwerfen, er kokettiere, wenn er sein Alter erwähne: „Du bist doch jung, Yves, stehst in meinen Augen am Anfang ...“

Das traf nicht zu.

Er war alt.

Zu alt für Antoinette.

Aus seiner Sicht, wenigstens.

Und die zählte.

Nicht jene von Antoinette ...

Allein die.

Yves ging zum Tischchen, gleich neben dem Fenster. Lesen wollte er jetzt, Handkes "Wunschloses Unglück“, das — oh, diese entsetzlichen Mütter! — dessen verstorbener Mutter galt.

Er musste seine Schlaflosigkeit ausnutzen, einmal mehr mit ihr fertig werden.

Die Frage war nur: Am Tisch oder auf dem Bett, über dem ein echter, zum Glück nicht düsterer Sadkowsky* hing.

Ja, er war gern hier.

Sehr gern.

Kein PTT-Beamter durfte ihm die Meldegg vermiesen.

Keiner.

---

* Zürcher Maler

Das liess er nicht zu.

Wie hatten die beiden überhaupt von dem kleinen, so herrlich und einmalig gelegenen und im Prinzip nur von Fussgängern erreichbaren Hotel gehört?

Auf demselben Weg wie er?

Hatten sie ebenfalls einer Zeitung entnommen, es war, glaubte er, "Die Ostschweiz" oder das "St. Galler Tagblatt" gewesen, die "Meldegg" sei jetzt zwar kein absolutes Feinschmeckerlokal mehr wie früher, dafür gebe es dort gelegentlich Ausstellungen und — im Sommer — auf der Terrasse Konzerte, klassische wie andere?

Oder war ihnen der "Öko-Gasthausführer" des WWF in die Hände gefallen, den sein ehemaliger Kollege Gusti Wiederkehr herausgegeben hat und in dem die "Meldegg" als alternatives, sehr sauber geführtes Hotel angepriesen wurde?

Es war letztlich gleichviel.

Morgen würde er Sonja fragen, die so gut verstand, warum er hier in der Abgeschiedenheit lebte. Sie war da einfühlsamer als ihr manchmal mürrischer, handkehrum wieder ganz und gar herzlicher Freund, der sich gern auf sein Zimmer verkroch, um dort im Auftrag von Zeitungen und Illustrierten Kreuzworträtsel auszutüfteln oder auch stundenlang auf den Fernseher zu gucken, und der meist, gerade gestern hatte Sonja darüber geklagt, nur am Abend und am Sonntag kochte, vorzüglich dann allerdings, barock und grosszügig — ähnlich wie Yves Wenzel über Jahre hin mehrgängige Menues auf den Tisch gezaubert hatte, wenn er und Hildegard, was für ein widerlicher Gesellschaftsmensch war er gewesen!, Geschäftspartner oder gut betuchte Bürger zu sich nach Hause einluden, um Verbindungen zu vertiefen oder aufzubauen, ein Netz, das Aufträge brachte, die eigene Position verbesserte.

Naja.

Er war da, auf der Meldegg, entschlossen, nicht mehr daran zu denken, dass Hildegard mit grösster Wahrscheinlichkeit hoffte, er kehre wie früher nach kurzen Liebschaften an die Kraftstrasse zurück, voller Demut und mit schlechtem Gewissen, und würde dann wieder für seine uralte Mutter sorgen, die einfach nicht sterben wollte und die er jeden Tag in ihrem von zwei Krankenpflegerinnen durchschwirrten Haus in Kilchberg besucht hatte, zwei

Häuser neben jenem, in dem Thomas Mann über Jahre hin mit seiner Familie lebte.

Er würde nicht zurückkehren, würde nie mehr Spieler in Hildegards Spiel sein, würde nie mehr zu seiner Mutter gehn, ihre Vorwürfe anhören, die endlosen Jammerlieder über Gebresten und sie betrügende Angestellte.

Dies kam nicht in Frage.

Was aber, wenn das Geld, und spätestens in einem Jahr drohte die Gefahr, ausging?

Was dann?

Mit Antoinettes mickrigem Lohn die täglichen Kosten zu bestreiten, stand, so sehr sie es wünschte, für ihn absolut nicht zur Diskussion.

Eine neue Abhängigkeit, nein, nein!

Dann bliebe einzig, worüber er seit Jahren nachdachte und jetzt auch täglich schrieb: der Selbstmord, die Selbstbeendigung.

Vorderhand aber, in diesem Haus (für ihn schon wegen der dicken Mauern, den an Scharten gemahnenden Fenstern mit ihren schweren, blaugrün bemalten Fensterläden eher Burg als Haus, besonders in den beiden obern Stockwerken), in dieser seine Schwermut, seinen Lebensunmut besänftigenden Umgebung, war das Thema tabu: Er konnte doch so oft auf Sonjas Klavier spielen wie er wollte und ohne dass Nachbarn brieflich und telefonisch reklamierten, konnte am Wochenende mit Antoinette spazieren, ihren sanften, Sinnlichkeit geniessenden Körper erfahren, von ihr seinerseits mit Lust verwöhnt werden und sich erneut, es tat seinem Selbstbewusstsein gut, sagen lassen, Yves, dass du 28 Jahre älter bist als ich, was kümmert's mich, du bist meine Liebe, nicht ein anderer.

War es so?

War er ihre Liebe?

Oder suchte sie den Vater in ihm, den eigenen Vater, der vor etwa vier Jahren, bald nach ihrer ersten Begegnung anlässlich eines von Eitelkeiten geprägten Musikkurses im Künstlerhaus von Besenbüren, gestorben war und den sie noch immer, über den Tod hinaus, tief verehrte?

Auch das war nicht allzu wichtig.

Antoinette war mit ihm nach Italien fortgegangen, hatte seinen Trip mitgemacht und ein halbes Jahr frei genommen, nicht eine andere.

Und mehrfach hatte sie betont, wie wenig er ihrem Vater gleiche, er sei einfach der Mann, den sie schon als kleines Mädchen ersehnt habe ...

Yves trat wieder ans Fenster, öffnete es, sog gierig die kühle Luft ein, den Geruch von Regen und verspürte doch Lust, eine seiner teuren Montechristo-Cigarren anzuzünden.

Er würde es nicht tun, würde angekleidet aufs Bett liegen und lesen.

Was der Pater jetzt wohl tat?

Betete er im Zimmer neben dem seinen oder dachte er über einen Text von Thomas von Aquin nach, seinem Lieblingsphilosoph, wie er am Tisch gestanden hatte?

Und die beiden schwulen Postbeamten?

Stiess der Junge den Schwanz ...?

Yves mochte es sich nicht vorstellen.

Nein, nein!

Einer wie er ging nicht mit über sechzig Jahren, bei Nacht und Nebel, von zu Hause weg, gab seine Bekannten und wenigen Freunde auf und rümpfte dann auf der Meldegg über Absonderlichkeiten die Nase.

Nie und nimmer.

Wie lange jedoch würde er in diesem unvergleichlichen Hotel bleiben können?

Wie lange noch?

Das Leben, das Verhalten der Menschen kam ihm mit jedem Tag, an dem er älter (doch kaum gescheiter) wurde, grotesker, sinnloser vor. Jeder wollte letztlich meist nur eines: die eigene Fragwürdigkeit verdrängen und besser sein als der andere, der Rivale, die Rivalin — im Bett, im Beruf, in der gesellschaftlichen Hierarchie, am Klavier, beim Schreiben, Kochen, egal, welchen Beruf er oder sie ausübte.

Was zählte, hiess Erfolg, sozialer Aufstieg, Macht, Geld, ein

Freund, eine Freundin, die noch schöner, attraktiver, reicher waren als deren Vorgänger oder Vorgängerinnen.

Nur wenige dachten und verhielten sich anders.

Antoinette zum Beispiel, die wegen der von ihr intensiv geliebten Musik Präzision, Ausdrucksstärke im Spiel anstrebte, nicht wegen des Applauses und neuer Engagements.

Eindringen wollte sie ins Sanfte, Wahrhaftige, in die Welt, die Beethoven, Brahms, Schubert, Janácek in Musik umgesetzt hatten; sie kannte nicht den Drang, als Starpianistin verhätschelt und von Konzertsaal zu Konzertsaal herumgereicht zu werden.

Vielleicht, ihm schien's so, war auch Pater Ambrosius nicht von der üblichen Ichsucht umgetrieben.

Und genauso Sonja Hasler, mit Abstrichen ihr Freund. Da spürte er keine Eitelkeit, kein Sich-Aufplustern vor der Öffentlichkeit.

Einzig Sonjas manische Angst vor den Kontrollen der Gesundheitspolizei irritierte Yves. Er an ihrer Stelle würde nie allmorgendlich den Boden im Restaurant mit Wasser aufnehmen und verbissen die Kaffeemaschine auf der Theke reinigen (einen ausgezeichneten Kaffee gab's auf der Meldegg, gegenüber jedem würde er's beschwören!) — allein aus Angst, heute könnte die Polizei, die Gesundheitsschmier*, wie sie sich ausdrückte, das Restaurant inspizieren und sie wegen dieser oder jener Unsauberkeit rüffeln.

Das würde er nicht tun.

Er verabscheute jegliche, übertriebene Putzerei.

Aber sie alle, alle, Yves Wenzel wusste es nur zu gut, konnten darüber ihre Liedchen singen, mussten Kindheitserfahrungen bewältigen, strenge Mütter, weiche Väter, die im Innern weiter wüteten, Perfektion verlangten oder das Gegenteil davon, was immer …

Er trat vom Fenster zurück, mochte die unzähligen Lichter in der Ebene unten nicht länger sehen und fühlte, wie die verfluchte Schwermut langsam und unaufhaltsam in seinen Körper drang, von ihm Besitz nahm. Einmal, davon war er seit Jahren überzeugt, würde er ihr nicht länger standhalten können; dass dann nur Selbstmord als Ausweg blieb, war ihm klar.

---

* Schmier = deutschschweiz. Ausdruck für Polizei

Dieser gehörte freilich nicht zu seinen Lastern wie im Falle des italienischen Dichters Cesare Pavese, dessen Werk er bewunderte und verabscheute zugleich. Es gab für Yves einfach nichts, was auf Dauer fasziniert hätte, am Leben hielt.

Nicht mal Antoinette. Sie war, wie er meinte, zu abhängig von seiner Person, war zu beschützt aufgewachsen, hatte zu wenig erlebt, zu wenig gelitten, um seine Not, seinen Ekel zu begreifen.

Oder doch nicht?

Narrte ihn seine Voreingenommenheit?

Yves musste es offen lassen, wie vieles, wie beinah alles.

Und wenn er an seine vergangenen Lieb- und Freundschaften dachte, die er entweder mit mehr oder weniger Geschick vor Hildegard verborgen gehalten oder unter deren Existenz sie gelitten hatte, dann gab's im Grunde genommen keine frühere Beziehung zu einem weiblichen Wesen, die wert gewesen war, gelebt zu werden.

Das war samt und sonders vorbei, abgesunken, schale Erinnerung.

Und dann seine alte, besitzergreifende Mutter!

Wie eine Klette hatte sie sich an seine Person geklammert und ihn, auf der Meldegg lachte er darüber, mit immer neuen Vorwürfen und, altersstarrsinnig wie sie war, mit ewig gleichen Forderungen konfrontiert.

„Yves du musst …"

„Yves, du darfst nicht, was würde dein Vater dazu sagen ..."

„Yves, bring mir morgen ..."

„Yves, warum besucht mich Hildegard nie?"

„Yves, hast du BBC-Aktien gekauft, meinen Rat befolgt ...?"

Dies alles auf Hochdeutsch, immer und immer, als ob sie nicht Schweizerin, sondern Berlinerin wäre und in jener — in der Erinnerung des Kindes — unheimlich grossen Stadt aufgewachsen sei, in der sie mit Vater bis zu dessen frühem Tod gelebt hat, zusammen mit Yves und der um fünf Jahre älteren Schwester Elisabeth ...

Ja — was war mit seiner Mutter?

Was?

Mochte sie doch endlich sterben oder seine grässliche Bilder malende Schwester in Beschlag nehmen, die in Basel wohnte und Yves huldvoll die Aufgabe überbunden hatte, für Mutter zu sorgen.

Ach wo, morgen würde er lang mit Titine, der Hündin von Sonja, spazieren — und am Mittagstisch (sofern er mitass und der Buchhändler Richard es zuliess), ja, am Mittagstisch würde er ein neuerliches Gespräch mit Pater Ambrosius suchen, der genau wie er einem guten Wein nicht abgeneigt war.

Und dann?

Wichtig in erster Linie, dass er sich von den beiden PTT-Beamten nicht ins Bockshorn jagen liess.

Das war das Allerwichtigste.

Die hatten doch, falls sie ihn erkannten, ihrerseits Angst, er könnte, telefonisch oder so, herausposaunen, dass sie auf der Meldegg zu zweit Ferien gemacht und Händchen gehalten hätten.

Auf einmal musste er lachen.

Laut, nicht leise: Nein, richtig lachen.

Wie Unsinn, wie ein komischer Traum kam ihm alles vor, voller Gags und gänzlich witzig.

Die zwei Oberschwulen, die ihn nervende Bernerin, dieser Benediktiner aus Disentis mit dem, Yves' Unterstellung, leicht slawischen Akzent und er selber mit seinen Schuldgefühlen und seiner Sucht, Hildegard für die Schmerzen, die er ihr zugefügt hatte und noch immer zufügte, zu entschädigen, indem er trotz all seiner Vorsätze zurückging und — es würde sein Tod sein, er wusste es — das gemeinsam erbaute Nest wieder bewohnte ...

Life is life sang doch einer dauernd aus der "Meldegger" Musicbox.

So war es: life is life.

Jetzt aber so rasch als möglich, ohne Pullover, ohne Manchesterhose, aufs von Zeitungsbögen noch übersäte Bett, einige Seiten lesen im Buch, das Antoinette ihm in der irrigen Annahme geschenkt hatte, er könne mit Handke ebensoviel anfangen wie mit Thomas Bernhard, dem Todessüchtigen und, warum nicht?, Bruder im Geiste.

Das konnte er nicht.

Handke war nicht seine Kragenweite, lebte in andern Gefilden.

Und wenn er, wie gestern, das Buch vor lauter Langeweile zuklappte und hernach den Schlaf nicht fände, würde er ohne grosses Selbstmitleid aufstehn, die Tischlampe anknipsen und von Hand, mit dem Kugelschreiber an seinem Sterbebuch schreiben (das Geklapper der antiken Schreibmaschine wollte er weder dem Pater noch der besoffenen Bernerin zumuten, nicht mal den Zürcher Posthelden, deren Namen ihm, kein Wunder bei solchen Durchschnittsvisagen, im Moment einfach nicht mehr einfallen wollten).

Schreiben würde er, schreiben, schnell, hastig wie immer, an einem Manuskript, das keinen Titel hatte und von dem er wegen seiner Selbsteinschätzung glaubte, es nie beenden und vor allem nie publizieren zu können, schon aus dem einfach Grund, weil er der Meinung war, damit nie einen Verlag oder Lektor interessieren zu können.

So war er eben.

Genau so.

Und erst noch in keiner Weise vom Ehrgeiz gestochen.

Andere konnte er verkaufen, aufbauen, sich selber nicht ...

Ein Glück, dass es Antoinette gab (seinen Jugendbrunnen, wie er sie manchmal in Briefen ansprach), ihre langen, feingliedrigen Hände, die so wunderbar streicheln konnten, seinen an vielen Stellen behaarten Körper, den Penis, die Hoden, — sie, die es selber vorzog, fast ausschliesslich am Rücken von Fingerkuppen massiert und liebkost zu werden.

Keine Frage, er liebte das schlanke, stolze Gesicht mit den hohen Backenknochen, die schneeweissen Zähne fern von Pepsodent und "Annabelle"-Glamour, die langen blonden, bis zu den Hüften fallenden Haare, die manchmal sein eigenes Gesicht kühlten, den schmalen, einen Verdacht von Magersucht aufkommen lassenden Körper, die langen, eleganten Beine, die winzigen Mädchenbrüste, die herrliche Seele, die in diesem Körper, in dieser Hülle steckte. Er durfte Antoinette niemals in seine Schwermut hineinziehen, durfte ihr nie mehr aus Experimentiergründen ein Valium aufdrängen. Nie mehr. Der morgige, besser: der heutige Tag musste ein genutzter, ein gelebter, nicht ein verschleuderter werden.

Jaja, das musste er.

Wozu denn jammern?

Wozu?

IV

Närrische Idee, mit all dem Gepäck, der schweren Reise- und der für sie unvermeidlichen Handtasche, von Rheineck hier hochzufahren und dann in Walzenhausen in der Bergstation des lächerlichen Zahnradbähnchens zu stehn, wie ein Paket, das keiner abholt, durcheinandergeschüttelt, vom medizinischen Eingriff geschwächt, und nicht zu wissen, wo die Meldegg genau liegt, das Ziel ihrer ganzen Odyssee.

Nein, das riesige, von Zwergpalmen umgebene Gebäude direkt hinter der Station sei nicht die "Meldegg", das sei das Kurhaus, hatte der brummige Billettknipser sie aufgeklärt, der einzige Mensch weit und breit; und dann war sie wohl oder übel und trotz leichtem Nieselregen auf der Hauptstrasse gegen Büriswilen und Berneck zu losmarschiert, die Taschen schleppend und Gott samt Walzenhausen verfluchend und ohne Gauloise im Mund.

Es war noch ärger gekommen: Mit ihren hohen Absätzen musste sie nach rund zwanzig, endlos erscheinenden Minuten links von der Strasse (kein Fahrer hatte gestoppt und sie, die Taschen schleppende, letztlich doch hübsche Frau mitgenommen!) auf einen Geissenpfad abzweigen und schliesslich, nach zahllosen Verschnaufpausen, über Baumwurzeln, grosse Steine und Wasserpfützen in einem von zwei unmöglichen Gartenzwergen, Katzen und unzählig zwitschernden Vögeln bevölkerten Wäldchen zur Meldegg hinuntergehen, geführt von gelbmarkierten Wegweisern, auf denen sie nebst St. Margrethen, Burg und Au jeweils den Namen des sehnlichst herbeigewünschten Hotels las.

Sie, die längeres Gehen wie kaum etwas auf der Welt verabscheute und, wenn sie sich mal für Ferien entschied, nur in dunklen Kneipen oder in einer von Nebel und Regenwolken umwallten englischen Pension zu Hause war: Sie hatte dies durchgestanden, hatte Frau Hasler am Telefon nicht gefragt, wie man denn die "Meldegg" finde, sie habe Adresse und Telefonnummer von der Schwester und sonst wüsste sie gar nichts.

Dumm war das gewesen, dumm.

Typisch Béatrice.

Und jetzt bezahlte sie für die bodenlose Dummheit und für ihr Vertrauen der Schwester gegenüber, indem sie vermutlich in den nächsten Tagen alle paar Stunden vom Zimmer zur Wirtschaft und von der Wirtschaft wieder aufs Zimmer pendelte, in eine Kammer ohne WC und Dusche, nur mit einem winzigen Lavabo neben der Tür, dessen Hahn ständig tropfte, wenn sie ihn nicht mit letzter Kraft zudrehte.

Ins Freie, Gott bewahre (falls es den gab!), würde sie nicht einen Fuss setzen, der beschwerliche Anmarsch, der Schweiss am ganzen Körper hatte für die nächsten Jahre gereicht ...

Nicht mal die Gartenbeiz vermochte da zu locken, der Blick ins Österreichische hinüber oder auf Bregenz, in dessen Frauenklinik sie auch ohne psychiatrisches Gutachten, dank dem verstorbenen Kreisky und den Sozialdemokraten, ihren Embryo losgeworden war*.

Höchstens drei, vier Tage, das stand fest, würde sie noch auf der Meldegg bleiben und auf einen Abstecher nach Dornbirn verzichten; dann würde sie von der für ihren Geschmack etwas hausbackenen Wirtin die Rechnung anfordern und sachte ausloten, ob diese oder ihr Freund sie vielleicht mit dem Gepäck zur Station des Walzenhausener-Bähnchens fahren könnte.

Frau Hasler hatte sich doch nach der Ankunft weiss Gott wie entschuldigt, dass man nicht vereinbarte, sie vorne im Dorf abzuholen; beide, ihr Freund und sie, hätten jedoch gedacht, Frau Weber sei mit einem Auto unterwegs und wolle von den Leuchen her zu Fuss zur Meldegg kommen, dieser Weg sei ja bedeutend kürzer.

Weggehen musste sie, weg, zurück zur Wohnung an der Gerbergasse, in der sie, wann immer sie wollte, die Vorhänge zuziehen konnte und nicht wie heute über einige Stunden hin vom Sonnenlicht geplagt wurde, weil es keine Stoffvorhänge gab und das Schliessen der Fensterläden zu sehr aufgefallen wäre.

Brian war an allem schuld.

Der lausige Brian.

---

* In der Schweiz sind Abtreibungen in offiziellen Kliniken nur mit psychiatrischen Gutachten erlaubt.

Warum war sie überhaupt ausschliesslich auf louche* Vögel scharf, auf *machos*, die sie, kaum hatte sie mit ihnen das Bett geteilt, quälten?

Warum?

Warum?

Ein feiner, seriöser Typ wie Roger kam für sie als Freund nie in Frage; er durfte ihr bestenfalls Ansichtskarten von allen Hubeln* und Berggipfeln schicken, die er bestieg und, wie er häufig auf den Karten vermerkte, später — was für ein Witz! — nochmals gemeinsam mit ihr erklimmen wollte.

Ist wirklich nett, der Kerl, so offen, so zuvorkommend und hilfsbereit, dachte sie und musste im Stillen wegen der Berge lachen.

Und dann war er erst noch intelligent, ein Linker, wie ich ihn bis anhin bestenfalls erträumt, jedoch nie getroffen habe.

Ich aber, ich brauche keinen Roger, ich brauche Säufer, Schläger, IRA-Terroristen, Angeber, dachte sie, Männer, die mich im Suff von hinten und von vorne hämmern.

War ja vollends daneben, am Osterabend sowohl Brian wie Henry ins Bett zu nehmen und, viel beduselter als heute, die Pille zu vergessen — und auch die Tatsache, dass es da neuerdings ein tödliches Übel gibt mit dem Namen Aids.

Zum Glück hat mir Roger, der treue Hund, ohne gross zu fragen, Geld für die Abtreibung vorgestreckt. Und dabei wusste er nicht mal, wer allenfalls der Vater des widerlichen Fötus war ...

Sie selber wusste es auch nicht.

Und würde es nie wissen.

War wie in einem Pornofilm, dachte sie angewidert, der eine schob den Schwanz in mich, der andere wollte gelutscht werden — und besoffen waren wir alle drei, vom Weisswein, vom Fendant und, meinem Liebling, dem Gewürztraminer.

Eine schlimme Nacht, ein schlimmes Erwachen war die Folge.

Wenigstens was die Auswirkungen anbelangte ...

---

* schräge Vögel

* Berndeutscher Ausdruck für Hügel

Und dass Roger ihr dann half, dessem romantischen Werben sie nie nachgegeben hatte, grenzte schon an ein Wunder; auch die besorgten Anrufe in die Klinik, sein von ihr geschickt abgewiesener Vorschlag, sie auf der Meldegg zu besuchen, er kenne das Gasthaus und die wunderbare Gartenbeiz von einer früheren Wanderung, Lage und Aussicht könnten nicht schöner sein ...

Der macht gehörig angriffig, dieser Donnerskerl von Wein, dachte sie, nackt unter der Decke und unfähig, den "Spiegel" zu lesen, der neben ihr auf dem altmodischen Nachttischchen lag und den sie mir nichts dir nichts vom Zeitungsständer der Wirtschaft mitgenommen hatte.

Hab sogar den gemütlichen, von Gottes Existenz offenbar überzeugten Pater angegriffen, mit seinem Jesus und seinem Thomas von Aquin.

Verstehe einfach nicht, dass einer Pater werden kann, jeden Tag die Messe liest, Oblaten verteilt, auf dem Boden oder in einer Kirchenbank kniet und daneben wie ein Berserker Rotwein in sich hineinschüttet.

Ob dieser Ambros oder Ambrosius wenigstens die Frauen in Ruhe lässt oder ihnen, wenn sie seine Zelle aufsuchen, die Brüste aus den Kleidern drückt und stöhnt und heult, er liebe sie, er brauche sie, sie müssten ihn erlösen, Gott verlange es — wie's Vikar Baumann getan hat, als sie, noch keine siebzehn Jahre alt und von Ernesto Solari, dem neapolitanischen Schlawiner verführt und ausgenützt, den vielleicht vierzigjährigen Geistlichen im Pfarrhaus um Rat anging und hoffte, er könne ihr helfen, was Ernesto und seine Art, sie zu analysieren, betraf.

Er konnte es nicht, hatte mit seiner Gier, seiner Geilheit nur alles verschlimmert, mit seinen nervösen Händen, die an ihr herumgrabschten, das Höschen runterzogen (blau war es gewesen, blau!), bis sie laut aufschreiend und mit Tränen in den Augen davongerannt war, ins Freie, ins Licht, das so weh tat.

Das war geblieben. Das würde immer bleiben. Und Ambros, oder wie der für sie ein bisschen zu korpulente Pater hiess, sah viel eher als der beschissene, heute in Münsingen weiterhin als Vikar tätige Baumann wie ein Schlitzohr aus; und wäre er ungefähr zwanzig Jahre jünger, ich könnte es mir durchaus vorstellen, ihn heiss zu machen und dann, ging's mir körperlich besser, aufs Zimmer abzuschleppen, ihm seine religiösen Flausen auszutreiben, ich, die Frau, die sich von einer Abtreibung erholt, fortan aber Präservative in der Tasche haben wird, schon wegen der Erfahrung, wie nachlässig die meisten Männer diesbezüglich sind.

Doch so …

Der Teufel beschütze sie vor geistlichen Herren!

Überlege und hirne sowieso, was ich im Hotel der Hasler und des Unternährer will, beim heimlich und öffentlich turtelnden Wirtepaar, bei den zwei gedämpften Tomaten aus Zürich, die wie ich gestern angekommen sind, dem eingebildeten Klavierklimperer mit seiner Dulcinea aus dem Berner Oberland, die, John hat's gesagt, am Samstag kommen soll, worauf das Duo die Meldegg mit Mozart und Brahms, doch nie mit Elvis und Bob Marley überzieht ... Und dann der ungewaschene, meist nach Pisse und Scheisse stinkende Typ mit seinem "Hä, Hä!" und der redselige, nicht ganz fassbare Bier- und Kaffeetrinker John, der mir heute partout einen Halben bezahlen wollte.

Peilt wohl eine Geschichte an, möchte mit mir aufs Zimmer, das Schwänzchen zeigen und quatschen, quatschen, genau wie am runden Tisch, Stunde um Stunde, in einem Deutsch, das nicht meines ist!

Agathe Christie, da bestehen keine Zweifel, hätte Freude an den Figuren, würde auf der Meldegg ein Mordsfest samt Mordopfer veranstalten und mich zuallererst als Mörderin verdächtigen ...

Einzig der kleingewachsene, sie immerzu verschmitzt anlachende Briefträger gefiel ihr nicht übel. Bleibt stundenlang in der Beiz, wenn er — zu Fuss, zu Fuss! — gegen zwei Uhr nachmittags die Post gebracht hat, bestellt dann einen Dreier Beaujolais und beginnt hernach den Schlitz des Geldspielautomaten mit Einfrankenstücken zu füttern, besessen vom Glücksspiel und dem Geklingel, das er mit seinen Fränklern, nicht unbedingt zur Freude aller Gäste, auslöst ...

Zwei Tage war sie nun schon da, und zweimal hatte sie die Spiele des Herrn Pfäffli miterlebt.

Ein Suchthaufen wie ich, dachte sie, der gute, von seiner Frau gewiss kurzgehaltene Mann, steht und hockt um die zwei Stunden vor dem Automaten und holt selten bis nie den "Zwanziger" heraus, muss immer bei der Hasler Noten wechseln, und dann geht's wieder zum Automaten, zum Schlitz, zum Getänzel vor dem in vier, fünf Farben schillernden Kasten.

Nun, sie hatte andere Gelüste und Ticks als der vermutlich in zwei oder drei Jahren pensionierte Briefträger: Weisswein, Gauloises, louche Männer à la Ernesto, à la Brian.

Ja, rauchen musste sie, rauchen, aufstehn, auch das Licht dort vorn andrehn, sich eine Zigarette in den Mund stecken, sofort, sofort!, Brian aus dem Gehirn bringen, den elenden irischen Ficker und Möchtegern-Killer, den Alkohol, das Nervengeflatter.

Sie tat, was der Körper verlangte, tappte aus dem Bett, ging zum Tisch, auf dem drei, vier ungelesene Bücher zur Fensterbank hin lehnten, liess sich, nackt wie sie war, auf den unbequemen, kalten Holzstuhl fallen und griff nach der blauen, noch halbvollen Gauloisepackung, die auf einem vor der Abreise hastig am Bahnhofkiosk von Bern gekauften Bücher, der Taschenbuchausgabe von Süsskinds "Parfüm", lag.

Trotz ihres Zustandes holte sie mit routinierten Bewegungen eine Zigarette aus der Packung, schob sie in den Mund, steckte sie mit dem Feuerzeug in Brand und stellte den für Cynar werbenden Aschenbecher vom Fenstersims auf den ehemaligen Bistrotisch.

Es war falsch gewesen, auf den Ratschlag von Elisabeth zu hören, komplett falsch.

Wie konnte ihre herzallerliebste Schwester nur denken, in diesem obskuren, von der Welt abgeschnittenen Haus erhole sie sich vom Eingriff und den unerwarteten Komplikationen, die sie genötigt hatten, beinah eine Woche in der Bregenzer Klinik zu bleiben?

Wie nur?

Linke Leute hätten die bekannte Walzenhausener Beiz übernommen, hatte Elisabeth in einem langen Telefongespräch geschwärmt, sie kenne die Wirtin von der Wirtefachschule in Bern, zusammen hätten sie die Prüfung bestanden, es würde Béatrice auf der Meldegg gefallen, da gehe sie jede Wette ein; sie müsse anrufen, unbedingt, in Bern gerate sie doch sofort in den alten Trott, trinke zuviel und erlaube es Brian, wieder in ihrer Wohnung zu wohnen und sie nach Strich und Faden auszunehmen, ein paar Tränen und Treueschwüre — und schwupps!, alles wie gehabt!

Da hatte sie wahrscheinlich recht, das ungeheuer realistische Schwesterherz.

Nicht recht hatte Elisabeth bezüglich "Meldegg".

Hier gehörte eine wie sie schlicht nicht hin.

Zwei Tage hatten gereicht, dies festzustellen.

Komische Gäste und tagsüber Wandervögel mit Knickerbokkern und roten Socken, deren verwöhnte, unerzogene Gofen* dauernd Schnipo*, Coci und Glaces verlangten und, selbst im Regen, in ihren farbigen Kleidchen rechts vor dem Haus auf der Schaukel und der Plastikrutschbahn stundenlang kreischten und quietschten (ein Alptraum für sie, die Hölle selbst!), indessen die Alten in der Wirtschaft oder, wenn's das Wetter nur einigermassen zuliess, in der Gartenbeiz Schweinebraten und Kartoffelstock oder Bratwürste mit Rösti in sich hineinschaufelten und die alternativen Vorschläge der Wirte, Schafskoteletten oder biologisch einwandfreie Gemüseplatten, rundwegs ablehnten.

Sie musste fort von hier.

Solche Leute widerten sie bis zum Brechreiz an, ihr Geschnorr, ihre lautstark verbreiteten Gemeinplätze.

Seit eh und je.

Die blockierten alles, und ausser quengelnden Babies setzten sie nichts in die Welt.

Das "Mami, ich will ..." und das "Papi, ich möchte auch ..." konnte sie nicht länger hören.

Es fröstelte sie.

Nie würde sie ein Kind gebären ...

---

* schweiz. für verwöhntes Kind

* Schnitzel mit Pommes-Frites

Nie!

Muss den Bademantel anziehn, dachte sie, ohne Kleider ist's trotz des Radiators viel zu kalt, könnte ja noch ein Stündchen im "Big sleep" lesen, zum tausendstenmal, mag Chandlers Zeugs wie früher, mit zwanzig ... Leider gibt's so selten neue Krimis, die seinen Drive, seine Stimmung haben, muss selber einen schreiben statt halb gratis für den "Schnüff-Verlag" Bücher auf meinem Composer zu setzen, die mich langweilen, nichts als langweilen.

Das musste sie.

Morgen, übermorgen, nächste Woche oder, wie sie sich kannte, irgendwann.

Theoretisch könnte sie morgen hier am Tisch damit beginnen, den Solari wenigstens schreibenderweise zu ermorden, nachdem sie vor zwei Jahren Henrys sehr ernst gemeinten Vorschlag, er lege den von ihr gehassten Psychiater für ein Honorar von dreissig Lappen* um, zurückgewiesen hatte und dafür, halb toll nach Liebe und körperlicher Nähe, mit dem nach seinen Angaben ehemaligen IRA-Terroristen eine endlose, von wüsten Saufereien, Orgien und Gefühlsausbrüchen begleitete Beziehung eingegangen war, die solange anhielt, bis sein Kollege Brian ebenfalls in Bern auftauchte und mit Henry und ihr im "Falken", im "Bierhübeli", im "des Pyrénées" und anderen Spelunken herumsoff, ein infernalisches Trio, gefürchtet von Spiessern und Studentchen und bewundert von Freaks und Ausgeflippten.

Béatrice stand auf, holte vom Stuhl neben dem breiten, altmodischen Bett den blauen, von der langen Herumreiserei verknitterten Morgenmantel, hüllte sich in das angenehm wärmende Frottee und kehrte, mit der Zigarette im Mund, zum Tisch zurück.

Anfangen, dies ist sicher, würde sie das — vor wenigen Augenblicken — geplante Buch. Doch fertigschreiben, beenden, war eine andere Sache ...

Sie wusste, wie sie funktionierte, kannte ihre Faulheit, das Bedürfnis, vormittags bis zehn, elf Uhr im Bett zu bleiben, sich wohllüstig auf der Matratze zu drehen und Zigaretten zu rauchen; und ebenso kannte sie ihr mangelndes Selbstvertrauen, den Hang,

* Slang für Hunderternote

wenn sie überhaupt eine Arbeit in Angriff nahm, durch absolute Perfektion glänzen zu wollen und dadurch nie fertig zu werden.

Sie kannte das alles.

Und doch war's höchste Zeit, dass sie auch seelisch von Solari loskam, von dem eingebildeten Laffen und professionellen Frauenbetörer, der sie vor über zehn Jahren wie der letzte Dreck weggestossen hatte, um nebst seiner Frau Maria, einem weiblichen Monster sondergleichen, und einer dritten Geliebten wieder Platz für eine neue Patientin zu haben, die — verknallt in den vermeintlichen Retter — ihre jungen Beine breitmachte, ihn einliess und genauso vor Lust stöhnte, wie es dem grossen Meister gefiel.

War das ein Schwein, ein Menschenausbeuter!

Und er, sie gab's offen zu!, gefiel ihr bis heute: die Lässigkeit, mit der er sich vor Leute hinstellte und langschweifig referierte, die Hände meist in die Hüften gestützt oder am schweren *Macho*-Ledergurt haltend und nie im Zweifel, ein ausgezeichneter Arzt, ein blendender Schreiber aus der linken Szene und Intellektueller zu sein, dessen agitatorischen Reden und Vorträgen jeder Mann, jede Frau mit Genuss und Vergnügen lauschte, auch politische Gegner.

Sie wollte, spät kam die Idee, spät!, dank des Schreibens für immer von Solari loskommen und dann keinen einzigen Gedanken mehr an ihn verschwenden.

Vor allem die schrecklichen Träume mussten aufhören, das sie verfolgende, weltmännisch gemeinte und letztlich doch so erbärmliche Grinsen, mit dem Solari sich Patientinnen, Freud damit bewusst missachtend, auf den er sonst schwor, und andere Frauen unter den Nagel riss und sie dann ungehemmt wegschleuderte, wenn neue, von seinem Mund, seiner Nase noch unerforschte Schamlippen, neue Brüste, neue Zungen lockten.

Aufhören musste das, aufhören!

Auch die fürchterliche Angst, dass sie wieder, wie an ihrem neunzehnten Geburtstag, mit einem Revolver auf ihr Herz abdrükken könnte.

Das alles war da, war schmerzhaft Gegenwart.

Sie, die ihrem keineswegs üblen, inzwischen an einem Herzversagen gestorbenen, der SP sein Leben lang die Treue haltenden

Vater den Revolver aus dem Gartenhäuschen stahl, dann in die Mansarde schlich, nachher ein halbes Jahr im Inselspital lag und überlebte, mit einem heute glücklicherweise von Haut überwachsenen, doch weiterhin deutlich erkennbaren Loch unter dem Halsansatz.

Sie musste sich rächen, sich freischreiben — und, vielleicht, vielleicht, von Brian und ähnlichen Schmarotzern und Halunken für immer verabschieden.

Ob es gelang?

Ob es Wunsch blieb?

Verzweifelt warf sie den Kopf gegen die Tischplatte und weinte.

Mehr als zehn Jahre waren vergangen.

Und noch immer beschäftigte sie dieser lausige Typ, sah sie seine Gesten und Bewegungen, hörte sie seine volle, männliche Stimme ...

Mein Gott, war sie dumm.

Dümmer als dumm.

Saudumm.

Da blieben nur Tränen. Was sonst?

Ach ja, ein Aspirin vielleicht oder gar ein Alka-Seltzer ...

Oder beides?

Ja, beides, so sehr sie die Brausetablette hasste, das sprudelnde Gesöff ...

Aufhören mussten die Kopfschmerzen, aufhören!

Und schlafen wollte sie, vergessen ...

Drum jetzt zum Lavabo, die Pille ins Zahnglas werfen, es mit Wasser füllen, ein Aspirin nehmen, den Hahn mit Gewalt zudrehen, dann trinken, trinken und nackt unter die Decke kriechen, träumen, denken, einer sei da, der sie erlöse ...

Aber keiner würde da sein.

Keiner.

Also doch ein Sprung nach Dornbirn, zu Menschen, die ihre Wellenlänge hatten?

Kaum, kaum.

Sie würde es sehen, morgen, morgen, nach dem Erwachen.

Jetzt aber das Glas, die widerliche Tablette ... Gott war ein Teufel, nicht die Liebe ... Ambrosius wandelte auf dem Holzweg, wie alle, die an Jesus glaubten ...

Realistisch musste man sein, Alka-Seltzerwasser trinken ...
Jetzt, jetzt!
„Du verdammter Scheissgott, du Lügner, du entsetzlicher Menschenquäler ...!"
Sie schrie's aus sich heraus.
Lauter als sie es wollte, viel, viel lauter ...

V

Vor einer halben Stunde hatte er noch in der kleinen, ihn tief beeindruckenden barocken Kirche gebetet, und jetzt schritt er auf der Krete oder über dem steilen Absturz zu seiner Rechten, was immer, war zufrieden mit sich und der Welt und fühlte, dass die Wochen des Zweifelns und Verzweifelns vorüber waren.

Er würde weitergehen, die Spanne Zeit, die ihm blieb, zehn Jahre, zwanzig Jahre, dreissig Jahre?, für seine innere Entwicklung, seine Schüler und alle, die seinen priesterlichen Rat suchten, so gut als möglich nutzen.

Das würde er, das wollte er.

Das innere Klagen und Sich-Auflehnen, das ihm so widerwärtige Selbstmitleid war vorüber.

Und dafür musste er danken, im Gebet, in der morgigen Messe: Mit seinen Vorwürfen und Selbstbezichtigungen hatte er weder Toten noch Lebenden das Geringste gebracht.

Niemandem.

Niemandem.

Nicht mal der Mörderin des armen Schreiners.

Ambrosius blieb stehn, liess das Grün der Wiesen, die Bläue des Himmels und den steil zum Rheintal abfallenden Wald auf sich wirken, zog aber nicht, wie er zuerst vorgehabt hatte, die Packung Nazionale aus der Kuttentasche, sondern das riesige, rotweiss karierte Nastuch*, um zu schneuzen.

Mein Gott, wie wundervoll, ausgeglichen diese Landschaft war, das alte Appenzeller Bauernhaus dort unten, die Kühe, die davor grasten!

Nichts Hässliches schien es auf der Welt zu geben, keinen Beton, keine Shopping-Centers und überdimensionierte Parkplätze vor sterilen, neumodischen Restaurants, Mahnmale von Architekten und Bauherren, die — so war es doch! — schamlose Verbrechen an der Menschheit, an zukünftigen Generationen begingen.

Er dachte es und verdrängte bewusst, dass drei- oder vierhundert Meter weiter unten Autos rasten (der Wald verschluckte hier zu seiner Freude den Lärm) und dort täglich schlimme Unfälle geschahen.

Er wollte eins sein mit der Schöpfung, mit Gott, wollte die ihm eben geschenkte oder zugefallene Balance nicht schon wieder gefährden. Zur Genüge hatte er das getan.

Und sich zu wiederholen, ständig dasselbe Spielchen zu inszenieren, dafür war der Mensch doch nicht geboren, von einer Frau nach neun Monaten ins Leben gepresst.

Grösser werden war wichtig, reifen, auch in seinem Alter ...

Ruckartig schob er das Nastuch in die Kutte zurück; dann setzte er den Fussmarsch fort und dachte auf einmal und nicht ahnend, wieso, an die Unterhaltung, die er kurz vor dem Weggang von der "Meldegg" (und nachdem er sich nochmals die kürzeste Route zum Kloster Grimmenstein beschreiben liess) mit Sonja Hasler geführt hatte.

„Möchten Sie nicht einen Kaffee trinken, bevor Sie gehen?“

„Nein, nein, Frau Hasler, ich bin ein Pater der alten Schule und lese die Messe immer mit nüchternem Magen, dabei will ich's lassen ...“

„Aber ein Kaffee oder ein Espresso, der weckt doch nur, bringt Energien ...“

„Nein, mich muss der Wein wecken, die Kommunion mit unserm Herrn ...“

---

* schweiz. für Taschentuch

„Ich verstehe, verführe Sie nicht, dachte nur an Ihre kurze Nacht ...“

Und dann hatten sie, ganz allein in der Beiz, einzig beobachtet von einer dreifarbigen Kätzin, ernsthaft über Gott, die Kirche und den Glauben diskutiert, sie von der Theke her, wo sie die Kaffeemaschine reinigte, er die Katze hinter den Ohren kraulend, und Ambrosius hatte erfahren, dass Sonja Hasler — wie er, wie viele! — unwahrscheinlich Mühe mit dem polnischen Papst hat, das vatikanische Brimborium nicht mag, die mit Schärpen und roten Käppchen aufgetakelten Kardinäle, und dennoch glaubt, dass Gott sich überall offenbart, in der Natur, in menschlichen Seelen, selbst in Tieren, und dass jeder Priester, auch der sogenannt schlechte und die reaktionären, in alten Denkschemen verhafteten, Brot in den Körper von Christus und Wein in dessen Blut umwandeln kann.

Das hatte Ambrosius gut getan.

Der Glaube dieser tüchtigen, intelligenten Frau, der er noch heute wie ihrem Freund das Du anbieten wollte und die für ihn, ohne es zu beabsichtigen, den Beweis erbrachte, dass es zwischen Mann und Frau nicht auf den Trauschein ankam, sondern allein auf die Liebe.

Trotzdem blieb für Ambrosius, er konnte es nicht zurückdrängen, das unlösbare Problem: Wieso hatte Gott den Menschen derart erschaffen, dass er mehr und mehr die Umwelt zerstört, die Ressourcen des Lebens überhaupt, die Luft, die Ozonschicht, die Meere, den Boden, die Wälder, und überall, in Europa, Asien, Amerika, auf den Philippinen genauso wie in der Schweiz, seelenlose, zum Atmen unfähige Betongebäude aufstellt mit allenthalben denselben überzüchteten Zier- und, Ambrosius nannte sie so, weil er keinen besseren Ausdruck fand, undurchdringlichen Abschrankungspflanzen um neue und neueste Häuser, die keine Häuser mehr sind, sondern Wohnsilos?

Wie sehr trieb's doch Ambrosius die Galle hoch, wenn er in Disentis, Ilanz, Flims, Segnes oder Laax oder gestern in St. Margrethen an solchen Gebäuden vorüber musste.

Weh tat das, weh!

Entsetzlich weh!

Doch nochmals Hand aufs Herz!, waren es allein Menschen, die Gottes Schöpfung zerstörten, war nicht der Macht-, der Erfolgstrieb in der menschlichen Seele von Gott angelegt, das Kaputtmachen an sich?

Warum, zum Beispiel, mussten heute kostspielige Abwasser- und Kläranlagen erbaut werden, damit Seen, Flüsse und Bäche einigermassen von neuem Dreck und Gift verschont und damit — vielleicht — gerettet werden konnten?

Gott hatte doch den Menschen (und die Tiere), wie Pascal in seinen Pensées andeutete, als oben und unten geöffnetes Rohr erfunden, nicht der Mensch selber.

Er, Ambrosius, hätte sich da etwas anderes einfallen lassen.

So vor allem Lebewesen, die keinen Dreck produzierten.

Aber was wusste er denn?

Nichts.

Gar nichts.

Kein Mensch, nicht mal ein Heiliger oder grosser Dichter, kannte Gottes Pläne und Absichten. Es war vermessen, ja, Hochmut, darüber nachzudenken oder die Ordnung der Welt, des Kosmos zu kritisieren.

Es galt die Menschen zu lieben, wie sie waren.

Auch von ihm.

Auch von Ambrosius.

Er ging weiter, sah, als er sich über das metallene, von Wind, Regen und Schnee angerostete und in den Felsen betonierte Geländer beugte, das Wanderer und Gäste der "Meldegg“ vor Abstürzen schützte, — da sah Ambrosius durch eine Waldlücke die zum Teil noch schneebedeckten Vorarlberger Alpen (waren es wirklich die Gipfel des Montafon?), hörte wieder das ferne Gesause und Brummen der Autos und Motorräder aus dem früher zweifellos landschaftlich herrlichen und noch stärker als heute von Reben dominierten Tal und musste, ganz plötzlich von neuem, an die zwei PTT-Beamten denken.

Doch so peinlich es für ihn gewesen war, mitzubekommen, wie gestern abend der ältere, ein Glatzkopf, in einem scheinbar unbeobachteten Moment seine rechte Hand auf die linke des viel jüngeren legte und sie dann streichelte, es war nicht an ihm, homosexuelle Beziehungen zu verteufeln.

Das war nicht sein Bier.

Jeder versuchte eben das Leben auf seine Art zu meistern.

Auch im Seminar hatte es ja gleichgeschlechtliche Liaisons gegeben, und als vor unzähligen Jahren — für Ambrosius war's eine abgesunkene, verlorene Zeit — Pater Bruno ihm, dem jungen, unsicheren Novizen, mal die Hand aufs Knie legte und dann seinen Oberschenkel zu streicheln begann, hatte Ambrosius, der damals noch Alexander hiess, zwar fluchtartig den Raum verlassen, den Pater aber nie beim Abt angezeigt (jetzt lebte Pater Bruno längst in einem deutschen Kloster).

Wozu auch!

Die Angst, die der liebeshungrige, die Fächer Französisch und Deutsch unterrichtende Pater ausstand, hatte Ambrosius sich bei all seiner Verwirrung durchaus vorstellen können. Das war Strafe genug ...

So war es gewesen.

Und eigentlich, daran dachte er in letzter Zeit relativ häufig, hatte er einigen Grund, Gott zu danken, dass sein Körper ihn nie besonders quälte und er Ruhe meist in seinem Innern fand; und die einzige Frau, für die er bis heute Liebe und Bewunderung empfand, gehörte auch nicht zu den Gierigen, schätzte es, allein zu leben, Freundschaften zu pflegen und ihre Freizeit nach eigenem Gutdünken zu gestalten. Noch heute erhielt er alljährlich einen längeren, handgeschriebenen Brief von ihr, den er postwendend beantwortete; jedesmal, wenn auch mit andern Worten, darauf hinweisend, es habe sich nichts verändert, er kenne nur eine Frau, die ihm ohne Abstriche gefalle, sie.

Am liebsten, er wusste es seit einigen Wochen, würde er ohnehin in einem Kloster mit strengeren Regeln als in jenem von Disentis leben, vorausgesetzt (er lächelte in sich hinein), er müsste dort nicht auf sein tägliches Quantum Rotwein und die Nazionale bzw. Kiels verzichten.

Ein Eremit, wie es sie im Frühchristentum gab, würde er sowieso nie werden. Dafür gefiel ihm das Irdische zu sehr, die grasenden Kühe dort drüben, der kleine, derzeit von der Sonne beschienene, jedoch vom Regen und von Jahrhunderten geformte Sandsteinfelsen über ihnen ...

Vom Tal her hörte er das Hupen eines Autos, das die Idylle und das Gebimmel der Kuhglocken für einen Moment unterbrach.

Oder kam's nicht vom Rheintal herauf, kam's von der Strasse, die Walzenhausen, ein eigentliches, nicht besonders malerisches Strassendorf, mit dem Weiler Büriswilen und dann in einer vielkurvigen Abfahrt mit Berneck verband?

Wie auch, jetzt wollte er schleunigst zur "Meldegg" hinunter, über für seine Beine nicht ganz ungefährliche, aus dem Boden ragende Wurzeln und von der Natur geformte Stufen, die wohl schon etlichen Stögelischuhfrauen* (er dachte natürlich an Béatrice Weber) zum Verhängnis geworden waren.

Ein Gläschen und vielleicht ein Stück Ziegenkäse mit Brot würde er jetzt vertragen. Beinah wär er oben, wo der Wanderweg von der Hauptstrasse abzweigt, in die quadratisch gebaute, keineswegs anmächelige* "Linde" eingekehrt, hatte aber darauf verzichtet, weil er wusste, dass diese allabendlich zu einer Disco umfunktioniert wurde, was immer mehr Anwohner wegen des von der Musik und den zugeknallten Autotüren verursachten Lärms aufbrachte.

Er verstand das.

Er hatte auch keine Vorliebe für Lärm und, den spielte die gegenwärtige Band laut Unternährer in der "Linde", für schlechten Rock.

Er wollte sein Gläschen und ein Stück Käse und zudem Sonja Hasler und Franz Unternährer, falls er sie in der Wirtsstube allein antraf, vorschlagen, duzen wir uns doch, das macht's einfacher, nahezu allen andern Gästen sagt ihr ja ebenfalls du.

Dann, nach einem von ihm offerierten Halben, würde er aufs Zimmer gehn und die ersten Sätze seines von der "civitas" bestellten Artikels über Pascal schreiben, den er später möglicherweise als Vortrag für den Zyklus "Die Philosophen und wir" benutzen konnte, den er auf Geheiss des Abtes in den kommenden Winter-

---

* Stögelischuh = schweiz. für Damenschuhe mit hohen Absätzen
* Helvetischer Ausdruck für gemütlich wirkend

monaten für interessierte Einheimische halten sollte. Er freute sich aufs Schreiben, aufs Wortesuchen. Und das war selten.

Und am Nachmittag stand ja ein Ausflug hoch zu Pferd bevor. Besser konnte es ihm kaum gehen ...

VI

Als Ambrosius, nichts Böses ahnend, die Tür zur "Meldegg" aufstiess, musste er keineswegs besonders einfühlsam sein, um zu merken, dass Sonja Hasler nervös war.

Sie stand hinter der Theke, redete aufgeregt mit einem Ambrosius unbekannten jüngeren Mann, der vor einem "Kafiluz" oder "Kafifertig"* sass und mit seinem offenen Barchenthemd, dem Stumpen im Mund und dem Geruch, den er ausströmte, nur ein Bauer sein konnte.

Sonja Hasler strahlte richtiggehend, wie sie den Pater unter der Tür erkannte.

„Gut, dass Sie wieder hier sind, Pater Ambrosius", rief sie erleichtert, „Franz ist nach St. Margrethen gefahren, um im CC* und anschliessend im Rheinpark einzukaufen und war nicht da, als ..."

„Als was?"

Da Frau Hasler (du lieber Himmel, war die Frau durcheinander!) die Worte nicht fand, setzte sich Ambrosius an den Stammtisch, grüsste den Unbekannten mit einem „Guten Tag!", roch noch

---

* Kafiluz besteht normalerweise aus Schnaps (meist Obsttrester), zwei Stück Zucker, heissem Wasser und einem Schuss Kaffee, während der sogenannte Kafifertig nur aus Schnaps, Kaffee und Zucker zusammengestellt wird.

* CC, Cash and carry, Einkaufscentren für Wirte und Wirtinnen und Besitzern von Lebensmittelgeschäften

intensiver den Stallgeruch als beim Eintreten und wartete, dass Sonja Hasler verraten würde, warum sie so aufgeregt sei.

Zur Verblüffung von Ambrosius durchbrach zuerst der etwa fünfunddreissigjährige Bauer die Stille.

„Auch guten Tag, Herr Pater“, lachte er ihn an, „Sie sind mir lieber als die Schmierlappen, mit diesen Herren kann ich wenig anfangen ...“

„Sie meinen die Polizei, wieso?“

Die Antwort kam von der Theke.

„Eben waren zwei Beamte hier, Herr Pater, unser Dorfpolizist, den ich heute zum erstenmal sah, und einer von Heiden“, erklärte Sonja Hasler stotternd vor Erregung und den Tränen nah, „sie sind mit dem Wagen trotz Fahrverbot bis zu uns heraufgefahren und wollten Frau Weber abholen, die Frau aus Bern, wissen Sie ...“

„Warum, was ist denn los?“

Ambrosius fragte langsam und zog, mehr aus Verlegenheit als aus Lust, eine weitere Nazionale aus seiner Packung und liess sich vom unbekannten Bauern Feuer geben.

„Sie soll einen IRA-Terroristen zum Freund haben, jedenfalls haben die beiden dies behauptet ...“

„So, so ... Und jetzt haben sie Frau Weber mitgenommen?“

„Nein, das ist es ja: Frau Weber war weder auf dem Zimmer noch im Restaurant, als sie kamen ... Sobald sie zurückkehrt, soll ich, ohne dass sie's hört, die Polizei anrufen, doch ...“

„Was?“

Sonja Hasler zögerte, wich aus.

„Haben Sie einen Wunsch, Herr Pater?“

Er hatte einen.

Und nicht mehr jenen von zuvor.

„Ja, bringen Sie mir auch so einen Kaffee, wie ihn der Herr da trinkt, aber diesmal bezahl ich ihn selber ...“

„Klar, wie immer…“

Frau Hasler raffte sich zu einem Lächeln auf; und während der Bauer mit einem sympathischen Grinsen im Gesicht meinte, der Herr sei im Himmel, er heisse Chrigel, holte sie ein Kafiluzglas aus dem hinter der Theke eingebauten Buffet, warf zwei Stück Zucker hinein, goss aus der Schnapsflasche "Marke Eigenbrand“

einen tüchtigen Schluck ins Glas und stellte es unter den Heisswasserhahn der Kaffeemaschine.

Ambrosius beobachtete jede ihrer Bewegungen.

Und obgleich er die Antwort ahnte, wollte er wissen, aus welchem Grund sie Mühe habe, die Polizei zu benachrichtigen, sollte Frau Weber auftauchen.

Es brach aus Sonja Hasler regelrecht heraus.

Erstens stehe sie politisch, auch wenn sie Gewalt verurteile, eher auf Seiten der IRA als auf der Seite von Madame Thatcher, die für sie überhaupt nichts Weibliches hätte, und zum andern befürchte sie, dass die "Meldegg" jetzt dann in jeder Hinsicht als linkes Nest gelte, Franz sei früher aktives Poch* -Mitglied gewesen und habe sich in Umweltdingen sehr engagiert; hier oben, in Walzenhausen und Büriswilen, kursierten deswegen die schlimmsten Gerüchte, zukünftig würden Einheimische ihre Beiz noch mehr meiden, seit der Übernahme des Restaurants bezeichneten viele Leute sie als grüne Vögel und boykottierten ihre Wirtschaft, das Primitive ziehe eben, Frauen in Minijupes und Stiefeln und lockerer Zunge, nicht Seriosität und Kulturveranstaltungen, und wenn bekannt werde, und es werde innert einem Tag bekannt, dass ein Gast der "Meldegg" verhaftet worden sei, brauche es keine Fantasie, um sich vorzustellen, was geschehe.

Was sollte Ambrosius entgegnen?

Was?

Ein Glück, dass ihm Chrigel ein wenig half.

Er käme auch zukünftig in die "Meldegg", tröstete der junge Bauer Frau Hasler, obwohl er mit den Grünen wie mit jeder andern Partei nichts anfangen könne, gefalle es ihm bei Sonja, im Gegensatz zu früher sei ständig etwas los auf der "Meldegg", selbst die Polizei kreuze auf und sorge für Betrieb …

Das Lob des nach jedem Satz laut lachenden Chrigel tat Frau Hasler gut; und nachdem Ambrosius ihr deutlich gemacht hatte, es sei doch kein Verbrechen, mit einem möglichen Terroristen befreundet zu sein, setzte sich Frau Hasler zu ihnen an den Tisch und

* linke Partei in der Schweiz, heute bedeutungslos

tat empört, als Ambrosius ihr allen Ernstes anbot, mit dem Rauchen aufzuhören, falls seine Nazionale zu sehr stinke.

Sie führten doch ein Restaurant, da dürfe jeder rauchen, Chrigel rauche ja ebenfalls, sollte es ihr zuviel werden, bringe sie die Ventilation in Gang und öffne die Fenster, „gell Chrigel?“.

„Säb wohl, wir rauchen, was wir wollen ...“

Damit war für Ambrosius der Bann gebrochen.

„Können wir uns nicht duzen, Frau Hasler, mir wär's angenehmer als das steife Sie …?“

Freude schoss in ihr Gesicht

„Ich, Sie duzen ...., Herr Pater?, ... gern, natürlich, dann spendier ich aber eine Flasche, du machst doch mit, Chrigel?“

Auf die Antwort musste sie nicht lange warten.

Bevor der Pater abwinken konnte, lachte der junge Bauer beide an: „Ja, sicher, ich muss noch nicht in den Stall ...“

VII

Sie verstand Yves' Angst. Die hatten ihn bestimmt erkannt, die zwei verflixten Homosexuellen. Aber ihn verraten, der Polizei ausliefern, würden sie nie. Andernfalls erhielten sie die Quittung, von ihr oder von Yves selber. Jeder Angestellte, jede Angestellte der Zürichbergpost würde dann erfahren, dass beide Vorgesetzten es miteinander trieben. Das schwor sie sich, so sehr sie es hasste, Menschen anzuschwärzen oder Intrigen anzuzetteln.

Sie hörte die Bremsen quietschen, lang, lang, lang.

Endlich hielt der Zug.

Wo war sie?

Wo?

Ach, Rorschach!

Sie las den Namen auf dem gegenüberliegenden Perron. In etwa zehn Minuten würde sie in Rheineck zum vierten- oder fünftenmal mit dem lustigen Ratterbähnchen nach Walzenhausen hochfahren, wo Yves bestimmt im Stationsgebäude, einem verwitterten und verwinkelten Flachdachbau, auf sie wartete.

Er war aufgeregt und zornig gewesen, am Telefon.

Und sie begriff's vollauf.

Erfuhr Hildegard von den beiden Homos, dass ihr Mann in der Schweiz lebe, würde sie alle Hebel in Bewegung setzen, ihn entweder zurückzugewinnen oder dann aufgrund der zu Unrecht vom gemeinsamen Konto abgehobenen 80 000 Franken vor Gericht zu bringen.

So würde sie handeln.

Sich rächen, entschädigen.

Antoinette kannte sie.

Diese Frau gab Yves nie frei und schaffte sie es nicht, ihn zur Rückkehr zu bewegen, blieb noch die andere Möglichkeit: Dann musste Yves solange im Untersuchungsgefängnis bleiben, bis er ihr versprach, die Beziehung zu Antoinette aufzugeben. Und hernach liesse sie die Anklage fallen ...

Damit war zu rechnen.

Mit grosser Wahrscheinlichkeit.

Antoinette mochte nicht zum Fenster hinausschauen, zur Station, zum Bodensee oder hinüber ans deutsche Ufer.

Sie war müde von der langen, strapaziösen Bahnfahrt, von den Ermahnungen ihrer Mutter, die ihr immer wieder eingetrichtert hatte, sie dürfe nie mehr mit Yves Wenzel ausreissen wie vor ein paar Monaten, das wäre ihr Tod.

Sie würde es wieder tun, nicht auf Mutter hören.

Immer wieder.

Was hatte sie zu verlieren?

Was?

Nichts als ihre kleine Brienzer Wohnung, die Musikstunden, die Vorwürfe der einsamen Mutter ...

Nie würde sie den unglaublichen Nachmittag in der dunklen Pinte von Aristau vergessen, in die sie nach einem längeren Spaziergang gemeinsam vor den ausschliesslich über Musik und berufliche Chancen schwatzenden Konservatoriumsabsolventen geflohen waren.

Ruhig, entspannt waren sie in einer Nische des bewusst vom Tageslicht abgeschirmten Lokals gesessen, in dem für gewöhnlich (man sah's wegen der Poster) Motorradfahrer verkehrten.

So waren sie da gesessen, hatten den drei Tage dauernden Meisterkurs der von der eigenen Bedeutung enorm überzeugten Starpianistin Anne de Ikarus wie weggeschoben, die ganze, schöngeistige Ambiance im Künstlerhaus, jeder mit einem kelchartigen Glas vor sich, in dem der von Yves Wenzel bestellte Saint-Amour darauf wartete (bei ihr stets ein paar Minuten länger als bei Yves), auf der Zunge erneut gekostet und dann in langsamen, genussvollen Schlücken getrunken zu werden.

Und auf einmal hatte der mächtige, zwanzig-, fünfundzwanzig Jahre ältere Mann sie angelacht und sehr direkt gefragt (sie schätzte damals sein Alter, kannte es nicht), ob sie Lust hätte, mit ihm aus der Schweiz auszureissen, einfach so, er habe genug von seinem bürgerlichen Leben, vom Mief seiner Ehe, von den beruflichen und gesellschaftlichen Verpflichtungen, und nur mit einer Frau zusammen, zum Beispiel mit einer so hübschen, sensiblen wie ihr, gelänge ihm der Absprung, er sei leider so, nicht ein Abenteurer von Geburt.

Es war wahnsinnig gewesen.

Auch ihre Reaktion.

Wenn er wolle, mache sie mit, hatte sie geantwortet und es sehr ernst gemeint.

Warum wohl?

Warum?

So überaus hatte ihr Yves Wenzel doch gar nicht gefallen, von Verliebtheit wie damals beim Zigeuner Richi konnte keine Rede sein.

Yves war ihr nur unter all den äusserst korrekt angezogenen und nie mit Spässen aufwartenden Kursteilnehmerinnen und -teilnehmern aufgefallen; auch musste sie annehmen, dass sein Vorschlag rein rhetorischen Charakter hatte, geboren aus einer Laune heraus. Und zudem hatte sie ihre Schüler und Schülerinnen in Brienz, Spiez und Bern und damals erst noch den immerzu betrunkenen, ihre Einsamkeit zusätzlich steigernden Heiner, den sie einst als kleines Mädchen, er war drei Schulklassen über ihr, angehimmelt hatte und der sie Jahre später, besessen von seiner Malerei und dem Alkohol, unbedingt heiraten und ein Kind mit ihr haben wollte, sie allein sei seine Rettung, sein Anker, sein Boden.

Unbegreiflich, ihre Antwort.

Nicht zu glauben.

Und doch so richtig ...

Was, der verflixte Zug hielt noch immer?, nahm keine Rücksicht, dass das Walzenhausener-Bähnchen laut Fahrplan um 11.10 Uhr in Rheineck abfahren musste und sie Sehnsucht hatte, starke Sehnsucht, Yves um den Hals zu fallen, seinen schweren, meist nach Tabak riechenden Körper an ihren zu drücken, mit ihm nachher aufs Bett zu sinken, seine Zärtlichkeiten zu empfangen und später mit ihm im Sälchen der "Meldegg" Chopin und Schumann zu spielen oder bei den herzlichen, ihnen wohlgesinnten Wirtsleuten in der heimeligen Beiz zu sitzen, ohne Absichten, nichts ...

Lang würde sie das alles kaum mehr aushalten: die ständigen Auf- und Abbrüche, die Hotelwechsel, dauernd in andern Städten, an andern Orten. Die Monate in Bergamo, im verstaubten, von Signora Calmetti beinah autoritär geführten "Miloni", waren freilich wunderschön gewesen, die schönste Zeit ihres Lebens; und dann kam, wie ein Elefant im Porzellanladen, dieser Doktor Rudin aus Zürich und verdarb alles, alles.

Das durfte sich nicht wiederholen, auf keinen Fall. Und ihr gemeinsamer, langfristiger Wunsch, entweder im Berner Oberland, möglichst weit weg vom Tourismus und seinen fatalen Folgen, oder noch lieber in der Westschweiz ein Häuschen zu mieten, zusammen zu sein, legal, illegal, er musste Realität werden.

Es war abgesprochen zwischen ihnen: Sie würde sich bei der entsprechenden Gemeinde als Wochenend-Aufenthalterin anmelden und weiterhin drei, vier Tage als Musiklehrerin unterrichten, während er in aller Ruhe schreiben und spielen könnte. Eine Heirat, von der er hin und wieder schwärmte, käme aber nie in Frage. Dazu war sie, nach eigener Überzeugung, zu sehr Hexe, zu eigenständig, abgesehen davon, dass Hildegard nie in eine Scheidung einwilligen würde.

Nie.

Nie.

Und vielleicht gar zu Antoinettes Beruhigung ...

Was, die alte Schachtel hockte einfach neben ihr ab, ohne zu fragen, ob der Platz frei sei.

Eine Frechheit, begleitet von Keuchen ... und, jaja, das war's!, Knoblauchgestank ...

Naja, für zehn Minuten!

„Grüezi, grüezi!" — warum auch nicht?

Schlimmeres gab's.

Viel Schlimmeres.

Nein, sprechen wollte sie nicht, keine Auskunft geben, woher und wohin, nie im Leben ...

Umdrehn den Spiess, selber fragen, das war das Beste.

Also: „Wo wohnen denn Sie, hier in Rorschach ...?"

Sie wohnt!

Sie wohnt!

Und schwatzt und schwatzt ...

Ah, der Zug fährt an, endlich, endlich!, mit jeder Sekunde würde sie sich besser, freier fühlen, und die Alte, was tat's schon!, was ...?

„Nein, nein, ich bin nicht aus dieser Gegend ..."

VIII

Hat sicher die Steuern nicht bezahlt, hä!, sicher nicht, ich kenn mich aus, ich kenn mich aus!, die jungen Weiber, hab auch manchmal eine gepackt, den Rock hochgeschoben, die waren noch anders, waren g'schaffig, hockten nicht schon um neun Uhr morgens im Café und lebten nicht von Subventionen und Männern, ich hab keine Subvention und brauch auch keine, hä!, die Wirtin da oben ist ein fauler Siech, glaubt, sie könne es sich leisten, mich wie einen Hund warten zu lassen, wenn ich allein in der Wirtschaft bin, werde es ihr gehörig zeigen, geh halt wieder mehr zur Marie in den "Sternen" oder in den "Alten Mann", ist allerdings ein Schlufi*, der Albert, hat Schulden, nichts als Schulden, ich weiss es vom Chrigel, ein guter Bauer, 24 Kühe und viel Milch und viel Land gepachtet, güllt und düngt den Boden, wie's mein Ätti* tat, oben auf dem St. Anton, tüchtig, der Chrigel, tüchtig!, nicht ein Schlawiner wie der Jost, der Tobelbuur, mäht das Gras im Juni statt im Mai und hat eine Sauordnung auf dem Hof und brandmagere Kühe und wenig Milch, hä!, ich kenn mich aus, ich kenn mich aus, hundert Prozent, hundert Prozent!, muss denen meine Chüngelipistole* ausleihen, haben keine eigene, können nicht mal ihre Chüngel selber töten, John muss es für sie tun, John!, hä!, hä!, sind faule Siechen, faule Siechen!, steil geht's hier hinauf, sausteil, hä!, sind blöde Hunde, die beiden aus Zürich, sind schwul, Oberdämpfe, John hat sie sofort richtig erkannt, sollte sie erschiessen, abknallen wie gestern die dumme Katze, die von der Meldegg zu uns herunterkam, allein mein Büsi darf in Leuchen leben und Speck mit mir fressen und nachts zwischen mir und Anneli auf dem Bett liegen, hä!, allein sie, mein Mizzi, allein sie, am Montagabend muss ich zwei Chüngel erschiessen und eine Taube, die weisse, kommt dran, die weisse!, brauch also mein Pistöleli wieder, muss die Viecher töten, sie ausnehmen und dann über Nacht hängen lassen und dem Tobler Seppi brin-

---

* schweiz. für Halunke, Schuft

* schweiz. für Vater

* Chüngel, Chüngeli = schweiz. für Kaninchen

gen, verbieten müsste man die Schwulen, ja!, verbieten und einsperren, zum Schaffen zwingen, hä!, ich kenn mich aus, ich kenn mich aus!, hab nie Subventionen nötig gehabt, und als ich Jäger war und wilderte, hab ich jedes Reh, jeden Hasen sofort und mit einem Schuss getroffen, nur der blöde Esel im Rehetobel, der war im Weg und verlor sein Ohr, muss pissen, die Pfeife wieder in Brand bringen, kurz warten vor dem Baum da, den Schlitz auftun, den Schnabel suchen, jaja, ich kenn mich aus, ich kenn mich aus!, werd's denen zeigen, glauben, sie könnten mich wie einen Hund behandeln, die Sondereggeri von der "Patria" sagt einfach vor allen Leuten, sie hätte lieber, ich käme nicht mehr in ihre Wirtschaft, hä!, der werd ich's zeigen, das Haus anzünden oder ihre zwei fetten Katzen erschiessen, komm endlich, piss endlich, Schwänzchen, sonst läuft's doch wie ein Wasserfall!, behauptet, ich hätt auf die Bank und auf den Boden gepisst, ein freches Huhn, ein freches Huhn, das Sondereggerweib!, ich kenn mich aus, ich kenn mich aus, versteh mehr als die alle miteinander, hä!, viel mehr, viel mehr!, hab doch keinen Schwips, dass kein Wasser kommt, bin nüchtern, hab im Buriet nur ein Bier und einen Luz getrunken, sonst nichts, gar nichts, brauch keine Subventionen, keine Unterstützung, hab wie Anneli meine Steuern längst bezahlt, es kommt ein bisschen, es kommt, ja, dort auf die Wurzel, genau getroffen!, ich bin gut, hä!, bin ich gut, jetzt wieder hinein mit dem Pimmel, den Schlitz zu, keine Subventionen, keine!, hä, hä!, die Schwulen hocken da oben im Wald, plagieren und fressen und trinken teure Sachen, hä!, ich erschiess sie, ich erschiess sie, für was hab ich sonst meinen Revolver, mein altes Jagdgewehr?, für was …? hä, hä!, für was ...? ..., zu, zu den Schlitz!, in fünf Minuten bin ich bei den Trotteln, der Haslerin, dem Pater, der lieber trinkt als eine Predigt hält, schön für ihn, wunderschön!, brauch keine Subventionen, niemanden, der mich unterstützt und meine Steuern bezahlt, keinen, keinen!, ich schaff's allein, ich, der Köbi Hochueli, der beste Mann weit und breit ...

IX

Yves Wenzel schritt in seinem langen, schwarzen Mantel auf dem Trottoir der Büriswilerstrasse auf Walzenhausen zu. Er war froh, dass Antoinette, wie sie's immer tat, ihm bald entgegenfliegen würde und ängstigte sich doch wegen der zwei elenden PTT-Beamten.

Sie hatten ihn erkannt, eindeutig.

Und obschon er ihnen auswich, ihnen nie ins Gesicht schaute, Sonja hatte aufgeschnappt, dass sie über ihn, Yves, lang diskutierten und der ältere von beiden, wie hiess der Mann schon?, er hatte doch früher seinen Namen bestens gekannt, behauptete, Wenzel sei kriminell, er habe von seiner Frau Geld gestohlen.

Aufgeschnappt hatte es Sonja, und es Yves aus echter Besorgnis gleich mitgeteilt ...

Das war eine gute, eine handfeste Frau. Mit ihr, da bestanden keine Zweifel, wäre er auch nach Italien abgehauen ...

Und gestern, war das eine Überraschung!, schlug sie gar vor, mit den beiden Pöstlern in seinem Auftrag zu reden und sie um äusserste Diskretion zu bitten, Yves sei ein Freund des Hauses und alles andere denn ein Krimineller, aus einer privaten Notlage heraus habe er vor ungefähr sechs Monaten Zürich verlassen, sie bitte darum, Yves Wenzels gegenwärtigen Aufenthaltsort für sich zu behalten, gerne lade sie dafür beide Herren zu einem feinen Tropfen ein, Yves Wenzel würde natürlich mittrinken.

Vielleicht hatte Sonja recht.

Vielleicht war das die Lösung: Direkt auf die zwei PTT-Beamten zugehen ... und nachher keine Gedanken über sie zu verlieren.

Vielleicht.

Kaum schlecht war's aber, dass er Sonja gebeten hatte, mit einer allfälligen Unterredung noch einen Tag oder deren zwei zuzuwarten, er möchte zuerst die Meinung von Antoinette hören.

Das war nicht schlecht.

Oder doch?

Schob er einfach auf, was jetzt nötig war, nicht morgen oder übermorgen?

Yves Wenzel blieb für einen Moment stehen, schaute zum von grauen Wolken behangenen Himmel hoch, dann hinunter zum von zwei Strassen eingeschnürten und in die Umgebung eingebetteten Kloster Grimmenstein, auf dessen barocker Orgel er am Montagvormittag dank Ambrosius eine Stunde lang wird spielen dürfen.

Darauf freute er sich.

Und wie!

Überhaupt grossartig, was für Menschen er auf der Meldegg begegnete; selbst der ewig vor dem Geldspielautomaten stehende Pfäffli war eine interessante Figur — obschon er wie die zwei Zürcher sein Geld bei der Post verdiente!

Nur die Bernerin ertrug er nicht, dieses aggressive Weibstück, das, ohne sich bei Sonja oder Franz abzumelden, seit gestern morgen verschwunden war und ihn, Yves, am späten Donnerstagabend eindeutig mit Avancen zu beglücken versucht hatte.

Er kannte diesen Typus Frau.

In Zürich war er, auch aus beruflichen Gründen, öfters mit ähnlichen Feministinnen zusammengetroffen und es hatte ihn masslos geärgert, wenn sie sich mit dem Namen Frau Silvia Weiss Kammerer oder Frau Brodmann-Müller vorstellten und ihm vorwarfen, er sei ein unverbesserlicher *Macho*, weil er in einem seiner Artikel für irgendein Käseblättchen nicht mann/frau oder Leser/Leserinnen geschrieben, sondern lediglich das männliche Wort verwendet habe.

Er mochte diese Frauen nicht.

Sie lösten in ihm Widerstand, wenn nicht Ekel aus.

Und dazu kam: Er liebte Antoinette, war glücklich mit ihr, soweit es für einen Menschen wie ihn überhaupt so Unsicheres wie Glück gab, und empfand nicht die geringste Lust, sich auch nur in Ansätzen mit einer Frau auseinanderzusetzen, die Tag und Nacht von Selbstverwirklichung, Emanzipation und ähnlichem Quatsch quasselte.

Das war einfach nicht mehr drin, in seinem Alter, seiner heutigen Verfassung.

Und Béatrice Weber war eine solche Frau.

Auch darum überlegte Yves nicht eine Sekunde, wo Béatrice stecken könnte.

Es war nicht seine Sache.

Er spürte es — und ging weiter auf dem schmalen Trottoir, in seinem schwarzen Mantel, ein riesiger Rabe entlang der für Augenblicke von Autos befreiten Landstrasse.

2

I

Ja, traurig ist's, dass letztlich kein Mensch sich andern mitteilen kann, dachte Ambrosius und legte Simenons "Maigret in New York" aufs Nachttischchen.

Er wollte hinaus an die frische Luft, wollte spazieren, nicht länger im Krimi schmökern, den Sonja ihm mit dem Hinweis gegeben hatte, sie empfehle, einen "Maigret" als Einstimmung auf "Matto regiert" zu lesen, gelte doch Friedrich Glauser unter Kritikern als Simenon der Schweiz, freilich als einer von ganz eigener Tiefe und unverkennbar persönlicher Sprache.

Erfreulich, dass er selber kein Erkennen mehr durch andere suchte.

Damit war's für Ambrosius vorbei.

Er fühlte, dass er beinah glücklich war. Und dies hatte nichts mit Selbstzufriedenheit zu tun, wie auch schon. Nichts, nichts. Nein, glücklich war er. Oder fast.

Gott, daran glaubte er fest, gestand ihm das von vielen Menschen vergebens ersehnte innere Gleichgewicht zu. Er hatte nicht darum kämpfen müssen Es war Ambrosius wie eine Gnade geschenkt worden, im Gebet, während des heutigen Messelesens.

Er ging zur Zimmertür, an der ein Poster des jungen Elvis Presley mit Reissnägeln geheftet war, öffnete sie und schritt dann sofort die relativ steile, Vorsicht verlangende Holztreppe hinunter. Er hatte keine Lust, von irgendwem gesehen und aufgehalten zu werden; auch nicht von Sonja, deren Offenheit und Mitfühlen ihn tief berührte.

Er wollte allein sein.

Ganz allein.

Höchstens ein wenig daran denken, dass Sonja selbst ihren Freund, den Ambrosius jetzt ebenfalls duzte, zu überzeugen vermochte, es sei nicht von Gutem, Béatrice Webers samstägliche Rückkehr der Polizei zu melden und andererseits die Bernerin zu beunruhigen, indem sie ihr vom Besuch der beiden Beamten berichteten.

Er begrüsste Sonjas Verhalten sehr.

Auch, dass Sonja aus eigener Initiative allenfalls bereit war, wegen Yves Wenzel mit den zwei Pöstlern zu sprechen.

Das würde die Situation entkrampfen, abends in der Wirtschaft und sonst.

Und falls gewünscht, würde er am Gespräch teilnehmen, seine Autorität, die er als Pater nun mal hatte, mit ins Spiel bringen.

Ungesehen kam aber Ambrosius nicht aus dem Haus.

Wie er ins Freie trat und wieder die unverkennbaren Geräusche von der Rheintaler Autobahn hörte, lag die Hündin der Wirtsleute unter der langen, verwitterten Holzbank neben der Eingangstür, wedelte erwartungsvoll mit seinem Schwanz und schaute fragend zum Pater hinauf.

Ambrosius verstand.

Titine wollte mitkommen.

„Dann komm halt, du kleines Biest“, sagte er lachend, bückte sich kurz und zupfte die junge Hündin, halb deutscher Schäfer, halb Appenzeller, ohne Angst am rechten Ohr.

Das war ein Signal.

Ehe er seinen Körper in voller Grösse aufrichten konnte, sprang der Hund aus dem Stand, überbordend vor Begeisterung, mehrmals an Ambrosius hoch, warf den doch keineswegs leichten Pater schier um, versuchte dessen Gesicht zu schlecken und winselte vor lauter Freude was das Zeugs hielt.

Ambrosius hatte echt Mühe, das von ihm entzückte Tier zu beruhigen.

Und als dies endlich mit viel Zureden, Abwehren und etlichen Schimpfworten gelang, musste Ambrosius erst noch einen zweiten Begleiter akzeptieren.

Auf dem aus Steinen gebildeten Mäuerchen, das die Meldegg gegen Norden hin vom Wald abgrenzte, entdeckte er eine der vier oder fünf Katzen, die Sonja Hasler oder Franz Unternährer oder beiden gehörten und zum Leidwesen der Wirtsleute (auch zu jenem von Ambrosius) tagtäglich tote, von ihnen erjagte Vögel nach Hause brachten, Rotkehlchen, Amseln, Spatzen, hin und wieder sogar Wildtauben.

Es war Elvis, ein pechschwarzer, vielleicht einjähriger Kater. (Er verdankte seinen eher ungewöhnlichen Namen der Tatsache, dass Franz auf musikalischem Gebiet nicht nur Beethoven, Bruckner und Mozart liebte, sondern ebenso Elvis Presley, dessen Stimme — zum Erstaunen des Paters — selbst Ambrosius erreichte. Und er hatte es festgestellt, weil kein Abend in der "Meldegg" verging, ohne dass Songs von Presley die Wirtschaft erfüllten ...)

Elvis miaute drei-, viermal — und flog dann in einem Satz Titine vor die Füsse, damit beweisend, dass er mit der Hündin befreundet war.

Eine weitere Überraschung folgte: Das Kätzchen wollte partout mit den beiden mitkommen.

Es war nicht zu bremsen, und wohl oder übel resignierte Ambrosius.

Ich geh einfach meinen Weg, sagte er sich, und folgen mir die beiden Tiere, ist's deren Problem, nicht meines, auf keinen Fall werd ich ihnen eine Predigt halten und ein neuer Franz von Assisi werden.

Die beiden schienen Gedanken lesen zu können: Auf gleicher Höhe wie er täppelten die Tiere neben ihm her, als wäre es die selbstverständlichste Sache der Welt.

Gegen seinen Willen musste Ambrosius lachen.

Zusammen mit einem schwarzen, derart zutraulichen Kater und einer Hündin war er in Disentis, unten am Ufer des Vorderrheins oder auf dem stotzigen Fussweg nach Mompé-Tujetsch und Segnes, nie spaziert. Überhaupt noch nie mit zwei Tieren als Begleiter.

Sollte er eine Nazionale rauchen?

Sollte er?

Wieder also, wie vor einer Stunde, seinem wahrscheinlich grössten Laster nachgeben?

Ambrosius überlegte nicht lang, zog das Päckchen heraus, schob eine der von ihm geliebten kleinen, die Umwelt mit Rauch und laut seinen Mitbrüdern erst noch mit einem unverwechselbaren Gestank verpestenden Zigarren in den Mund und entschied sich in derselben Sekunde, genau wie gestern auf dem für Fussgänger nicht ganz ungefährlichen Weg unterhalb und über senkrecht abfallenden Sandsteinfelsen zum bereits im Sanktgallischen gelegenen Weiler Burg hinunterzugehen; vielleicht, wer weiss, konnte er dort trotz der Tiere wieder im gleichnamigen, herrschaftlich anmutenden, in verschiedene Räume unterteilten Restaurant einkehren, den einen oder andern Gedanken zu "seinem" Pascal ins Blöckchen notieren oder schlicht und einfach mit der netten griechischen Wirtin, der Frau des Rebberg- und Gutsbesitzers, wiederum über Griechenland, Sokrates, die Schweizer Mentalität und andere Themen parlieren, sofern es die übrigen Gäste zuliessen.

Und wie vorhin das ehemalige Bäuerchen Köbi Hochueli — er hatte es durch eines der offenen Zimmerfenster beobachtet — blieb er vor dem nach drei Seiten, nach St. Margrethen und Rheineck, nach Walzenhausen und eben nach Burg und Au zeigenden Wegweiser stehen, der von einer gewaltigen, sicher über hundert Jahre alten Buche beschützt wurde.

Genau hier hatte Hochueli versucht, nach dem vorherigen Besuch in der "Meldegg" seine Pfeife wieder zum Glimmen zu bringen.

Wirklich, ein völlig komisches, verqueres Männchen, das in der Wirtsstube stets eine Packung Rösslistumpen verlangte, dann von sämtlichen fünf Stumpen ungefähr nur einen Drittel zuende rauchte und den Rest über einem Aschenbecher in mehrere Bestandteile zerbrach, draussen aber sofort wieder die Pfeife in den zahnlosen Mund nahm, Tabak in den Pfeifenkopf drückte und sich minutenlang damit beschäftigte, sie in Brand zu stecken, stets vom zweifarbig karierten Sportsack behindert, der wie ein Markenzeichen an seinem Rücken herunterbaumelte.

Wenn Ambrosius John glauben durfte, und er hatte keinen Anlass, dessen Aussagen zu misstrauen, so wanderte Köbi Hochueli Tag für Tag, im kältesten Winter wie an heissen Sommertagen und unterstützt von seinem uralten Stock, gegen zwanzig Kilometer, weil der Arzt ihm wegen seiner Arthrose und andern Beschwerden viel Bewegung verschrieb; und diese ärztliche Aufforderung gab dem vorzeitig gealterten Männchen die ihm nicht unerwünschte Gelegenheit, in all jenen Wirtschaften und Gasthäusern einzukehren, in deren Nähe er im Verlauf seiner Wanderung vorüberkam; es sei, er war da oder dort — und laut John war's in mehreren Restaurants der Fall — als Gast aufgrund seiner Streitsucht und dem "Hä, Hä!" unerwünscht und habe sich deshalb vom Wirt oder von der Wirtin ein sogenanntes Wirtschaftsverbot eingehandelt.

Sonja fand durchaus Gefallen an dem kauzigen Bäuerlein, das oft zweimal am Tag (kurzum, einmal zu viel) die "Meldegg" mit seiner Gegenwart beglückte.

Sie teilte aber auch die begreiflichen Vorbehalte anderer Wirtinnen.

Gerade gestern hatte sie während des Nachtessens negativ über Köbi Hochueli gesprochen. Er erschiesse in Leuchen unten jede Katze, die er nicht kenne, klagte sie mit einigem Zorn in der Stimme, und ihr Freund bestätigte ihre Aussagen; zudem benutze Köbi, weil er so keine Treppe hochsteigen müsse, in der "Meldegg" jedesmal das Frauen-WC und treffe mit seinem Wasserstrahl nie die Schüssel, immer eile sie mit dem Putzeimer und einem feuchten Lappen hinter Köbi her, auch die Holzbank, auf der er absitze, müsse sie nach jedem Besuch kontrollieren, Köbi wäre im höchsten Grad inkontinentel, hätte er nicht eine Schlummermutter, die wie eine Mutter für ihn sorge, würde er längst in einem Pflegeheim leben, sie möge Köbi gleichwohl, Originale stürben ja mehr und mehr aus, darum lasse sie sich seine penetranten "Hä!" und andere Frechheiten gefallen, die ständig gleichen Sprüche ...

Manchmal gehe er einem aber ordentlich auf die Nerven, wenn er wildfremde Menschen mit meist unverständlichen Worten grundlos angreife, hatte sie weiter geklagt; besonders in der Gartenwirtschaft fuchtle er bei schönem Wetter öfters wie verrückt mit seinem Stock vor jungen Frauen herum und tituliere sie als "faule Siechen". Etliche dieser Frauen hätten später von ihr wissen wollen, ob das zornige Männchen denn der frühere Wirt oder gar ihr Vater sei ...

Auf der andern Seite lobte sie jedoch den kurligen* Alten.

Er könne sehr hilfreich sein, auf Weihnachten habe er beispielsweise ein Christbäumchen aus seinem Wald gebracht, ebenso stelle er seine "Chüngelipistole" zur Verfügung, wenn John Chüngel von ihnen töten müsse; er habe die verschiedensten Eigenschaften, der

* schweiz. für komisch

kleine Kerl, die, je nach Alkoholspiegel, dominierten, mal sei er nett und verschmitzt, mal unerträglich bis Zumgehtnichtmehr ...

Schritt um Schritt ging Ambrosius auf dem dank unzähliger gefallener Tannennadeln wie von einem Filzteppich bedeckten Weg abwärts, während er — warum, bestand ein Grund dazu? — über Köbi Hochueli nachdachte und ernsthaft die an sich belanglose Frage stellte, ob der Alte schauspielere oder tatsächlich, die Meinung sämtlicher Stammgäste, bereits verkalkt sei.

Er würde es nicht herausfinden.

Vor allem musste er's nicht.

Lieber zog er kräftig an seiner Nazionale, damit er nicht bei der nächsten Wegkrümmung erneut umständlich das schwarze Feuerzeug aus seiner Kutte hervorzukramen hatte. Amüsanter als über seltsame Typen nachzudenken war's ohnehin, Elvis zuzuschauen, wie er mit erhobenem Schwanz neben dem Hund einherlief und diesem immer wieder, selbst an gefährlichen Stellen, mit dem Kopf oder dem gebeugtem Rücken um die Schnauze strich.

Bedeutete dies, dass die Katze gewissermassen Titine als Alphatier anerkannte?

Ambrosius verstand nicht viel von Hunden und Katzen.

Doch er mochte Tiere, besonders Pferde — und hatte es sehr genossen, gleich am Nachmittag des zweiten Tages mit Franz Unternährer nach Oberegg, zu dieser wunderschönen, ihn an den Jura erinnernden Hochebene, hinaufzureiten und dann vor der wie in die Landschaft gegossenen Wirtschaft "Sonne-Blatten" einen Bernecker zu trinken, die an einen Zaun gebundenen Haflinger beim Grasrupfen zu beobachten, Kühe und weisse Ziegen weiden zu sehn und — alle paar Minuten — ins Vorarlbergische hinüberzuschauen oder, weit weg war's!, ins von Fabriken und Lagerhallen verunstaltete Tal hinunter.

Das waren einmalige Stunden gewesen: der Ritt zur "Sonne", der längere, von Gesprächen über Pferdehaltung und über biologische Landwirtschaft begleitete Aufenthalt vor der weitgehend intakten Landbeiz und hernach der Ritt zurück zur Meldegg.

Schön war's gewesen, wettermässig und sonst.

Die "Sonne" war ihrem Namen gerecht geworden.

Eine grosse Ahnung über die Psychologie und die Verhaltensweise von Tieren hatte er aber, wenigstens eine Annahme von ihm, trotz seines Interesses nicht.

Es war letztlich auch nicht seine Aufgabe. Als Priester und Lehrer war er in erster Linie für Menschen zuständig, oder etwa nicht?

Ambrosius ging, weil der Weg schmaler und schmaler und noch abschüssiger wurde, vorsichtig weiter, liess die Tiere einen Moment lang Tiere sein. Dann, in einem Rank, hielt er an, reckte sich, hob den Kopf und sah, dass die Felsen oberhalb des Weges zum Teil nach innen gerundet waren und kleine Höhlen bildeten, Einbuchtungen, über deren Herkunft er nichts Verbindliches hätte sagen können und die Sonja oder Franz beim Abendessen nach einer entsprechenden Frage mit wenigen Worten erklären würden, sofern er die eigentümlichen, gestern übersehenen Rundungen bis dann, es wäre kein Wunder bei seiner derzeitigen Gelassenheit!, nicht vergessen hatte.

Es war, Neugierde und geologisches Phänomen hin oder her, unwichtig für ihn.

Unvorstellbar allerdings, dass über den zwanzig, dreissig Meter hohen Felsen, und sie stand dort!, die "Meldegg" sich sozusagen aus dem steinernen Grund erhob, dieses Restaurant, in das er — warum auch nicht? — halb verliebt war und das er von seiner Position aus nicht sehen konnte.

Ein kleines Wunder, die vor gut siebzig Jahren von einem wagemutigen Appenzeller erbaute "Meldegg"!

Ambrosius fühlte, wie gelöst er war. Und fast hätte er vor Freude gesungen oder aufgejubelt, weil seine monatelange Schwere allem Anschein nach in Disentis zurückgeblieben war. Es war auch Zeit gewesen. Niedergedrückt, depressiv durch die Welt zu laufen, das schickte sich nicht für Christen, entsprach nicht den Forderungen der Bergpredigt.

Er hatte doch alles, was er brauchte, um mit seinem Schicksal zufrieden zu sein: eine Bleibe hier auf der Welt und eine erfreuliche Perspektive, was die Ewigkeit betraf.

Und er hatte, wie einfache Menschen zu sagen pflegen, seinen Glauben, die Sicherheit, dass jeder Schritt, jede Minute, die ihm geschenkt wurde, von Gott gewollt war.

Es gab keine Zufälle.

Nie.

Auch die auf Streit und unnötige Diskussionen lauernde, am frühen Samstagabend seelenruhig und ohne Kommentare wieder aufgetauchte Bernerin galt es daher zu ertragen und möglicherweise herauszufinden, warum er auf der Meldegg ausgerechnet einem Weibsbild, er erlaubte sich in Béatrice Webers Fall den leicht despektierlichen Ausdruck, wie ihr begegnen musste.

Vielleicht sollte er seine nicht aus Bösartigkeit kritische Meinung über sie deutlicher als bis anhin zum Ausdruck bringen und ihr ins Gesicht hinein sagen, die Art, wie sie offensichtlich lebe, eine filterlose Zigarette nach der andern rauche und dazu laufend Weisswein trinke, zerstöre sie in wenigen Jahren, er trinke zwar — wie sie wisse — selber auch gern und rauche seinerseits, in betrunkenem Zustand würde sie ihn aber nie sehen und Lungenzüge unterlasse er; es käme aufs Mass an, aufs lateinische, wie die Römer sagten, eine hübsche, gescheite und junge Frau wie sie habe alle Ursache, dem Leben positiv gegenüber zu stehen, er sage das nicht aus christlichen Überlegungen heraus, allein aus solchen der Vernunft.

Vielleicht drängte sich das auf.

Vielleicht.

So sehr er nach wie vor seine Abwehrgefühle nicht verdrängte.

Es ging auch darum, die Gleichgültigkeit von Mensch zu Mensch zu durchbrechen.

Wir wollen meist keine Probleme mit fremden Personen, dachte er, ich bin auf dem Gebiet keine Ausnahme. Dennoch blieb Ambrosius dabei: Er durfte nie mehr wegen äussern Dingen und anderen Menschen in eine Schwere wie die vergangene geraten.

Nie mehr.

Da musste er achtgeben, sich immer die göttliche Gnade vergegenwärtigen.

Ah, dort unten war die ihm schon gestern aufgefallene, ganz in Schatten getauchte Seitenschlucht (seine Bezeichnung, jaja!), ein Abgrund, typisch für die Gegend hier und wahrscheinlich ein

Refugium für verschiedene Tiere, angefangen vom Feuersalamander bis zum Fuchs ...

Ambrosius, Titine und Elvis hielten wieder an. Er liess die Felsen, den verkrauteten, für menschliche Wesen undurchdringlichen Abhang, das Grün der Bäume und Büsche auf sich wirken, obschon kein Sonnenstrahl durchdrang und der Pater, er realisierte es erst jetzt, die Harmonie der Wiesen, Hügel und Einzelhöfe vermisste.

Das fehlte da unten.

Hier gab's nur Schatten, Nässe, rutschige Abhänge, die Unfälle und, wenn's widrige Umstände oder eben der Herrgott wollte, den Tod brachten, geriet ein Wanderer freiwillig oder unfreiwillig vom Weg ab.

Und wer einmal im Bach oder über dem Bach lag, verletzt, verwundet, der konnte schreien wie ein Tier, niemand würde ihn hören, niemand ...

Warum hatte er also vor fünf Minuten wieder den dunklen Wanderpfad gewählt, der von der Meldegg wegführt?

Warum?

Aus welchen Empfindungen heraus?

War's (abgesehen von der lockenden "Burg"), weil er Mühe bekundete, die vielfach an zauberhaften Stellen, auf kleinen Hügeln, in einer von der Sonne beschienenen Mulde, an Waldrändern, vor Jahrzehnten gebauten Bauernhöfe zu sehen, in denen nur noch in Ausnahmefällen Bauern wohnten, dafür meist begüterte Zürcher, St. Galler und Süddeutsche, und dies höchstens für ein paar Wochen im Jahr, eine Entwicklung, die's in der ganzen Schweiz zu registrieren galt und die Ambrosius schmerzte?

War's deswegen?

War er so widersprüchlich?

Oben litt er wegen des Trends zum Ferienhaus und unten, im Wald, weil ihm die Hügel fehlten, die ausbalancierte Landschaft?

Er konnte doch die Entwicklung zum Zweit- und Ferienhaus nicht stoppen.

Er nicht!

Die Besitzgier der Menschen war stärker als jedes nostalgische Gefühl, als jede Sehnsucht nach einer möglichst intakten Welt; und die zahlreichen kleinen Bauern, die vor vierzig oder fünfzig Jahren im Appenzeller Vorderland noch zwei, drei Kühe besessen und täglich zehn, zwölf, vierzehn Stunden für einen Hungerlohn in ihren feuchten, Rückenschmerzen verursachenden Kellern für eine Weberei im Tal gewoben hatten, die gab's samt ihren von der Plakkerei gezeichneten Frauen und den unzähligen Kindern auch nicht mehr.

Das war Vergangenheit, Erinnerung, nichts sonst.

Ausgewandert waren die einstigen Bewohner in Städte, grössere Ortschaften, hatten ihr Land, ihr Haus für einen Spottpreis verkauft.

Nun besassen Grafiker, Architekten, Werbeberater, Bankiers, Juristen, oft nach mehreren Handwechseln und immerfort steigenden Verkaufspreisen, die Häuser und den dazugehörigen Boden, pflanzten auf ihm Bäume und Sträucher, die nicht in die hiesige Pflanzenwelt passten, liessen — nicht selten — von Landschaftsgärtnern ehemalige Weiden in sterile Rasen mit Zierbäumchen verwandeln und umstellten ihr Zweit- oder Dritthaus, das sie voller Stolz bei jeder Gelegenheit Freunden, Bekannten und Geschäftspartnern präsentierten, mit Gartenzwergen, Swimmingpools, überdimensionierten, die Landschaft zusätzlich verfremdenden Cheminées, riesigen Kinderspielgeräten und kanadischen Liegeschaukeln für die Ehefrau oder aktuelle Geliebte ...

Ambrosius kannte das.

Nicht nur hier im Appenzellischen, auch im Tessin und teilweise in der Surselva, wo den rührigen Managern des Skitourismus die Ehre zufiel, über Jahrhunderte organisch gewachsene Dörfer innert weniger Jahre zu herz- und seelenlosen Siedlungen mit chaletartigen, Kitsch ausstrahlenden Ferienhäusern, Wohnblöcken, hässlichen Hotels und Skiliften umzustilisieren, deren Hauptmerkmal unübersehbar Beton und nochmals Beton hiess ...

Ja, hinunter zum Tobel gab's keinen Weg. Er musste über dessen beängstigend steil abfallenden Rand sich bis zu den terrassenförmig angelegten Rebbergen und Wiesen über Burg tasten und bei jedem Schritt höllisch aufpassen, nicht auszurutschen, der gestrige Spaziergang war Warnung genug gewesen.

Nein, seine Feststellung traf nicht ganz zu, er hatte seine Augen zu wenig offen gehabt ...!

Gerade hier, vor seinen Füssen, zweigte etwas Pfadähnliches ab, verschwand dort hinter den von Dornengestrüpp und Farnen überwachsenen Haselbüschen und wand sich dann vermutlich, war's eine ambrosianische Annahme, war's Realität?, im Zickzack zum von seinem Standort aus deutlich hörbaren Bach und anschliessend wohl diesem entlang bis zu den vier oder fünf Häusern von Burg.

Sollte er, in seiner Kutte, mit den beiden gemeinsam herumtollenden Tieren, den Weg dort wählen und insgeheim hoffen, dieser, eher Spur als Weg, bringe ihn tatsächlich zum Restaurant "Burg", vor dem dann Titine und Elvis brav auf den momentanen Meister warten würden?

Ambrosius zögerte und kam zum Schluss, ein Abstieg sei zu riskant, er verzichte lieber auf das Wagnis und fordere nicht das Schicksal heraus.

Sein Entschluss, falls es einer war, nutzte nichts oder erfolgte zu spät.

Titine war bereits, mit der Nase am Boden und gejagt vom Kätzchen, hinter oder in den Büschen verschwunden.

„Donnerwetter", dachte Ambrosius erstaunt, „Titine entscheidet für mich, sie muss den Weg von Sonja oder von Franz oder einem andern mutigen Spaziergänger kennen ..."

So war es wohl auch.

Die Hündin kannte sich hier aus.

Er ging daher, aus Zwang, aus Freiheit?, den beiden aus seinem Gesichtsfeld entschwundenen Tieren nach und erwartete gegen jede Vernunft, bald im Grünen, mitten in einem Rebberg zu stehn und das herrschaftliche Gut der liebenswürdigen, zweifellos aber auch geschäftstüchtigen Griechin und ihres ihm unbekannten, dank Erbschaft — die Wirtin hatte alles weitschweifig dem Pater erzählt — über Nacht vom Automechaniker zum Weinbauern gewordenen Mannes von oben zu Gesicht zu bekommen.

Ohne Angst folgte er den Tieren, steuerte vorsichtig und Schritt um Schritt auf das Gebüsch zu, die Nazionale im Mund. Wenn die Besitzer von Titine auf dem Geissen- oder viel eher Rehpfad nicht ausglitten, könnte er's auch schaffen, oder?

An diese Idee klammerte er sich — und griff im letzten Moment nach einem mickrigen Bäumchen, das, er war weiss Gott kein Botaniker, im Laufe von Jahren eine grosse Birke oder Esche werden wollte.

Halt!, da vor dem Bäumchen, das er verzweifelt mit seinen Händen hielt, waren eindeutig Spuren, Schuhabdrücke auf dem nassen, glitschigen Boden ...

Mit andern Worten: das Weglein wurde tatsächlich von Menschen begangen!

„Ich bin Robinson, bin unverhofft auf die Abdrücke von Freitag gestossen ...", dachte Ambrosius wie unter Zwang, während er das Bäumchen, ohne es bewusst zu merken, losliess.

Und jetzt sah er auch die Tiere wieder, sah Titine vor einem über den Pfad gestürzten Baum, den Kater auf dem recht umfangreichen Stamm.

Sie warteten — auf ihn, den Chef, der sich, eine Schande, oh ja!, zehnmal langsamer vorwärtsbewegte als sie.

Ambrosius stand etwas hilflos neben dem unglaublich biegsamen Bäumchen, starrte wie gebannt auf die Spuren, die vielleicht von Sonja stammten, vielleicht vom ebenfalls wanderfreudigen Yves oder von Fremden, von sonstigen Besuchern der "Meldegg".

Es war ohne Belang.

Entscheidend war, dass er unfähig gewesen war, Titine und Elvis vor dem Restaurant wegzujagen.

Und jetzt hatte er die Bescherung.

Jetzt bestimmten die Tiere und nicht er, wo es langging.

Das Spiel, das die beiden trieben, erheiterte den Pater trotzdem: Das Kätzchen verbarg sich immer wieder hinter Steinen oder Bäumen, Titine tat, als ob sie Elvis suche — und auf einmal sprang die Katze den Hund von irgendwoher an.

„So müssten wir Menschen sein", dachte Ambrosius mit einem Anflug von Resignation, „den andern nicht als Rivalen einstufen, dafür das Spiel mit ihm suchen ..."

Eine Umkehr kam für den Pater nicht mehr in Frage; lieber folgte er den Tieren. Allein schon das Umdrehen wäre gefährlich gewesen, könnte einen fatalen Sturz zur Folge haben, einen Sturz in die

Tiefe, zu den Schründen, die er dort unten vermutete ...

Er setzte deshalb den Weg fort, langsam, langsam, griff mal, um nicht zu stolpern oder in die Tiefe zu rutschen, nach einer Pflanze, dann nach einer freiliegenden Wurzel oder einem grösseren Stein und musste zu allem Ueberfluss mitansehen, wie Titine, die stets ungefähr zehn Meter vor ihm herlief, mühelos unter vom Wind (oder von Menschenhand?) gefällten Bäumchen und Bäumen durchkroch oder sie, je nach Situation, elegant übersprang.

Ambrosius blieb nichts übrig, als dem Hund — mit weit weniger Eleganz und voller Schwierigkeiten — nachzueifern, indem er jeweils seine Kutte hochraffte und sich dann ohne jedes Talent als Hochspringer versuchte.

Wo war jetzt wieder die Donnerskatze?

Oh, dort vorne goopte* sie mit Titine!

Sie schien überhaupt keine Angst zu haben, den Rückweg zur Meldegg nicht mehr zu finden oder von einem hungrigen Fuchs angefallen zu werden.

Ob sie den Rutschweg von früheren Erkundungen her kannte und wusste, dass es im Weiler Burg keinen Kater gab, der sein Revier verteidigte? (Soviel verstand Ambrosius noch von Katzen, aber damit hatte es sich!)

Es sah danach aus.

Ambrosius dagegen hätte vom offizellen Wanderweg nicht abweichen dürfen.

Das wurde immer klarer.

Alle vier, fünf Meter über liegende Bäume, Äste oder den Weg überwachsende Sträucher zu klettern, entsprach nicht unbedingt seinen spaziergängerischen Gepflogenheiten. Noch weniger gefiel's dem eingerosteten Körpergestell ...

Richtig nach Atem ringend, hielt er über einer kleinen Felswand und erblickte, nach einer kurzen Pause, dreissig, vierzig Meter weiter unten zum erstenmal den von Steinen und Geröll durchsetzten, munter Richtung Rheintal hüpfenden Bach.

---

* goopen = schweiz. für spielen

Zornig warf er die Nazionale gegen den Bach hinunter, ohne ihn natürlich zu treffen und damit zum Umweltverschmutzer zu werden.

Zum Atmen brauchte er nun den Mund, nicht zum Rauchen.

„Ein Dummkopf bin ich, wie ein Kind einem Hund nachzulaufen", kritisierte er sein unüberlegtes Vorgehen und wiederholte die schreckliche Vorstellung von vorhin, „wenn ich hier rutsche, lande ich direkt im Bach und dann 'Gute Nacht, Ambrosius, gute Nacht!', keiner würde dich hören, wenn du um Hilfe rufst ..."

Reflexartig verlegte er das Gewicht aufs rechte Bein, um nicht auszugleiten.

Irgendwie war's trotz allem märchenhaft: Bäume, die sich vergebens dem Licht entgegenstreckten und über ihm ein Dach bildeten, Farne, pfeifende Vögel, grosse, von Moos eingehüllte Steine, hinter denen für unverdorbene Kinder durchaus Feen oder Zwerge zu Hause sein konnten, und dann eben der zusätzlich Kühle verursachende Bach, der über Runsen und Felsen dem Tal zustrebte.

Klar, dass in diesem Wirrwarr von Pflanzen, Wurzeln, Felsbrocken etliche Füchse, Dachse und andere einheimische Raubtiere lebten und seltene Vogelarten ihre Verstecke und Nester hatten, von Feuersalamandern, Kröten, Fröschen und Insekten zu schweigen. Nicht viele Jäger, da bestand kein Zweifel, würden im Herbst in dieser Schlucht auf Beute lauern. Das war zu aufwendig, kostete Schweiss ...

Und Ambrosius, in seinen Gedanken und Schlussfolgerungen oft etwas voreilig, lag mit seiner Vermutung richtig: Füchse lebten rund um den Wildbach, einer ganz bestimmt.

Wie er wieder den Kopf hob, um einen Überblick über seine Lage zu gewinnen, staunte er nicht nur über die mächtige, wahrscheinlich bis zur Krete führende, nahezu senkrechte Felswand, er sah auch mehrere, unter Wurzeln und Büschen beginnende Höhleneingänge, die, eine Vermutung von ihm, zu einem verzweigten Fuchsbausystem gehörten.

Da musste ein Fuchs oder eine Füchsin, eventuell gar mit Jungen, leben.

Das freute Ambrosius, hatte er doch auf seinen Spaziergängen in der Umgebung von Disentis seines Wissens nie Spuren von Füchsen ausgemacht.

Waren die Bündner Jäger schiesswütiger als jene der beiden Appenzell und des Kantons St.Gallen?

Oder lag die Surselva mit ihren 1400, 1500 Metern über Meer für Füchse zu hoch, waren deren Reviere nur unterhalb solcher Höhen?

Er konnte es nicht glauben.

„Die Bündner, besonders meine Surselver", so folgerte er, „sind halt auf der Jagd nicht zu bremsen. Was sich bewegt, auf das wird geschossen, angefangen vom Rehbock bis zur Hauskatze und zum Huhn ..."

Zwangsläufig kamen ihm seine Stammtischkumpanen vom "Cumin", junge Landwirte, Schreiner, Bahnangestellte, in den Sinn, die — stundenlang konnte er ihren auf Rätoromanisch abgegebenen Übertreibungen zuhören — gern damit plagierten, wie manchen Gemsbock oder Hirsch sie während der Jagdsaison abgeschossen hätten. Von Füchsen war freilich, sofern ihn die Erinnerung nicht trog, nie die Rede gewesen ...

Wo war Titine?

Wo?

Ambrosius schreckte auf, hier, mitten im halsbrecherischen und enorm glitschigen, durch feuchtes Laub und aufgeweichte Tannennadeln erst recht zur Rutschbahn gewordenen Abhang.

Verflixt, wo war sie?

Wo? Wo?

Es war doch nicht Titines Art, davonzulaufen, im Wald Spuren, solchen von Rehen, Hasen, was immer, nachzujagen.

Die Hündin sei ganz und gar friedlich, hiess Sonjas Beruhigung, nachdem sie Ambrosius zum erstenmal und nicht umsonst gebeten hatte, auf eine seiner Wanderungen Titine mitzunehmen, das Tier brauche unbedingt mehr Bewegung, sie, Sonja, und ihr Freund, hätten leider zu wenig Zeit für den Hund, und falls Ambrosius bei der Konkurrenz, in einer andern Wirtschaft, einkehren wolle (mit einer lustigen Handbewegung hatte Sonja ihre Worte unterstrichen), warte Titine ohne Gewinsel und schön ruhig vor dem Haus, auch unter dem Tisch würde sie niemanden belästigen; überhaupt ein Wunder, dieser junge, aus einem grösseren Wurf stammende Hund, ohne Aggressionen oder Angst begegne er jedem fremden Tier, Hunden, Katzen, Ponies, Ziegen, nie stelle er die Haare oder knurre, ausser wenn er angegriffen werde.

Sonjas Lobpreisungen kamen Ambrosius wie von selbst in den Sinn.

Doch jetzt war der als lieb und gehorsam geschilderte Hund (und der Pater hatte ihn als solchen erfahren) verschwunden, wie vom Erdboden verschluckt.

Ambrosius schaute hinauf, hinunter, geradeaus und — vorsichtig — zurück.

Nichts.

Nichts.

Auch von der Katze nichts.

Musste er rufen, befehlen, den Meister hervorkehren?

Er besann sich für einmal nicht lang.

In seiner derzeitigen Situation, umlauert von Felsen, Dornen, Erdspalten, kaum erstaunlich.

„Titine, Titine, komm, komm ..."

Sie kam nicht.

Dafür, oder war's eine Täuschung, liess sein Gehör nach?, meinte er nach einigen Sekunden des Wartens ein leises Bellen zu hören, sofern es so etwas wie ein leises Bellen gab.

Was war los?

Warum gehorchte Titine nicht?

Warum?

Er rief nochmals, um einiges lauter, energischer.

„Titine, Titine, komm, komm!, ich muss dich und Elvis nach Hause bringen ..."

Das schien, er glaubte es kaum, Erfolg zu haben.

Das Gebell, oder war's ein Gewinsel?, wurde lauter.

Er rief ein drittesmal, ohne sein Rufen als lächerlich zu empfinden.

Wozu auch!

Er war mit dem Hund von der Meldegg weggegangen, er wollte mit ihm zurückkehren.

Und da tauchte Titine wirklich neben den Büschen auf, der

schön gebaute, kräftige, noch nicht vollends ausgewachsene Hund, mit eingezogenem Schwanz, kriechend fast und ohne seine sonstige Ausgelassenheit.

Selbst ein unbedarfter Tierkenner wie er konnte nicht übersehen: Titine hatte ein schlechtes Gewissen, wusste genau, dass sie zu weit vorausgerannt war.

Ambrosius beugte sich daher, soweit es die (schwankenden) Verhältnisse zuliessen, zum Hund hinunter, wie dieser endlich bei ihm anlangte und voller Schuldgefühle — es waren doch Schuldgefühle? — zum doch gar nicht erzürnten Pater aufschaute.

„Nicht so schlimm, Titine, nicht so schlimm", suchte Ambrosius das Tier zu beruhigen und kraulte es hinter den Ohren, „jeder von uns macht mal einen Fehler, auch ich ... Du hast sicher das Büsi verloren, gell?, wir werden es zusammen finden ..."

Für Titine war dies das Richtige.

Bevor Ambrosius zurückweichen konnte, sprang die Hündin mit ihren dreckigen, nassen Pfoten wie schon so oft voller Freude an ihm hoch und wollte das Gesicht des Paters lecken — eine gar nicht begrüssenswerte Liebesbezeugung, wenige Zentimeter neben dem Abgrund.

„Nicht hier, Titine, nicht hier, wir könnten beide abstürzen, uns die Beine brechen ..."

Ambrosius schüttelte mit Gewalt den Hund ab und hatte einige Probleme, das Gleichgewicht zu halten; und obwohl er nicht im geringsten begriff, was in dem Tier vorging: Er wusste jetzt, dass er weiter abwärtsgehen und den Geissenpfad (oder was immer) nicht aufgeben würde, schon wegen des nach wie vor vermissten Elvis.

Sonja hing doch an dem kleinen, eigensinnigen Kater, zog Elvis den andern Katzen vor und ging abends in seiner Begleitung spazieren, wenn der letzte auswärtige Gast die "Meldegg" verlassen hatte.

Einmal, oh ja!, hatte er sie, vom Fenster aus, dabei beobachten können, eine Frau unter den in vier oder fünf Farben leuchtenden Glühbirnchen der Girlanden, gefolgt von einer schwarzen Katze, indessen Titine, falls Ambrosius' Annahme zutraf, mit Franz unterwegs war, der es nicht schätzte, bei seinen Abendspaziergängen auf eine Katze Rücksicht nehmen zu müssen, Spaziergänge, die meist wie jene von Ambrosius in einer nahen Beiz endeten. (Höflichkeitsbesuche nannte sie Franz, Besuche aus geschäftlichen Gründen ...)

Wie immer, auf einen Schlag war das vorherige Zögern weggewischt.

„Komm, wir gehen, Titine, suchen unsern Elvis ...“

Es blieb nicht bei Worten. Wieder setzte Ambrosius, behindert von der für solche Expeditionen zu langen Kutte, einen Fuss vor der andern, zielstrebiger und nicht mehr so furchtsam wie noch vor Augenblicken.

Titine, er spürte den Körper mehrfach an seinen Füssen, lief hinter ihm.

Was für ein dämlicher Angsthase war er gewesen, was für einer!

Er schämte sich.

Zumal ihn doch heute morgen in der Sanftes und zugleich Strenge vermittelnden Kirche des Klosters Grimmenstein beim ”Ite, missa est“ heftig die Gewissheit überfiel — es war eine Art Überfall, wie jeder Priester ihn ersehnt — , seiner Person könne in Zukunft nie etwas passieren, der Tod sei nichts als ein Durchgang zu Gott, hinein in einen Frieden, der niemals ein Ende hat. (Gegen fünfzehn Menschen hatten übrigens zu seinem Staunen auf seinen Segen gewartet, darunter Klosterfrauen und Sonja.)

Nur, er würde vorderhand nicht sterben, nicht zum Bach hinunterkugeln und sich leichtere oder, damit wäre im Falle eines Sturzes zu rechnen, schwerere Verletzungen zuziehen.

Es war zu früh dazu.

Seine Zeit, wie’s in Romanen hiess, war noch nicht gekommen. Die Glocken des Disentiser Klosters läuteten in den nächsten Monaten und wohl auch Jahren nicht für ihn.

Und auf einmal, Ambrosius traute seinen kurzsichtigen Augen kaum, war Elvis da, wie aus dem Nichts.

Er hockte direkt vor ihm auf einem grünlichen, feuchten Steinbrocken, miaute gottsjämmerlich und machte in jeder Hinsicht einen kläglichen Eindruck.

War dem Kater die Spiellust vergangen?

Weshalb sprang er Titine von seiner erhöhten Position nicht

an, wie er's so gern tat, und dokumentierte damit gewissermassen: He, Titine, ich bin wieder da?

Wieso nicht?

Was hatte, regelrechte Ungeduld überkam den Pater, das komische Vieh?

Was?

Ambrosius hatte keine Zeit, eine glaubhafte Antwort zurechtzuzimmern.

Hörte da nicht, direkt hinter dem Stein von Elvis, der Weg zu existieren auf ...?

Oder sah er das falsch?

War der wohl ganz selten begangene Trampelpfad nur durch einen kürzlichen, von den letzten Regenfällen verursachten Erdrutsch unterbrochen worden?

Ja, genau!

Man sah deutlich die heruntergeschwemmten Pflanzen, die Erde, die Steine.

Und dort, rechts vorne und sechs oder acht Meter unterhalb seiner Füsse, ging die Spur von einem Weg weiter ...

Er sah's, trotz der von Dreckspritzern verschmutzten Brillengläsern.

Dorthin ...

Impulsiv und nichts überlegend schlitterte Ambrosius, mehr auf dem Hintern als auf den längst Nässe bis zur Haut durchlassenden Wanderschuhen, gegen die kümmerlichen Bäume zu (waren es Birken?), an denen er sich festhalten wollte ...

Und er hoffte, er könne im entscheidenden Moment das Rutschen abbremsen und käme dann innert annehmbarer Frist, wenn auch ähnlich verdreckt wie Titine, in einer der vier oder fünf ineinanderverschachtelten, wunderschön getäferten und von alten Holz- und Schiefertischen und langen Bänken geprägten Wirtsstuben der "Burg“ zum von Sekunde zu Sekunde mehr herbeigesehnten Zweier Bernecker oder Monsteiner und — auch so ein unangebrachter Wunsch — zu einer heutigen Zeitung, in der er, eine schlechte Beizengewohnheit von Ambrosius, dann meist uninteressiert blätterte, bis er auf einen Artikel stiess, der ihn aufgrund lokaler, geschichtlicher Bezüge zum Lesen verlockte.

Oder sollte er, Gottvertrauen hin oder her, stoppen, umkehren, auf allen vieren, mehr Frosch als Mensch, wieder den Hang hochklettern?

Jetzt, mitten in der klebrigen Sauce drin?

Das alles ging Ambrosius in Windeseile durch den Kopf, während er abwärtsrutschte, hernach ziemlich überfordert vor einem Bäumchen stoppte, den rechten Fuss mit seiner ganzen Kraft in ein Erdloch stemmte und so eine neuerliche Verschnaufspause erhielt.

Wieder war's am Hund, die Frage zu erübrigen.

Titine stand bereits auf der Spur, wedelte heftig und schaute zum einige Meter entfernten Pater hinauf — so, als ob sie sagen möchte: Komm, du alter Knacker, was hast du denn, ist doch keine Sache, zu mir herab zu springen?

Ambrosius schlitterte weiter — und hielt sich, als er mit Müh und Not neben Titine "landete", im allerletzten Moment mit beiden Händen erneut an einem zum Glück noch in der Erde verankerten Bäumchen fest. Wenig hätte gefehlt, und der unsportliche Benediktiner wäre auf den nassen Boden geklatscht, mit Folgen, an die er lieber nicht dachte ...

Aber Ambrosius hatte es geschafft.

Daran gab's nichts zu deuteln.

Er atmete auf, litt nicht länger unter dem komischen Gefühl, mit seiner Kutte und der Kapuze ein Nachtvogel zu sein, der zwar Flügel hat, aber nicht fliegen kann ...

Nicht länger!

Er sah nach vorn, suchte die Katze.

Er fand sie auch: Auf einem andern, noch grösseren Stein, sich unbekümmert über Ambrosius' Lage die Vorderpfoten schleckend.

Nun ja.

Jeder auf seine Tour, in seinem Stil.

Eigenartig war nur, dachte er, dass Titine die Führungsrolle übernommen hat und mir zeigt, wohin ich gehen soll (oder wo Bartli den Most holt, wie die Schweizer sagen). „Normalerweise rennen doch Rüden voraus, nicht Weibchen, soviel ich weiss ..."

Ja, der Weg, oder als was sollte er die Spur bezeichnen, auf der wiederum Abdrücke verschiedener Schuhsohlen zu sehen waren?, führte tatsächlich weiter, war — es musste in den vergangenen Tagen passiert sein — nicht abgerutscht wie der Teil, der hinter Ambrosius lag und den er auf dem Rückweg, das schwor er bei allen Heiligen, nie erklimmen, nie erkriechen würde, egal, wohin es Titine und Elvis zog.

Und sollte es der Katze nicht in den Kram passen, würde er sie halt auf den Armen zurücktragen.

Entweder auf dem normalen, ihm jetzt allerdings reichlich suspekten Wanderweg oder auf der kurvenreichen Strasse von Burg nach Büriswilen und zur "Linde"* hinauf; wobei Ambrosius nicht ausschloss, im zweiten Fall, gemeinsam mit der Katze, auf einen Sprung die etwas abseits der Strasse gebaute Kapelle von Büriswilen aufzusuchen, Mittelpunkt eines Weilers, der wie das Kloster Grimmenstein (Franz hatte ihm die nähere Umgebung der Meldegg auf dem Ritt nach Oberegg hinauf genau beschrieben) zum Kanton Innerrhoden gehörte und dessen Bewohner somit mehrheitlich katholisch waren ...

„Dann nichts wie los, du feige Wanze, die Wiesen, die Rebstöcke, die herausgepützelte* Wirtschaft warten auf dich ..."

Er blieb jedoch, schon wieder aus einer momentanen Regung heraus, stehen, wie heimgesucht von einer neuen Idee.

Warum nicht einige Minuten, die Kutte war ja längst feucht und fleckig geworden und rief nach einer Reinigung, auf dem Stein dort vorn abhocken und für die Menschen beten, denen er im Verlauf der letzten Tage auf der Meldegg begegnet war?

Warum nicht!

Ihm fehlten die täglichen Gebete, Litaneien und Choräle ohnehin, die die Regeln des heiligen Benedikt auch den Mönchen des Klosters von Disentis auferlegten. Er würde aber nicht wie in der ihm etwas zu protzigen Klosterkirche auf lateinisch beten, sondern Gott auf deutsch demütig bitten, den Menschen zu helfen, die auf

---

* Erstes Haus des langgezogenen und kurvenreichen Strassendorfes Walzenhausen, wenn man von Büriswilen herkommt. Vom Hotel "Linde" zweigt der Wanderer/die Wanderin bekanntlich zur Meldegg ab.

* übertrieben gereinigt

der Meldegg seinen Weg gekreuzt hatten, sofern sie — und wer benötigte sie nicht? wer? — göttliche Hilfe brauchten.

Das wollte er tun.

Gleich jetzt!

Besonders seine zwei Gastgeber durfte und mochte er nicht vergessen.

Auf keinen Fall.

Er bewunderte sie ehrlich. Von morgens neun Uhr bis gegen Mitternacht und manchmal darüber hinaus mussten sie präsent sein, kochen, putzen, die Getränkeschubladen auffüllen, einkaufen, Menues planen, die fünf, sechs Gästezimmer in Ordnung bringen, die Tiere versorgen, unzählige Kaninchen, Hühner, Enten, auch die Pferde und den Esel im Offenstall unterhalb der Meldegg, und erst noch öfters als ihnen lieb war, Leute mit einem Lächeln auf den Lippen bedienen, die ihnen wie der eklige Pilzsucher Eugster im Grunde genommen zuwider waren, mit ihren ichsüchtigen Monologen, den hundertmal gleichen und ach so banalen Sprüchen.

Und was Ambrosius zuallererst beeindruckte: Nie hatte er einen der beiden, auch Sonja nicht, über den Arbeitsaufwand jammern gehört. Da waren sie anders als etliche seiner weiblichen Disentiser Schützlinge, die ihn viel zu oft in der Zelle oder im Beichtstuhl mit ihren Geschichten, ihren "bösen Männern", ihren Leiden, ihren Alltagssorgen den Kopf vollschwatzten oder unter Tränen telefonisch ins Haus baten, es gehe ihnen derart schlecht.

Er hatte Anlass, für die beiden zu beten.

Und auch für Yves Wenzel und seine hochgewachsene, wie aus einem Modejournal entsprungene, vielleicht um eine Spur zu magere Freundin Antoinette Schubiger. Gerade in diesen Minuten dürfte sie, Ambrosius kam's eben in den Sinn, Bern erreicht haben, um von dort mit der Bahn an ihren Wohnort im Berner Oberland zu gelangen, Brienz, wenn er sich nicht täuschte, eine Gegend, in der er noch nie gewesen war.

Er mochte die zwei tapferen, unkonventionellen Menschen, die, Zufall oder nicht, beide einen französischen Vornamen hatten und meist lange, schwarze Mäntel trugen, was in Ambrosius unwillkürlich den Gedanken an Raben aufkommen liess.

Und nie würde er wie Köbi, der nicht die geringste Ehrfurcht vor menschlichen Wesen kannte, nur sein eigenes Weltbild, die Kriegsjahre, die Krisenzeit als Gesprächsthema kannte, nie würde er über den erheblichen Altersunterschied der beiden spotten, von Vater und Tochter reden. In der Liebe, wenn sie schon mal entstand (und sie entstand selten genug), war alles erlaubt, war nichts aussergewöhnlich.

Davon war Ambrosius zutiefst überzeugt; selbst Ehebruch, von seiner Kirche als Sünde schlechthin deklariert, wurde da unter Umständen zur Notwendigkeit, zum, er wagte den ketzerischen Gedanken, Sakrament, das zwei Menschen vereint.

Auch war's eine erfreuliche Überraschung gewesen, nach der Rückkehr von der heutigen Messe oben auf dem Zimmer endlich die ersten Seiten von "Matto regiert" zu lesen, mit Wachtmeister Studer, den Heinrich Gretler* in verschiedenen Filmen gespielt hatte, in aller Herrgottsfrüh aufzustehen und den Geruch von frischem Kaffee zu riechen, den Studers Frau für den telefonisch aus dem Bett geklingelten Berner Kriminalisten gekocht hatte — und dann, als Ambrosius eben zum Maigret griff, um Vergleiche sprachlicher und stimmungsmässiger Art anzustellen, hörte er plötzlich, wie unten im Sälchen, durch die Decke von seinem Zimmer getrennt, Antoinette Klavierstücke von Janácek und Bartok und hernach von modernen Spaniern spielte, deren Namen Ambrosius nicht geläufig waren.

War das schön gewesen, unglaublich schön!

Augenblicklich hatte er das Buch weggelegt, nur noch — wenn auch leicht verzerrt — Musik aufgenommen, das sanfte, das leidenschaftliche Spiel der jungen Frau ...

Kein Zweifel, die beiden verdienten seine Gedanken, seine Gebete.

Und schon jetzt fand er's erfreulich, Antoinette am nächsten Wochenende, Stunden vor seiner Abreise, erneut zu sehen, ihre schmale, feingliedrige, ohne Schmuck auskommende Hand zur Begrüssung zu ergreifen und im Sälchen zu sitzen, wo sie für ihn Stücke von Schumann und, sein liebstes Klavierwerk, Beethovens

---

* Verstorbener Schweizer Schauspieler, der in verschiedenen Filmproduktionen in die Rolle des "Studer" geschlüpft ist und damit bekannter wurde als der früh verstorbene, zeit seines Lebens immer wieder von neuem internierte Autor von "Matto regiert", Friedrich Glauser.

Mondscheinsonate spielen wollte.

Es galt aber auch, oh ja, Ambrosius, alter Knabe!, hier in dem feuchten, von Farnen, Moosen, dornigen Büschen, Nielen, Plakken (so hiessen sie doch?) überwucherten Loch für jene zu beten, für die er keine oder im besten Fall wenig Zuneigung aufbrachte: für die beiden homoerotischen, laut Yves Wenzel brav verheirateten oder mit einer Frau befreundeten Postbeamten, die nachmittags jeweils kurz nach dem aus Salaten bestehenden Lunch zum keineswegs billigen Kurhaus von Walzenhausen joggten (zwei Gespenster mit flatternden Trainingsanzügen), dort im geheizten Wasser des Hallenbades unter Anleitung eines Turnlehrers mit den Gästen des Kurhauses, Kranken, Pensionierten mit Altersbeschwerden, abmagerungswilligen Damen, um die Wette schwammen, dann eine Fangopackung verpasst erhielten oder von einer Masseuse oder einem Masseur intensiv geknetet wurden.

Vielleicht, wer weiss, planschten sie eben jetzt im — wie im aufwendigen Prospekt des Kurhauses stand — nach modernsten Gesichtspunkten erstellten Wasserbecken und suchten, bestimmt eine vergebliche Liebesmüh, nach männlichen Körpern, die ihnen gefielen.

Nein, das durfte er nicht denken.

Was ihm fremd war, war andern eben wichtig.

Nach diesem Prinzip sollte er leben, in seinem Alter ...

Und dann wollte er, auch dies, auch dies!, für den närrischen Köbi beten, dessen "Hä, Hä!“ und immerwährendes Dreinreden alle enervierte, Ambrosius nicht ausgenommen ...

Und für den Pilzsucher vom Dienst, für Briefträger Pfäffli, der zweifelsfrei dem "Meldegger“ Geldspielautomaten verfallen war, für die Bernerin, die sich tagsüber meist auf ihr Zimmer verkroch, am Abend dafür am Stammtisch zuschlug, Unmengen von Weisswein trank, andere Gäste, Yves, Ambrosius, John, verspätete Wandervögel, Dorfbewohner, drangsalierte und für die Polizei, Ambrosius verstand es nicht, kein Thema mehr zu sein schien ...

Und auch für John wollte er beten, den Mann, der weitgehend von Bier, Schnäpsen und John-Wayne-Filmen lebte (nach Johns Dafürhalten brachten die Fernsehanstalten viel zu selten solche), seit dem vor Jahren erfolgten Krebstod seiner Frau überaus einsam war, von einer unwahrscheinlichen Freundin ohne Besitzansprüche und grosser Schönheit träumte und Sonja half, wo er nur konnte. Ja, er tötete für sie gar Kaninchen und nahm diese aus, weil Sonja unfähig war, Tiere zu schlachten und Franz, wer hätte es geglaubt, bei dem athletisch aussehenden, in sich ruhenden Mann bäurischer Herkunft!, ebenso.

Heute über Mittag, Ambrosius hatte es am Stammtisch mitgekriegt, mussten wieder zwei dranglauben, zwei schwarze Halbangorakaninchen.

Und darum hatte John, der den Pater mit seinem meist feuchten Schnauz, den wenigen Kopfhaaren und der hohen Stirn ein wenig an Nietzsche erinnerte, darum hatte er gestern nachmittag von Köbi, nach vielem Theater und unzähligen "Hä!", dessen "Chüngelipistole" bekommen, ein Tötungsinstrument, das Ambrosius bislang nicht kannte, von dem er aber jetzt dank Johns Ausführungen und Vorzeigelust wusste, dass es eine winzige Pistole war, mit dem man Kaninchen, Meerschweinchen oder Affen töten konnte, kaum aber einen Menschen, es sei — Johns These — man treffe aus nächster Distanz die Schläfe.

Und dann war da der eher langweilige, von seinem Ich und seinem vermeintlichen schriftstellerischen Können eingenommene Richard Hermann, der ständig alles besser gewusst hatte und gestern — zur Freude von Yves und zur Freude des Paters — mit seinem alten VW Richtung Zürich abgefahren war, weil das Klavierspiel von Antoinette und Yves ihn angeblich am Schreiben der neuesten Fiction-Story hinderte ...

Jaja.

Für sie, die alle in Blitzeseile gewissermassen durch sein Gehirn fuhren, wollte er beten.

Jetzt, jetzt! — und nicht erst in einer Stunde, in einem Tag oder wann!

Und ehe er Widerstand zu leisten vermochte, gab er dem aus heiterem Himmel aufgekommenen Bedürfnis nach, auf die nasse Erde zu knien.

Niemand sah ihn ja, ausser Titine und Elvis.

Niemand.

Er konnte auf die Knie fallen, klebriger Boden hin oder her.

Ambrosius stand ächzend auf, als ob er aus einer Trance erwacht wäre, schaute erstaunt um sich und erblickte drei, vier Meter weiter vorn zwei Tiere.

Wo kamen die her?

Was wollten sie?

Er brauchte Zeit, bis er wusste, wie er hierher gelangt war und in welchem Verhältnis er zu diesem Hund und der Katze stand.

Er reagierte entsprechend.

„Dann gehen wir halt, meine Lieben, bringen das letzte Wegstück hinter uns ..."

Und weil Ambrosius das eben Geschehene nicht wahrhaben wollte und es verdrängte, ärgerten ihn beim Gehen seine bis auf die Socken und Unterhosen nassen, an der Haut unangenehm klebenden Kleider; und auf einmal sah er, eine geschickte Inszenierung des Unbewussten, wieder den Jeansburschen vor sich, der von Chur bis St. Margrethen ihm gegenüber im Zugsabteil gesessen war.

Andauernd hatte er Pommes-Chips, Ragusas und Kägi-Frets gefuttert und dazu eine Colabüchse um die andere leergetrunken, die er aus einem farbigen Plastiksack herausnahm und sie, sobald keine Cola mehr drin war, in den ohnehin schon übervollen Abfalleimer drückte. Damit nicht genug: Natürlich hingen aus seinen Ohren die Kopfhörerkabel eines Kassettenrecorders, dessen dumpfes Tämtäm Ambrosius' Nerven echt strapazierte und ihm zeigte, dass er noch lange nicht, wie er's vom ganzen Herzen erstrebte, über den Dingen und den Niederungen des Daseins stand.

Wie sind doch viele Menschen, dachte er, gefrässig, gefrässig, schlimmer als Tiere ...

Das waren sie, unbedingt — wenn er den Burschen mit seinen zwei heutigen Begleitern verglich.

Sie —

Ambrosius stutzte.

Du lieber Himmel, was war dort unten?

Wie zwei Menschen sahen die gestürzten Bäumchen aus, schlafende Menschen!
Die Natur, sie trieb schon ihre Spielchen ...
Nein, sie trieb keine!
Es waren Menschen, sie schliefen oder ruhten aus.
Hier?
Hier?
Ein Liebespaar, das kein Zimmer hat, kein Hotel bezahlen kann und nun, erschöpft von den Umarmungen und vom Liebesakt, neben einem gar nicht stillen Wildbach dahinträumt?
Ja, so war es wohl.
Er würde nicht zu den beiden hinuntergehn, würde sie nicht wecken.
Zu sehr erschütterte es Ambrosius jedesmal, schlafende Menschen zu sehn. Wie wehrlos, allem und jedem ausgeliefert lagen sie immer da! Mühelos konnte man sie zertreten, mit Bergschuhen ihre Köpfe zerquetschen ...
Und kaum sind sie wach, dachte er nicht ohne Erbitterung, wird gestritten, wird laufend Blabla in die Welt gesetzt, wird ins Auto, aufs Motorrad gehockt und die gesamte Umgebung mit Lärm und Mittelmass erfüllt, gemäss der traurig machenden Erkenntnis von Bernanos, und wie liebte Ambrosius diesen Dichter!, dass der Zorn der Dummköpfe die Erde ersticke.
Sehr seltsam war das.
Gottgewollt?
Eine Erfindung des Schöpfers?
Ambrosius mochte nicht schon wieder hadern.
Heute nicht.
Leise vorübergehn, nicht hinabschauen, auf den Weg achten, das allein war wichtig.
Aber der Hund, was wollte der?
Warum blieb er hoch über den beiden stehn, winselte?
Was sollte das?
Was?
Und die Katze, weshalb miaute sie?

Ambrosius begriff es nicht — und dachte, schon ein bisschen kühl, dort am Bach liegen, zu den Felsen hinaufschauen, einander umarmen, ich —

Was, ich!

Er umarmte doch keine Frauen, war Mönch, hielt sich ans Zölibat, hatte fast vergessen, wie das war, im Schoss einer Frau Freude zu erfahren, geschlechtliche Freude und irgendwie auch religiöse ...

Oh, Titine schlich zu den beiden Körpern, winselte ...

Warum, um alles in der Welt?

Erschrocken schaute er hin, vergass, dass er diskret sein wollte.

Schliefen die wirklich?

War er blöd, wurde er langsam senil, ein vorzeitig gealterter Mann, der zu nichts mehr taugte?

Ambrosius fand aus den Fragen nicht heraus, erlebte sich, was nicht oft geschah, als völlig ratlos.

Und dann, er hätte nicht genau sagen können, wieso, wurde ihm klar, er würde dort hinuntergehn, besser: hinuntergleiten. Vielleicht musste er's, als Priester, als Mensch. Da war etwas passiert. Etwas Schlimmes.

Und war das nicht ein toter Marder oder ein toter Fuchs, genau vor dem ersten Körper?

Hatten darum Titine und Elvis, war's vor zehn Minuten, vor einer Stunde?, so aufgeregt auf ihn gewirkt?

War das Tier dort der Grund?

Er würde es wissen, in wenigen Augenblicken. Die Kutte instinktiv hochraffend, rannte er fast zu den beiden hin, streifte Büsche mit dem Gesicht, stolperte, spürte Schweiss, Angst, Entsetzen, schlitterte weiter.

II

Ja, Mizz, friss vom Speck, friss mit mir, du darfst, du allein, Anneli ist fort, ist beim Kegeln mit der Amalia und der Bruppacherin, werd nichts sagen, von der Geschichte, kein Wort, hä!, ich komm draus, bin nüchtern, bin nicht betrunken, ich musste sie hinbringen, die Katzen, Anneli weigert sich ja, sie zu braten, dabei gibt's nichts Besseres, nichts Zarteres als Katzenfleisch, Chüngeli sind richtig zäh dagegen, nicht so fein, nicht so faserig, wäre gut für meine Zähne, drei hab ich noch, nur noch drei, hat kein Musikgehör, das Anneli, hä!, will's ihr wieder unter die Nase reiben, einmal, ein Kätzchen, bitte, Anneli, bitte, Katzenfleisch essen statt Speck und Hühner, das wär gut für mich, für meine Zähne, meinen Bauch!, ich kann nicht kochen, will nicht kochen, ich kann und will schiessen und schiessen und auflauern und treffen und treffen mit einem Schuss und ausnehmen die Viecher, ausnehmen, war ganz schön verrückt im Meldeggertobel, mit dem Sack, mit Annelis Sportsack, den Füchsen ein Fressen bringen und, hä!, den Wildhüter umgehn*, und dann fall ich hin, humple wie ein alter, vertrottelter Mann, verstauch mir schier den Fuss, hinke und hinke und zieh ein Bein nach, verlier meinen Stock und find ihn wieder, hab doch nichts Böses getan, nichts Böses, hä!, den Füchsen wollt ich zwei Katzen samt Fell bringen, und dann diese zwei Homo-Typen, sind runtergefallen, haben nicht aufgepasst, sich zu weit über den Felsen gebeugt und runtergeguckt, ich versteh das alles, ich komm draus, ich komm draus, hä!, haben mir alles verleidet, die beiden, ging nicht zum "Sternen", trank keine Flasche, schüttelte die Katzen aus dem Sack, der Fuchs wird sie längst gefressen haben, geh morgen nachschauen, will auf keinen Fall, dass der Wildhüter die Katzen findet, die zwei Toten von mir aus, aber niemals meine lieben Scheisskätzchen, will doch nicht in die Kiste*, hä!, eine Busse bezahlen!, die zwei Schwulen sind schuld, sind schuld an den dreckigen Hosen,

---

* In der Schweiz ist es verboten, Wildtieren Kadaver zu bringen.

* Gefängnis

den dreckigen Schuhen, dem Fuss, der mir weh tut, ja, Mizzilein, friss, friss nur!, ich will bloss trinken, Wein jetzt, nicht Bier, bleib aber nicht wach, bis Anneli vom "Alten Mann" heimkommt, diese blöde, saublöde Keglerei, zu der ich nie mitdarf, hä!, muss jetzt auch kegeln, Mizz, im Scheisshaus draussen, gut, dass Anneli all meine Kleider wäscht, die Hemden bügelt, wozu auch heiraten, wozu?, ich komm draus, ich komm draus!, hä, hä!, ..., ja, Mizz, das war eine schöne Überraschung im Meldeggertobel, sah nicht mal Tote während der Aktivzeit, während des Krieges, nur den Ätti hab ich nochmals im Sarg angeschaut, war ein schreckliches Bild, so starr und unrasiert, hab keine Subventionen, hä!, keine Unterstützung, stell jetzt den Fernsehkasten ein, kommt vielleicht Ländlermusik, etwas Rechtes, erschiessen müsste man den Papst, all unsere Gemeinderäte, der Scherrer hat mich gestern im "Sternen" angezündet* und mir später gnädig eine Flasche bezahlt, ich hab das nicht nötig, Scherrerlein, hä!, hä!, brauch keinen schlechten Bauern, der mir hofiert, immer hab ich meine Steuern bis zum letzten Rappen bezahlt, immer!, bin nicht so ein fauler Siech wie dieser Klavierspieler mit seiner Tochter, kenn auch Ferien nicht wie die beiden Schwulen, auch Sonja lässt sich Zeit, bis sie mich bedient, hä!, scharwenzelt ununterbrochen vor dem dicken Pater und dem Herrn Musiker, werd mal auf den Tisch klopfen und denen sagen, dass die Züsts mich ganz anders behandelt haben, Freude hatten sie, wenn ich gekommen bin und dem René oder der Brigitt einen Kaffee offeriert habe, hat nicht mal eine Chüngelipistole, der Unternährer, hä!, braucht den John, um seine Chüngel zu metzgen*, sind total selber schuld, wenn sie Weibchen von Männchen nicht unterscheiden können und deshalb fünfzig oder sechzig Junge mästen müssen, kommen von der Stadt aufs Land und glauben, sie verstehen alles, nichts verstehen sie, nichts!, hä!, hab schon oft Katzen ins Tobel gebracht, den Füchsen, den Mardern, den wildernden Hunden, sie zum Bach hinuntergeschleudert, auf einen Felsvorsprung, heut war es anders, heut bin ich davongerannt, hä!, töten könnt ich die, viele könnt ich töten, den Papst, den Furgler,

---

* anzünden = schweiz. für verbal angreifen, lächerlich machen
* schweiz. für schlachten

den Schlunggi*, schon morgens um neun käfeln* die jungen Weiber in ihren teuren Kleidern bei der Lydia oder beim Meierhuber und fressen Kremschnitten und Mohrenköpfe, es ist nicht mehr wie früher, als die Frauen g'schaffig waren und doch gern mit mir vögelten, nicht mehr, nicht mehr!, hä!, ich muss mal hinter das Haus, Mizz, muss an den Apfelbaum seichen und dann im WC-Hüttchen einen kacken, ja, Mizz, friss nur, schlag dein Bäuchlein voll und fang morgen früh viele Mäuse, sobald ich wieder bei dir bin, schauen wir's Fernsehprogramm an, und wenn nichts Tolles kommt, gehn wir beide ins Bett und schlafen, schlafen, bevor Anneli neben uns liegt, Mizz, ich muss gehn, es drückt, es drückt!, friss weiter aus dem Teller, friss!, gut, dass ich meine Chüngelipistole wieder hab, hä!, werd morgen die Tigerkatze einfangen, die keinem gehört, auch nicht den Meldeggleuten, sie muss weg, muss einfach weg, werd sie streicheln und dann das winzige Pistölchen ans Köpfchen halten und abdrücken, den Revolver nehm ich erst in zwei, drei Wochen wieder, wird ja frech behauptet, ich schiesse auf Katzen und Hunde und wilde Hasen, sei ein Tierquäler und Streitgüggel, bin es nicht, bin es nicht!, hä, hä!, die lügen, lügen, ich komm draus, ich komm draus!, oh, ich muss seichen, muss kegeln, es pressiert, Mizz, es pressiert!, nein, es ist ..., oh, verdammt, schon zu spät, viel zu spät, ich hol drüben im Schlafzimmer eine neue Hose.

III

Ja, es war etwas passiert, etwas Schreckliches. Und wenn Ambrosius, wie jetzt, die drei, vier, oder waren es fünf, sechs?, eben

* Kurt Furgler, Ex-Bundesrat, der zum grössten Teil die helvetische Fichenaffäre zu verantworten hat. Schlunggi = Gauner

* schweiz. für Kaffee trinken

vergangenen Stunden überdachte, musste er noch immer innerlich den Kopf schütteln.

Nicht Liebende waren dort unten gelegen, erschöpft von ihren Umarmungen, sondern die beiden Posthalter, und zwar beide tot.

Er hatte sofort gewusst, dass ihnen nicht mehr zu helfen war; und auch das Gewinsel von Titine, die die beiden halb übereinander liegenden Toten mehrmals umkreiste und intensiv an beiden toten Katzen schnupperte — Irrsinn das alles, Irrsinn! — , hatte daran nichts geändert.

„Sitz, sitz!" hatte Ambrosius, er würde es nie vergessen, befohlen, „wir brauchen jetzt Ruhe ..."

Der Hund hatte gehorcht.

Und dann war Ambrosius, was spielte der klebrige Boden für eine Rolle?, niedergekniet, hatte, zitternd vor Unbehagen, beiden Toten die Augen geschlossen und hierauf mechanisch die Gebete zu beten versucht, die die Kirche für soeben gestorbene Menschen bereit hält.

Wie lang war er neben den beiden gekniet?

Wie lang?

Er wusste es nicht, würde es nie wissen.

Unten am Bach, dessen Getöse seine Worte übertönte, war's ihm auch gleichgültig gewesen, wie und warum die beiden gestorben waren und weshalb sie in ihren massgeschneiderten, grauen Anzügen samt herunterbaumelnden Krawatten (und nicht in den blauen Traineranzügen) wie ineinandergekrallt auf der klatschnassen, lehmigen Erde lagen, der jüngere, Anton Fässler, gar mit einem Bein im Wasser.

Das war nicht wichtig gewesen (jetzt, im Nachhinein, hätte es seine Bedeutung).

Gebetet hatte er, aufgewühlt über den Tod der beiden, erschüttert von den Wunden, dem bereits getrockneten Blut auf den Gesichtern; und erst als Titine Nähe suchend sich vor ihn auf die Erde kuschelte und Elvis mehrmals um seine Knie strich und gestreichelt werden wollte, wurde es Ambrosius bewusst, dass er unbedingt zur Meldegg zurückkehren und einen Arzt oder sonstwen mobilisieren musste, damit die beiden toten Menschen nicht die ganze Nacht im Tobel blieben und möglicherweise von Füchsen angefressen würden.

Wie er mit den Tieren zur Meldegg zurückgefunden hatte, war für Ambrosius ein Rätsel — ein Rätsel, das er nie lösen konnte.

Ihm verlangte auch nicht danach.

Tatsache war: Er hatte zurückgefunden, war auf einmal mit Titine in der Wirtschaft gestanden.

Zwei ihm unbekannte männliche Gäste sassen an einem Fenstertisch, Sonja (wie in einem Kinosaal nahm Ambrosius alles auf) bereitete hinter der Theke einen "Kafifertig" oder "Kafiluz" und schaute entsetzt auf den Pater, als sie ihn unter der Tür erblickte: verdreckt, nach Atem ringend, wahrscheinlich totenbleich im Gesicht, mit Schuhen, an denen Erde klebte.

Er hatte sie sofort gebeten, mit ihm ins Wirtezimmer zu gehn, er müsse ihr etwas Wichtiges mitteilen.

Dann nahm alles seinen Gang: Mit möglichst wenigen Worten informierte er Sonja, dass er aus reinem Zufall die beiden PTT-Beamten in einer der zahlreichen Schluchten des Waldes entdeckt hätte, beide Männer wären tot, er wüsste nicht, was geschehen sei; man müsse umgehend einen Arzt anrufen, der veranlasse, was zu veranlassen sei; er, Ambrosius, vermute, die beiden Feriengäste seien eine Felswand hinuntergestürzt, er masse sich aber kein endgültiges Urteil an, zumal die Entdeckung der Leichen ihn unglaublich mitgenommen habe, ohne Titines Spürnase wäre er übrigens nie auf die Toten gestossen, sie hätten einen unglaublichen Hund.

Sonja, nach Ambrosius' voreiliger und eindeutig falscher Einschätzung, Stressituationen eher nicht gewachsen, hatte blitzschnell kapiert.

Sie rief, drüben im winzigen, von Ordnern, Tischsets, Servietten, Reservegläsern und Schreibmaschinen komplett verstellten Büro, mit Dr. Zimmermann einen ihr bekannten Rheinecker Arzt an, der ihr versprach (nachdem sie ihn nach langwierigen Auseinandersetzungen mit der Praxishilfe endlich am Telefon hatte), er käme sobald als möglich, müsse jedoch die Ambulanz oder den Auer Fahrer des Totenwagens und ebenso die Polizei benachrichtigen, er werde Wachtmeister Sulser von Walzenhausen zu erreichen suchen, obwohl an sich die Polizei der Gemeinde Au zuständig wäre ...

Das sei immer hochkompliziert, hatte der Arzt Sonja erklärt, wenn jemand im Grenzbereich St. Gallen/Appenzell verunfalle; er bitte sie und den Pater etwas Geduld aufzubringen, er hole dann den geistlichen Herrn (Dr. Zimmermann muss den mehr als antiquierten Ausdruck verwendet haben!) in der Wirtschaft ab, sie sollen dort auf ihn warten und nichts mehr unternehmen.

Das taten sie auch.

Sie unternahmen nichts.

Sie warteten in der Wirtschaft auf Dr. Zimmermann; und Ambrosius konnte den "Kafiluz" gut gebrauchen, den Sonja trotz ihrer verständlichen Aufregung ihm ungefragt zum Stammtisch gebracht hatte, an dem er aus reiner Gewohnheit abgesessen war.

Ohne das heisse, Ambrosius im Normalfall zu süsse Getränk wäre dem Pater kaum eingefallen, dass der Polizeibeamte und die Männer der Ambulanz oder des Totenwagens am besten vom Restaurant "Burg" zum Unfallort (oder wie er die betreffende Stelle am Bach bezeichnen sollte) hochstiegen.

Er schlug darum Sonja vor, Dr. Zimmermann ein zweitesmal zu behelligen und ihm die Situation zu erläutern.

Sonja, so erschüttert sie war, ging sofort auf den Vorschlag des Paters ein, wählte mehrfach, da immer das Besetztzeichen ertönte, die Nummer von Dr. Zimmermann, und bat den Arzt, als sie nach dem ungefähr siebten Versuch mit ihm verbunden wurde, umzudisponieren, was Ambulanz und Polizei betreffe, Ambrosius aber gleichwohl in der "Meldegg" abzuholen, ihr Freund sei mit dem Auto noch unterwegs, könne daher höchstwahrscheinlich den Pater nicht zum Weiler Burg fahren und ein zweites Auto besässen sie nicht.

Das Warten in seinen feuchten Kleidern war für Ambrosius schlimm gewesen; dies um so mehr, da die zwei Gäste, die Sonja duzten und folglich näher kennen mussten, eine penetrante Neugierde entwickelten und von Sonja unbedingt ins Bild gesetzt werden wollten, was denn los sei, warum sie dauernd zum Telefonapparat renne und ihnen so nervös vorkäme.

Dass es Sonja in ihrer mehr als nur verständlichen Erregung

gelang, die beiden mit einer Ausrede abzuspeisen, rechnete Ambrosius ihr hoch an. Er hatte nicht das leiseste Verlangen gehabt, fremden Leuten über den schrecklichen Fund Auskunft zu geben, nicht das leiseste.

Darum war's ihm recht gewesen, als die zwei aufbrachen ...

Franz gegenüber, der in einer Bäckerei von St. Margrethen Nussgipfel, Brot und Semmeln geholt und anschliessend zwei, drei Restaurants "Pflichtbesuche" abgestattet hatte, konnten und durften sie natürlich nicht verheimlichen, was geschehen war, als er früher denn erwartet zurückkehrte; ebensowenig John, der noch vor Dr. Zimmermann in der Wirtschaft auftauchte, über alles nur ungläubig den Kopf schüttelte, keine einzige von widerlicher Neugier zeugende Frage stellte und der der plötzlich in Tränen ausbrechenden Sonja mit der Hand liebevoll übers Gesicht fuhr und sie mit dem Hinweis wenigstens ein bisschen beruhigte, er werde in der "Meldegg" bleiben, bis Franz, der wohl zur Identifizierung mitmüsse, und Ambrosius zurück seien.

Dann, als der Arzt, ein älterer, graumelierter und sehr sympathischer Mann, nach gut einer Stunde eintraf, ging's rasch: Franz, der wirklich mit musste, und Ambrosius stiegen in den Jeep von Dr. Zimmermann und fuhren zur "Burg" hinunter, wo Wachtmeister Sulser in Uniform und drei weissgekleidete, Unfälle und Tod gewohnte Männer (Ambrosius' erster Gedanke, die reichen doch nicht) in der grössten der Stuben je vor einem Bier sassen und gemeinsam mit der von ihnen über den Vorfall informierten griechischen, erstaunlich gut Schwizerdütsch sprechenden Wirtin auf den Arzt und den Pater warteten, ihrem Benehmen nach nicht überzeugt, dass im Wald oben wirklich zwei tote Menschen lagen.

Der vielleicht 1,90 m grosse, Ambrosius eine Spur zu energische Sulser fackelte nicht lang und forderte den Pater gleich beim Händedruck auf, ihnen die Stelle zu zeigen, wo er die beiden Postbeamten gefunden habe; in knapp einer Stunde werde es bekanntlich dunkel, dann müssten sie Lampen benutzen, vielleicht über Funk Scheinwerfer herbeischaffen.

Als ob ein böser Traum ihn umschlinge und nie mehr freigebe, hatte Ambrosius dann getan, was getan werden musste, hatte den Wachtmeister darauf hingewiesen, dass sie, falls Frau Gubler oder deren Mann einwillige, mit dem Ambulanz- und dem Polizeiwagen auf der zum Gut gehörenden Schotterstrasse bis zum Waldrand hinauffahren könnten; von dort aus müssten sie dem Bach entlang hochgehen und würden dann, hoffentlich gebe es so etwas wie einen Weg, auf die beiden toten Männer und, erstmals erwähnte er sie, hatte er sie doch vergessen, die toten Katzen stossen, nach seinem Dafürhalten wäre dies die kürzeste Strecke.

Ambrosius, in seiner ganzen Schwere am leicht schiefen Tisch vor den geschlossenen Fenstern sitzend, wollte das Gewesene nicht nochmals wiederkauen: den beschwerlichen, die Männer der Ambulanz öfters zu Schimpfworten veranlassenden Aufstieg; die Fragen Sulsers, die Fotos, die dieser mit seiner Kamera schoss; den körperlich enorm geforderten Arzt, der den Tod beider Männer bestätigte (wie zerrissen die Anzüge waren, hatte Ambrosius erst nach der flüchtigen Untersuchung durch Dr. Zimmermann gemerkt); den Entscheid von Sulser, morgen mit der Spurensicherung nochmals heraufzukommen und, das Risiko eines allfälligen Rüffels der Vorgesetzten für seine Eigenmächtigkeit auf sich nehmend, die toten Männer in den mühevoll mitgeschleppten Metallsärgen zu bergen; der hermetisch schliessbare Plastiksack, in den die von Sulser mit Handschuhen angefassten Katzen gesteckt wurden; das Erschrekken von Franz Unternährer, als er in einer von ihnen, einem ausgewachsenen, hochbeinigen Tigerli mit Flohhalsband, seine eigene Katze Melda erkannte, die er und Sonja wegen der Meldegg so genannt hatten und die sie beide, zwei-, dreimal hatten sie am Stammtisch darüber ihre Besorgnis ausgedrückt, seit ungefähr drei Tagen vermissten.

Auch dass in diesem Zusammenhang der Name Köbi Hochueli fiel (wer hatte ihn genannt, wer, Franz oder Sulser?), nahm Ambrosius wie in einem Traum auf ...

Und dass Franz dann aus eigener Initiative half, einen der Särge, schiebend, tragend, durch Gebüsche würgend, bis zu den Autos zu bringen ...

Ambrosius fieberte, fühlte, wie Hitze ihm seit etlichen Minuten wellenförmig ins Gesicht schoss. Doch trotz seines unguten Zustandes, der Beginn einer Erkältung mit Hunger und Ekel gemischt, fand er es im besten Sinn gastfreundlich, dass Franz ihm auf Geheiss von Sonja eine beige, wegen des Wohlstandsbäuchleins des Paters nur mit Geknorz* zuknöpfbare Manchesterhose auslieh, hatte es Ambrosius doch fertiggebracht, mit einer einzigen Kutte auf die Meldegg zu kommen.

Und diese eine Kutte drehte jetzt, Sonja hatte es ihm förmlich aufgedrängt, in einer Waschmaschine zusammen mit den ihrerseits schmutzig gewordenen Kleidern von Franz ihre Runden ...

Eines gefiel Ambrosius trotz allem: So sehr der Tod der Pöstler sein Herz bewegte und er die erstarrten, blutverschmierten Gesichter nicht aus seinem Gehirn herauszerren konnte, es gelang ihm, deswegen nicht mit Gott zu hadern und sich zu bemitleiden.

Auch seine innere Ruhe, sie blieb ihm letztlich erhalten.

Einzig erschöpft war er, von den Strapazen mitgenommen.

Noch kein halber Tag war ja verstrichen, seit er geschworen hatte, nie mehr aufgrund äusserer Ereignisse (und das Abstruse des heutigen Nachmittags war ein äusseres Ereignis!) wochen-, wenn nicht monatelang wie ein geknicktes Rohr und voller Selbstzweifel durchs Leben zu laufen und die unermessliche Barmherzigkeit Gottes, an die er doch glaubte, vor lauter scheinbar nur Absurdem, Kaputtem, Hässlichem nicht mehr zu erkennen — statt, was Christus und alle Heiligen rieten, ins Innere zu horchen, in die eigene Seele und sich vom Vordergründigen zu lösen, zu befreien.

Immerhin, eine Überlegung war's vielleicht wert, selbst in seiner fiebrigen, von Schüttelfrösten begleiteten Verfassung, weshalb er in den letzten Monaten weit häufiger als in früheren, vom Gleichmass der Tage gezeichneten Jahren in unangenehme, schwierige, seine Kräfte ganz erheblich verbrauchende Dinge geriet.

Was sollte das?

Menschen, die als Alternative, als Aussteiger eines allein auf Erfolg und Profit ausgerichteten Daseins galten, würden nach

---

* schweiz. für nur mit Mühe

solchen Erlebnissen die in der Psychologie Mode gewordene Frage stellen: Was will dies oder jenes mir sagen?

Soweit ging er nicht.

Er war weiss Gott kein Alternativer, kein Körnli- und Müslifresser und, wie er sie manchmal in keineswegs liebevollen Gedanken nannte, Bauchnabeljäger.

Es reichte derzeit vollauf, dass die beiden toten Männer, wie Dr. Zimmermann und Wachtmeister Sulser an der Fundstelle übereinstimmend vermuteten, mit grosser Wahrscheinlichkeit nicht verunfallt waren, sondern sich entweder gegenseitig aus noch zu ermittelnden Motiven umgebracht hatten oder durch Einwirkung eines Dritten zu Tode kamen; zwei winzige Einschusslöchlein (wo hatte der Arzt sie genau lokalisiert?) wiesen auf die zweite Möglichkeit hin.

Mit andern Worten: Erneut war Ambrosius in eine dubiose Sache geraten, die in ihm Abscheu, nichts als Abscheu erweckte.

Doch diesmal, das durfte nicht Vorsatz bleiben, würde er keine einzige Sekunde darüber nachdenken, warum die zwei Männer gestorben waren und was es, ein übler Witz?, ein Ablenkungsmanöver?, mit den Katzen auf sich hatte.

Das war das Problem anderer.

Die Polizei, wer sonst?, sollte, musste dies herausfinden.

Sulser mitunter, der wahrscheinlich noch immer zusammen mit einem höheren kantonalen Polizeibeamten, als wären sie Kommissare in einem englischen Kriminalfilm, im Wirtezimmer mit Sonja und Franz oder mit der aus dem Zimmer geholten Bernerin beziehungsweise, stundenlang war er weg gewesen, mit dem ganz und gar unvorbereiteten Yves Wenzel sprach und nach einer Beziehung zum Chef der Zürichbergpost und seines Stellvertreters forschte, deren homosexuelles Liebesverhältnis für die zwei Beamten in der Zwischenzeit kein Geheimnis mehr sein dürfte.

Ambrosius, er kannte endlich die Namen der Pöstler, wusste von Sonja, dass der ältere Werner Hadorn und der jüngere, übrigens ein gebürtiger Appenzeller aus Hundwil, Anton Fässler hiess, —er, Ambrosius, hatte selber, wenn auch vorsichtig, ohne das Wort Homosexualität zu gebrauchen, den entsprechenden Hinweis gegeben, im Sinne einer raschen Wahrheitsfindung ...

Das war doch richtig gewesen?

Geheimniskrämerei, das Verschweigen von Fakten, um angeblich jemanden zu schützen oder nicht als Informant ins Gerede zu geraten, es lag dem Pater noch nie.

Schlimm trotzdem, dass nun Sonja und Franz zu den sonstigen Sorgen mit der "Meldegg" (finanziellen vorab) zusätzliche Umtriebe hatten und damit rechnen mussten, Yves Wenzels Identität werde überprüft und unter Umständen dessen Frau über den Verbleib ihres Mannes benachrichtigt.

Sonja hatte eine diesbezügliche Befürchtung auch verlauten lassen, vorhin, als sie Ambrosius in der Wirtschaft vorschlug, er, Yves Wenzel und Béatrice Weber könnten nach dem Weggang der Polizeibeamten gemeinsam mit den Wirten eine kalte Platte mit Mostbröckli, Salami, Schinken, Salat und Früchten zu sich nehmen; jetzt das Abendessen zuzubereiten, könne sie Franz nicht zumuten, sie bräuchten alle eine Pause, Zeit, mit dem Entsetzlichen wenigstens einigermassen zurechtzukommen.

Das brauchten sie, er besonders.

Und Ambrosius, sein Hungergefühl ohnehin als unangebracht und peinlich empfindend, hatte seiner Gastgeberin darum vorbehaltlos zugestimmt.

Leider schlug sie aber sein ernsthaft gemeintes Angebot aus, er könnte doch in der Küche, die er sowieso mal sehen möchte, für die momentanen Bewohner der "Meldegg" eine Platte herrichten.

Einerseits, wimmelte sie Ambrosius' Vorschlag ab, sei die Küche das Refugium von Franz (Fremde dürften nur hinein, wenn er's gestatte) und andererseits der Pater ihr Gast, und damit basta!

Und deshalb hockte er jetzt, etwas geniert in der ihm zu engen Hose und bedrückt von der mondlosen Dunkelheit draussen, die selbst die Lichter von Bregenz verschluckte, deshalb hockte er auf dem Zimmer, schwitzte, hustete, schneuzte in sein riesiges Nastuch, konnte nicht beten, nicht lesen und war betroffen, dass Sonja sich um Yves Wenzel derart Sorgen machte und nicht in erster Linie befürchtete, dass sie und Franz gebüsst werden könnten, weil sie der Gemeinde dessen Aufenthaltsort nicht pflichtgemäss gemeldet hatten.

Das war Grösse, die Bewunderung verdiente.

Und Ambrosius kam sich schäbig vor, unter solchen Umständen an sein Fieber zu denken und mit der Idee zu liebäugeln, den Urlaub vorzeitig abzubrechen.

Ihr nachzugeben, wäre ein Ausdruck von Feigheit; und damit würde er seine Gastgeber in einer schwierigen Situation im Stich lassen ...

Er wollte den Entscheid bis morgen früh hinausschieben.

Dann aber, nach der Messe ...

Ambrosius seufzte.

Seine ihn selbst erstaunende Gleichgültigkeit gegenüber den Toten machte dem Pater zu schaffen.

Bewegte ihn nur noch der Tod an sich, nicht der Tod einer bestimmten Person, die er zumindest vom Sehen gekannt hatte?

War er schon so abgestumpft?

Gingen fremde Menschen ihn neuerdings nichts an?

War es bedeutungslos, dass seit einigen Stunden zwei Menschen tot waren und nie mehr auch nur die kleinste Möglichkeit erhielten, anders zu werden, zu wachsen, Gewesenes abzuschütteln und Fehler, Laster in Gutes zu verwandeln, Egoismen abzuschleifen?

Oder war einfach das Mass voll, mit Gabis Ermordung und der Waldstätter Geschichte?

Er wusste es nicht, hoffte aufs Gegenteil.

Denn ein Mensch, der sich nicht erschüttern und aufrühren lässt, ist, so sehr eine gewisse Distanz erstrebt werden muss, alt, hat sein Leben gelebt, kann allmählich sterben, oder etwa nicht? (Bald eine Standardfrage, oder etwa nicht? Es war Ambrosius klar.)

Überhaupt, wurde er nicht immer liebloser, intoleranter, konservativer, verhockter?

Wie hatte er doch gegen die Sektenbrüder und -schwestern negative Gefühle verspürt, als Sonja gestern — gestern, ja, gestern, vor Jahrhunderten! — während des Abendessens, das sie mit Yves Wenzel, Antoinette und ihm einnahm, zum zweiten- oder drittenmal hervorhob, halb Walzenhausen sei heute in der Hand von Sekten, Zeugen Jehovas, Adventisten, Weissen Brüdern, andern religiösen Vereinigungen mit eigenem Pfarrer; vor allem die Betreiber und Leiter der "Bibelleser" würden, da sie steinreich wären, Haus um Haus in Walzenhausen und in der Nachbargemeinde Wolfhalden aufkaufen, auch hinter der "Meldegg" seien sie wie der Teufel hinter der Grossmutter her gewesen, um hier ein weiteres Tagungs- und Kurszentrum errichten zu können.

Die Züsts, Ambrosius erinnerte sich seltsamerweise an jedes Wort der aufgebrachten Sonja, hätten die Wirtschaft und das dazugehörende Land, die Terrasse und ein bisschen Wald, zum Glück Dr. Schindler, einem Industriellen aus Berneck, verkauft, weil er mehr geboten habe. Es wäre ein Jammer, wenn es die "Meldegg" als Restaurant oder kleines Hotel nicht mehr gäbe, dafür ununterbrochen frömmlerische Jünglinge und junge Frauen mit verklärtem Blick hier ein- und ausgingen.

Franz (er war noch in der Küche gewesen, stiess erst später zu ihnen) leide sehr unter dem geistigen Fluidum, das diese Leute ausstrahlten; es sei für ihn Bestandteil der Luft, manchmal komme er sich wie eingeschnürt vor, ihr erginge es in dieser Hinsicht besser, sie erlebe aber die ganze ungute Entwicklung mit Besorgnis.

Kürzlich wäre, so hatte Sonja weiter argumentiert, die protestantische Pfarrerin von Walzenhausen, eine gäbige*, handfeste Person, in der "Meldegg" zu Gast gewesen, die Frau habe wegen der "Bibelleser", die ihr immer wieder junge Gläubige abspenstig mache, geradezu depressiv gewirkt; aus Mitleid und Solidarität habe sie die Pfarrerin daher zu einer Flasche eingeladen, die sie zu zweit getrunken hätten, um auf andere Gedanken zu kommen.

Ambrosius konnte, auch jetzt auf dem Zimmer, für Sonjas Ausbruch Verständnis aufbringen, weniger aber, warum er in diesen Minuten an die Walzenhausener Sekten dachte.

Lenkte er sich so ab, war's eine Hilfe des Unbewussten?

Wie immer, ihm waren die am äussersten Rand der protestantischen Landeskirche angesiedelten "Bibelleser" ein Begriff, auch der Typus Mensch, der ihr verfiel: Bleich meist, mit leidenden Gesichtern, süssem Lächeln, Gesundheitssandalen an den Füssen und — was die Frauen anbelangt — mit langen, wallenden, oft weissen Gewändern und Röcken präsentierten sie sich ihren Mitmenschen, tranken Tee und bestellten in Restaurants Salatteller oder

* schweiz. für angenehm, gutmütig

Gemüseplatten und glaubten, Jesus habe sie erleuchtet und auserwählt, — sie, die ohne die Bewegung, die sie vor der hässlichen und bösen Umwelt beschütze, das Leben kaum bewältigen könnten und vielleicht in Kliniken eingewiesen würden; wie eine Droge benötigten sie ihre Gruppe, das Gesäusel, den Seelenführer, die tägliche, gemeinsame Lektüre der Bibel, die inbrünstig miteinander gesungenen Lieder.

Auch in seiner Kirche, der katholischen, er dachte an die einen fatalen Muttergotteskult betreibende Schönstattbewegung, die Marianisten, an opus dei, florierten ähnliche Gruppierungen, die zudem vom derzeitigen Papst, eine Katastrophe, dieser polnische Bodenküsser!, gefeiert und verhätschelt wurden.

Überall auf der Welt fand man heute, je zerstörter die Umgebung war, solche das Heil verkündende und zugleich versprechende Bewegungen, Schulen, Clubs: Vom verstorbenen und über den Tod hinaus nachwirkenden Bhagwan bis zu den amerikanischen Erweckungswissenschaften, von psychologischen Schulen à la Liebling bis hin zu den Scientologen und Vereinen, die für Überirdische Lande- und Startplätze bauten.

Es kam letztlich nicht darauf an, ob man hier oder dort Mitglied war. Hauptsache, man war geborgen, gab das eigene Denken, Zweifeln und Suchen auf. Die Bewegung, ihre Verbreitung zählte, nicht der einzelne.

Ambrosius, der wegen der stärker werdenden Fieberschübe vom Thema richtiggehend eingekreist war, wurde es noch übler.

Musste er erbrechen?

War der heutige Tag zuviel?

Aber, so überlegte er plötzlich und richtete sich auf dem nicht unbedingt bequemen Holzstuhl einige Zentimeter auf, woher nahm er das Recht zu glauben oder anzunehmen, dass er als katholischer Pater von der göttlichen Fürsorge getragen wurde, nicht aber diese Jünger und Jüngerinnen, die zwei volle Jahre lang in Sachen Jesus und Missionierung ausgebildet, dann gewissermassen der Welt und der Gesellschaft zurückgegeben wurden und, wieder integriert ins Erwerbsleben, zwanzig, dreissig oder mehr Prozent ihrer Einkünfte der Führung der "Bibelleser" überwiesen, damit diese weiter eine raffinierte und oft aufsässige Werbung betreiben konnte, mit modernen Slogans wie "Young life" oder mit zur Schule gehörenden Reisebüros, die Gruppenferien am Meer oder sonstwo anpriesen, um in deren Verlauf die Teilnehmer und Teilnehmerinnen sanft und in vielen Fällen recht erfolgreich zu bearbeiten?

Woher nahm er das Recht, Bibelleser und -leserinnen und, wenn schon, waren diese die Schlimmsten!, deren Leiter und Lehrer zu verurteilen?

Woher?

Lag's an seiner dumpfen Müdigkeit, an den Ereignissen, die er, das Fieber schien ihm Beweis genug, letztlich doch nicht verkraftete?

Fiel er darum in Gedanken über die "Bibelleser" her?

Ausgerechnet er musste so denken!

Ausgerechnet er!

Die Kirche, die er trotz aller reaktionären Verlautbarungen des Vatikans liebte, hatte doch einen erheblichen Anteil an Schuld, dass überall neue Sekten und neue geistige Theorien gediehen und sprossen ...

Und so sehr Menschen wie Sonja oder Franz berechtigt waren, über die "Bibelleser" Ärger zu empfinden, weil diese mit ihrem sektierischen Getue jegliche Religiosität für Aussenstehende ins Lächerliche zieht, er musste achtgeben, nicht in die Position des Pharisäers zu geraten ...

Auf einmal sehnte sich Ambrosius heftig nach seinen Freunden vom "Cumin". Einiges hätte er hergegeben, um jetzt dort am geliebten, uralten, von Kerben und Rissen durchzogenen Stammtisch zu sitzen, bei der Wirtin, Frau Sabina Caminada, einen starken, nur wenig gesüssten Glühwein zu bestellen, ihre mütterlichen Ermahungen zu geniessen, eine Nazionale zu rauchen, mit Gian und Peider und Jon oder mit Luzian und Andri Deplaces, dem stets für einen Witz guten Briefträger, auf rätoromanisch oder deutsch über lokale und helvetische Politik und Skandale zu schimpfen und am nächsten Morgen, wie schon oft, wieder halbwegs ausgeruht in seiner Zelle zu erwachen und sich, wie's einem Christen geziemt, auf den neuen Tag zu freuen.

Doch Ambrosius war nicht in Disentis.

Er war hier.

Hier, auf der Meldegg, hustend, schneuzend, in einem halben Fieberwahn.

Und er hatte gestern einen ganzen Abend lang (die natürlich selten genutzte) Gelegenheit gehabt, die zwei verliebten — waren sie das? — Pöstler beobachten zu können, die sich an ihrem stets für sie reservierten Fensterplatz mit Ausblick aufs vorarlbergische Lichtermeer unbestreitbar glücklich fühlten.

Nicht eine Sekunde hatte Ambrosius daran gedacht, dass beide in weniger als vierundzwanzig Stunden tot sein könnten. Nicht eine Sekunde. Vielmehr hatte er John abgewehrt, der Homosexualität offen zur Krankheit erklärte und, angekurbelt von etlichen Flaschen Bier, allen Ernstes die These vertrat, mit einigen Hormonspritzen und attraktiven Frauen würde man die beiden wieder "hinkriegen", das Problem sei bloss, dass mit solchen Langeweilern kaum eine schöne Frau ins Bett ginge.

Sonst hatten sie über ganz anderes gesprochen, über Sekten, das Frauenstimmrecht, Kanzler Kohl (für John eine ähnlich aufgeplusterte Null wie für Ambrosius), die vielen unbewohnten Bauernhäuser im Appenzeller Vorderland, die zu breiten Strassen, über Elvis Presley, für den Yves, der auch als Barpianist durchaus Talente besass, einzig ein Achselzucken übrig hatte, was laute Proteste von Franz hervorrief ...

Nur, was war im Tobel geschehen?

Was?

Ganz gegen seinen Willen, seinen Plänen überrumpelte ihn die Frage, aus Schichten seiner Person, die er am liebsten abgedrängt hätte.

So oder anders: Ambrosius konnte nicht glauben, dass die beiden gemeinsam Selbstmord begangen hatten.

Hierfür fehlte ihnen das nötige Kaliber.

Und hierfür waren sie auch zu verdreht übereinander gelegen, von den zwei Katzen zu schweigen ...

War es ergo Mord gewesen, nichts als brutaler Mord?

Hingen die Katzen damit zusammen?

Und wie waren die zwei Männer in die Schlucht geraten?

Dass er, Ambrosius, dort hinunterging, hinunterschlitterte, verrückt wie er war und verführt von einem Hund, das verstand er ja, wenigstens halbwegs ...

Doch diese beiden ...

Waren sie in ihren grauen Anzügen da runterspaziert, unbekümmert um Dreck und Nässe und verfolgt von jemandem, der sie dann tötete?

Das konnte nicht sein.

Niemals.

Blieb also seine erste Vermutung: der Absturz, der Fall in den Tod ...

Nur, wie waren Hadorn und Fässler zum Felsen gelangt, der hundert, wenn nicht zweihundert Meter von der "Meldegg" entfernt sein musste, gegen St. Margrethen zu ...?

Aber warum fragte er solches Zeugs, gab seiner Neugier, seinem Hunger nach Klarheit nach und plante, Sulser, sofern dieser ihm morgen über den Weg laufen sollte, direkt um Auskunft zu bitten, welche Anhaltspunkte er bereits gesammelt habe?

Warum tat er das?

Warum?

Wegen des Fiebers, dem er noch vor dem Essen mit mehreren Alcacyls, die ihm Sonja bestimmt geben würde, zu Leibe rücken wollte?

Oder wegen des leeren Magens?

Er hatte doch Fragen und Überlegungen dieser Art mit einem Verbot belegt; und wenn er schon kein Gebet zustande brachte, so konnte er wenigstens lesen, sich in die Schriften des Johannes von Kreuz oder eben in den "Matto" vertiefen, dessen erste Seiten ihn sehr ansprachen und von der Stimmung her bewegten ...

Oder falls Bücher im Augenblick zu anstrengend waren, blieb das neue Geo-Heft, das er aus der Wirtsstube aufs Zimmer genommen hatte, um einen Artikel über die letzten lappländischen Bären (braune oder weisse?) zu lesen. Sonja hatte ihm doch gestern (war's tatsächlich gestern gewesen?) die Reportage ans Herzen gelegt ...

Zu nichts konnte er sich aufraffen.

Zu nichts.

Zu gar nichts.

Nicht mal die tropfende Nase zu schneuzen, die vom Schweiss angelaufenen Brillengläser am Lavabo unter den Wasserhahnen zu halten und hierauf mit einem trockenen Tuch abzureiben ...

Zu nichts war er fähig.

Zu nichts.

Es war einfach gespenstisch, dass die aus seiner Sicht so harmlosen Männer tot waren und die Ehefrau von Werner Hadorn vielleicht in dieser Sekunde einen Zürcher Polizeibeamten in der Stube empfing und erfuhr, dass ihr Mann in den Ferien verunfallt oder gar ermordet worden sei, ob sie von seinen homophilen Neigungen gewusst und ob Herr Hadorn Feinde gehabt hätte.

Furchtbar, das alles.

Auch für die unbekannte Frau Hadorn wollte Ambrosius beten, sobald er die Fähigkeit zum Gebet zurückgewann ...

Der Tod, und nicht bloss der gewaltsame, wurde dem Pater immer unheimlicher; und jetzt, hier in der nur von einer Tischlampe erhellten Kammer, brachte er ein gewisses Verständnis für die von Ungläubigen gestellte Frage auf, ob Choräle und die von den Ordensgründern den Mönchen vorgeschriebenen Gebete letztlich nicht Bollwerke gegen den Tod seien, Mittel, das Unheimliche zu überlisten.

Emmenegger, der Luzerner Autor, den er zu unrecht anfangs als Mörder von Gabi verdächtigt hatte, behauptete ja kürzlich in einem längeren Brief, seiner Ansicht nach biete die katholische Kirche mit ihrer Liturgie den Gläubigen ein riesiges Gebäude an, in dem jeder einen Unterschlupf finden könne, um die Wahrheit, die schreckliche Wahrheit nicht ertragen zu müssen.

Es war nicht so.

Davon war Ambrosius auch heute abend überzeugt.

Die Gefahr, von solchen Mutmassungen eingenebelt zu werden, bestand jedoch.

Selbst für ihn.

Oder etwa nicht?

Trotz der Hitze und Kälte, die ihn wechselweise durchfuhren, lächelte Ambrosius.

Die alte, unbeantwortbare Frage.

Und Fragen, Zweifel gehörten doch zum Glauben, bedingten ihn gewissermassen.

Ein Glaube, der jeden Angriff zum vornherein abblockte, der

wie eine Wand war, an der alles abprallte, Kritik, Vorbehalte, andere Meinungen, dieser Glaube lief Gefahr, in Selbstgerechtigkeit auszuufern, war eine Sünde, für die Christus nur Verachtung übrig hatte. Das wusste Ambrosius. Und nicht erst seit heute.

Ambrosius erhob sich, langte mit der rechten Hand zum Fenster, das am nächsten war, und entriegelte es.

Mein Gott, war das, mit und ohne Fieber, einmalig, hier in die leicht verregnete Nacht hinauszuschauen, zu den schemenhaft erkennbaren Bäumen, zu den Lämpchen der leeren Gartenwirtschaft hinunter, zu den seltsamerweise jetzt wieder sichtbaren Lichtern im Österreichischen, hinter denen allenthalben Sehnsüchte, Wünsche und böse Gedanken ihre Verstecken hatten.

Er würde bald in die Wirtschaft gehn, von Sonja einen Tee mit Rum oder halt doch, wer wagte die Behauptung?, jener im "Cumin" sei a priori besser?, einen Glühwein bestellen und auf die halbe Stunde mit den andern Hausbewohnern warten.

Das war erlaubt.

Das Leben ging weiter.

So klischeehaft der Ausdruck war ...

IV

Yves Wenzel war verärgert wie schon lange nicht mehr. Diese zwei Scheisspostbeamten hatten ihm den ganzen Tag vermiest.

Seit er gestern, als er vom Ausflug zum Ufer des Bodensees zurückkam, von einer völlig aufgelösten Sonja erfahren hatte, der Pater habe die beiden mausetot in einer Schlucht unterhalb der Meldegg gefunden, seither war der Teufel los.

Warum hatte der Spinner, und Patres waren für Yves Spinner, auch wenn er Ambrosius mochte und ihn in der Öffentlichkeit nie als solchen bezeichnet hätte, warum hatte der gute, ein wenig naive Pater einen so blödsinnigen Weg für seinen Spaziergang wählen müssen?

Warum?

Es gab doch andere, nicht so steile und glitschige, Wege ohne tote Zürichbergpöstler, Wege, die nicht alles auf einen Schlag zunichte machten, was er, Yves, gestern am See, in der Gegend des "Blauen Hauses", einer grässlichen Nobelbeiz, bezüglich Antoinette und seiner eigenen Person ausgeheckt hatte ...

Und was war in Hadorn und Fässler gefahren?

Wieso purzelten sie eine Felswand hinunter oder starben anderswie?

Läppische Kerle waren das, läppische ...

Und der Köbi mit ihnen!

Schwatzte so blödsinnig herum, dass Sulser ihn heute morgen auf Geheiss von Vorgesetzten nach Heiden in U-Haft holen musste, provisorisch, wie das Gerücht ging ...

Lächerlich, lächerlich!

Köbi war doch, in seinem Alter, mit seiner Behinderung, kein Killer ...

Yves lag auf dem Bett und rauchte trotz der Bitte von Sonja, auf dem Zimmer das Rauchen wegen Brandgefahr zu unterlassen, eine seiner kostspieligen Montechristo.

Er würde schon aufpassen, die Zigarre stets auf den Aschenbecher legen, den er vorhin auf das wacklige Nachttischchen gestellt hatte.

Er sog den Rauch, das Aroma tief in die Lungen ein, ohne den üblichen Genuss zu spüren.

Es war Yves auch nicht ums Geniessen.

Der Pater hatte alles versaut, sein ganzer neuester Fluchtplan war im Eimer.

Und es war nur eine Frage der Zeit, bis Sulser, ein Landschroter*

---

* Schroter = schweiz. für Polizist

wie er im Buch stand, Yves wegen der paar lumpigen Fränklein kassierte, die er in Zürich — wenigstens aus der Optik von Hildegard — gegen Treu und Glauben vom gemeinsamen Konto abgehoben hatte.

Sulser wusste ja bereits, wer er war und wo er gewohnt hatte. Und dass er in Walzenhausen nicht, wie es das Gesetz erforderte, ordnungsgemäss als Neuzuzüger gemeldet war ...

Da nutzte sicher auch die Bitte nichts, seine Anonymität zu wahren, er melde sich in den nächsten Tagen offiziell an ...

Der Computer, er hatte doch längst alle Daten ausgespuckt!

Und ärger: Antoinette würde in die widerliche Geschichte hineingezogen, sobald sie wieder auf die Meldegg kam.

Schon jetzt war ihr Name den zwei Polizeibeamten mit hundertprozentiger Gewissheit bekannt. Béatrice, das aggressivste Frauenzimmer, das Yves je begegnet war, dürfte ihn genannt haben. Oder John. Oder Köbi.

Da war nichts zu machen.

Gar nichts.

Einzig auf die Diskretion von Sonja und Franz war Verlass.

Selbst Antoinette unten aus dem Büro anzurufen, wie er's abends für gewöhnlich tat, getraute er sich nicht. Das Telefon, damit war in der heutigen Schweiz zu rechnen, wurde vielleicht abgehört. Das ging schnell. Und wenn PTT-Beamte* ermordet wurden, noch schneller ...

Morgen, von der Telefonkabine im Dorf vorne, gleich neben der Post, würde er versuchen, Antoinette während einer Schulpause, am besten Punkt 11.00 Uhr, im Konservatorium zu erreichen und sie, wenn er sie am Draht hatte, bitten, umgehend in die Kabine zurückzurufen, er könne nicht dauernd Kleingeld in den Schlitz des Automaten werfen, er müsse ihr Wichtiges erzählen, was auf der Meldegg geschehen sei.

Und dann würde er ihr vom mysteriösen Tod der beiden Schlappschwänze, und das blieben Hadorn und Fässler über ihr schreckliches Ende hinaus für ihn, berichten, von Köbis Verhaftung und auch von seinen Plänen, wie sie beide zum zweitenmal und für sehr lange Zeit untertauchen könnten, sofern Antoinette

* In der Schweiz verfügt die Post (PTT) über das Telefonmonopol.

ihr offenbar nicht zu stillendes Heimweh nach dem Berner Oberland in den Griff bekäme.

Auf keinen Fall wollte er für immer zu seiner Frau zurück und das gewohnte frühere Leben aufnehmen.

Auf gar keinen.

Zum Schein, für ein paar Tage oder Wochen, damit spielte er.

Und dann, er zog wieder an seiner Montechristo und stiess den Rauch etwa fünfzehn Sekunden nachher zur Nase hinaus, ja, dann würde er von neuem bei Nacht und Nebel abhauen, knallhart. Und zuvor den Flügel verkaufen und Mutters Ferienhaus im Malcantone ...

Es würde ihm allerhand Energie abverlangen, hatte er doch genug von Hildegards näselnder, besserwisserischen Stimme, den stakkatoartigen, stets furchtbar eiligen Schrittchen, der ständigen Kritik an seinem zu aufwendigen Lebensstil und genauso von ihren ungemein selbstgerechten, sie jedesmal mit viel Weh und Ach bemitleidenden und zur tapferen Frau hochstilisierenden Freundinnen, wenn er sich in früheren Jahren, und selten war's ja nicht, Yves!, in eine andere Frau verliebt hatte.

Monatelang hätte er sowieso nicht die Kraft, das Spiel durchzuziehen und Interesse zu mimen, wenn Hildegard stundenlang über ihre Mitarbeiterinnen herzog, die in der von seiner Frau geführten englischen Buchhandlung Kunden und Kundinnen schlecht bedienten, fehlende Bücher zu spät nachbestellten oder gar, was vor Jahren geschehen war, die Kasse plünderten.

Das war vorbei.

Sollte Hildegard Probleme haben; ihr Renommiergeschäft an der Bahnhofstrasse ging ihn nichts mehr an.

Er war ja auch ein mieser Schauspieler, jede Lüge erkannte man — wenn er Antoinettes Aussage glauben durfte — an seiner Nasenspitze.

Oder sollte er morgen oder übermorgen mit Sack und Pack unter irgendeinem Vorwand von der Meldegg fliehen — auf die voraussehbare Gefahr hin, sich wegen seines Verschwindens erst recht verdächtig zu machen.

Yves, die lange Cigarre im Mund und sie, eine Angewohnheit von ihm, mit seinem Speichel mehr und mehr aufweichend, überlegte.

Letztlich käme es nicht darauf an: Als langjähriger Kunde und Besitzer eines Schliessfaches der Zürichbergpost wurde er zum vorneherein als Verdächtiger gehandelt. Also doch ein Glücksfall, dass sie den Köbi von seinem Anneli weggeholt hatten: der Trottel würde so dumm daherschwatzen und sein "Hä, Hä!" so oft zum besten geben, dass sie ihn auf Monate hinaus in einer der drei Zellen des Heidener Untersuchungsgefängnisses behielten, egal, ob dafür objektive Gründe bestanden oder nicht ...

Aber wahrscheinlich war eine baldige Flucht nicht das Allerklügste.

Das musste er bedenken. Und erst dann —

Den Kopf vom mit einem geblümelten Überzug geschmückten Kissen auf die hölzerne Bettstatt lehnend und von einem kleineren Hustenanfall geschüttelt, sehnte er sich nach der Gegenwart von Antoinette, nach ihren Lippen, die seine suchten, und kam gleichzeitig zum Schluss, dass er unbedingt noch drei, vier Tage zuwarten müsse, schon um seinen Plan nicht zu gefährden.

Er hatte den zwei Schrotern gestern auch gestanden (heute nennt man sie in Zürich wohl eher Schmierlappen, dachte er, ich bin nicht mehr à jour), kurz, er hatte ihnen gestanden, dass er mit beiden Pöstlern, vor allem mit dem älteren, auf der Zürichbergpost wegen ihrer Pedanterie und Beamtenmentalität seine liebe Mühe gehabt habe.

Das wäre aber noch lang kein Grund, sie zu einer Felswand zu führen und dort hinunterzuschubsen, sofern die beiden überhaupt auf diese Weise gestorben wären, hatte er doziert, leider so aufgeregt wie ein vom Lehrer oder vom Schulhausabwart nach einem Streich ertappter Lausbub, um dann fortzufahren, dass alle Menschen erheblich Arbeit bekämen, würden sie jeden töten, der ihnen unsympathisch sei; das gelte gewiss auch für die Herren Polizisten, sie alle hätten doch Probleme mit Mitmenschen, eckten an, stiessen auf konträre Lebensauffassungen ...

Er musste das sagen, mit allem Charme, zu dem er fähig war, und ihnen verraten, dass er bis heute vergebens nach den Namen der beiden Beamten suchte, habe er doch für die zwei Herren wenig bis gar keine Sympathie verspürt; wahrscheinlich hätte er deswegen die Namen verdrängt, um sein Erinnerungsvermögen wäre es ohnehin nicht sehr gut bestellt.

Es war nötig gewesen, dies zuzugeben.

Sulser und sein Chef, wie hiess der farblose Kerl gleich wieder?, hätten in Zürich nur ein bisschen durch Zürcher Kollegen recherchieren lassen müssen, und schon würde diesen von Mitarbeitern des "Wirtschaftsdienstes" hinterbracht, dass Yves sich bei ihnen öfters über die Chefs der Zürichbergpost beklagt und in seiner Wut, ohne es natürlich ernst zu meinen, mehrmals ausgerufen habe, die beiden sollte man an eine Wand stellen und erschiessen.

Das hatte er getan.

Oh ja, mehrmals.

Nahezu jedes Couvert innerhalb einer von ihm im Namen des "Wirtschaftsdienstes" und anderer Presseagenturen aufgegebenen Massensendungen hatten sie nämlich geöffnet; geradezu manisch kontrollierten die beiden, ob er wirklich Drucksachen verschicke oder nicht Kopien oder gar Briefe mit dem PP-Stempel* versehe.

Viele Male hatte er wegen solcher Kontrollen im Postfach einen roten, vorgedruckten Zettel mit der Aufforderung vorgefunden, am Schalter den Chef zu verlangen, worauf Hadorn, dieser Wicht!, sich gehörig Zeit liess, schliesslich an den Chefs vorbehaltenen Schalter kam und, bereits durch die gläserne Trennwand bevorteilt, Yves abkanzelte und rügte, als wäre er der letzte Dummkopf. „Jaja, Herr Wenzel, langsam müssten Sie doch unsere Posttaxen kennen ..."

All das war wieder da, auch die scheppernde Stimme des Postverwalters ...

Und dieser elende Hund, seine Mittelmässigkeit hinter dem Schalter durch erhobenen Zeigefinger kompensierend, musste mit seinem um Jahre jüngeren Stellvertreter, der auf der Post meist einen grauen, handgestrickten Pullover trug und selbst im Dabeisein von Kunden die Arbeiten oder das Verhalten weiblicher Angestellten kritisierte, — dieser Hadorn musste hier in einem gottverlassenen,

* Drucksachenstempel, heute in der Schweiz nicht mehr nötig, weil die Kategorie Drucksachen zum Verdruss vieler PTT-Kunden abgeschafft wurde.

in Zürich so gut wie unbekannten Hotel Ferien machen und sich erst noch, Yves verschlug's den Atem, als Schwuler entpuppen.

Yves begriff es nicht.

Schlicht und einfach nicht.

Er hatte bei der Befragung durch die zwei Polizisten keine Chance gehabt und auch deshalb — nach der Maxime, Angriff ist die beste Waffe — offen erwähnt, dass er wie die beiden Toten in der Nähe des Toblerplatzes gewohnt habe und eigentlich noch immer wohne, er kenne die Frau des Posthalters vom Einkaufen im COOP, sie sei eine sehr nette, ihn jedesmal freundlich grüssende Person mit zwei Kindern, desto mehr habe ihn, jetzt wüsste er ja die Namen wieder, die nicht zu übersehende homosexuelle Neigung von Herrn Hadorn überrascht, er nehme an, Herr Fässler habe seinen Chef dazu verleitet, heute werde es langsam Mode, bisexuell zu sein.

Sulser, der eindeutig das Wort führte, wies ihn daraufhin mit der Bemerkung zurecht (Yves hätte ihn ohrfeigen können), Theorien ständen allein der Polizei zu — und dann stellte er jene Frage, die Yves eigentlich bereits früher erwartet hatte:

„Warum sind Sie in Walzenhausen nicht gemeldet, Herr Wenzel? Sie wissen doch, nach drei Wochen Aufenthalt an einem neuen Ort verlangen es unsere Gesetze ..."

Es war in seinem Gehör geblieben, auch hier auf dem Bett, mit der Zigarre im Mund, wie Sulser, grossgewachsen wie er und recht resolut, ihm dies vorhielt und dabei seinem Vorgesetzten einen Blick zuwarf, der ungefähr besagte, da haben wir einen komischen Vogel, Chef, nehmen wir ihn mit?

Baumgartner, ja, so lautete der Name des Heidener Polizeibeamten, war mit keinem Wort, keiner Geste darauf eingegangen und hatte Sulser kurzum freie Hand gegeben, sein Gegenüber weiter mit Fragen und Vorwürfen zu drangsalieren.

„Auch den 'Meldegg'-Wirten haben Sie etwas Schönes eingebrockt, die machen sich strafbar, wenn sie Gäste nicht melden, im Wiederholungsfall könnten sie das Patent verlieren ..."

Yves Wenzel hatte das nicht bestritten, von einem unentschuldbaren Fehler seinerseits gemurmelt, er nehme das Versäumnis auf seine Kappe, sie sollen bitte verzichten, Frau Hasler und Herrn Unternährer anzuzeigen — und dann hatte er sehr bewusst sein von Antoinette gerühmtes weltmännisches Grinsen eingesetzt, um die Situation zu entschärfen.

Ob er sie zu einem Glas Wein einladen dürfe oder ob sie dies als Bestechung auslegten, hatte er gefragt, war ihm doch aufgefallen, dass die Kaffeetassen der Polizisten leer waren.

Und, oh Wunder der Wunder, er glaubte es zuerst nicht!, er durfte. Die legendäre Floskel, sie wären im Dienst, blieb aus, sowohl von Sulser wie von seinem Chef oder wer immer der Schweiger war.

Yves hatte daraufhin eingeworfen, Herr Sulser sei vielleicht auch verheiratet und möchte mal Ferien von seiner Ehe nehmen, er verstände sicher, was er, Wenzel, damit ausdrücke.

Sulser verstand nicht.

Er war ledig.

Und dann hockten sie zu dritt in der heimelig eingerichteten Wirtsstube vor einer Flasche Monsteiner, stiessen gegenseitig die Gläser an und Sulser verlor ein wenig von seiner Rüpelhaftigkeit.

Doch gewonnen war damit wenig.

Yves machte sich keine Illusionen, keine Hoffnungen.

Noch heute, am späteren Abend, konnten die beiden oder andere Polizisten erneut auftauchen und ihn quasi zur Überprüfung mitnehmen ...

Erst jetzt bemerkte Yves Wenzel, dass die Montechristo nicht mehr zog. Daher langte er instinktiv zum Nachttischchen hinüber, griff nach der Zündholzschachtel, entflammte ein Hölzchen, steckte die Zigarre in Brand und warf das gebrauchte Zündholz in den Aschenbecher.

Lang behielt er den Rauch im Mund und stiess ihn dann beinah mit Ekel aus.

Nein, heute brachte das Rauchen wirklich keinen Genuss. Schade um die teure Montechristo, schade ...

Alles war so schlimm, so auswegslos.

Schlimm auch, dass er wegen des ganzen Theaters kein einzigesmal zum Klavier gegangen war, um wenigstens einige Takte

Bartok oder halt jene Gershwin-Songs zu spielen, die nicht gerade zu seiner Lieblingsmusik gehörten, die er aber bald beherrschen musste, sofern der von Antoinette für ihn und die Sopranistin Anne Wicker im Interlaker Kurhaus organisierte Abend zustande kam; ein Abend, den Antoinette Yves aufgeschwatzt hatte, um ihrer Freundin ein wenig aus einer Depression herauszuhelfen, aus einer durch, wie anders auch!, Liebeskummer entstandenen Krise.

Es war Yves nicht ums Spielen gewesen.

Und auch nicht ums Schreiben, ums Suchen nach Sätzen, die seinem krankhaften Hang zur einmaligen Formulierung einigermassen entsprachen.

Alles, was sich seit gestern ereignet hatte, nahm Yves Wenzel unglaublich in Beschlag und erregte seine Nerven derart, dass er phasenweise mit den Händen so zitterte wie der Schwätzer Köbi, wenn dieser sein Bierglas zum Mund hob.

Und ständig überfiel ihn dasselbe Bild: Wie er am letzten Mittwochabend, oder irritierte ihn sein Gedächtnis?, vom Schreibtisch in die Wirtschaft gekommen war, um mit John, was er zu seiner eigenen Verblüffung liebte, über Bedeutungsloses zu klönen, zu blödeln und zu lachen.

Er hatte seinen Augen nicht getraut.

Da sah er, als er zufällig rüberguckte, die beiden Pöstler am Nachbartisch, sah — er konnte es nicht glauben —, wie sie die von Sonja mit ihrer harmonischen Handschrift gestaltete Speisekarte lasen und überaus vertieft taten.

Wahrscheinlich hatte er sich vor lauter Staunen an den Kopf gegriffen und die wenigen Haarsträhnen zurückgestrichen.

War er in Zürich, in einem Speiserestaurant?

War er auf der Meldegg?

Die Frage hatte ihn, ohne dass John etwas mitkriegte, körperlich mitgenommen und eine eigentliche Migräne ausgelöst.

Während des ganzen Abends.

Und jetzt waren die zwei tot, waren, er lachte unwillkürlich über seine Vorstellung und nuggelte* wie ein Baby an seiner Zigarre, ja, sie waren im PTT-Himmel.

---

* nuggeln = schweiz. für am Schnuller (Nuggi) ziehen

Eines war ihm allerdings von der ersten Sekunde an klar gewesen: Ein Wort von denen zu einem seiner Bekannten über seinen jetzigen Aufenthaltsort, und mit der Anonymität wäre es vorüber — und, fatalerweise war es so, Antoinette hätte zugeben müssen, dass es einer Dummheit gleich kam, Italien zu verlassen und statt Bergamo mit Brescia, Padua oder Ferrara zu vertauschen in die Schweiz zu reisen, sie wüsste von einem abgelegenen Hotel im Appenzeller Vorderland, habe darüber zufällig in einer Ostschweizer Zeitung gelesen, dort fände ihn kein Mensch.

Zwei hatten ihn leider gefunden.

Zwei.

Antoinette deswegen Vorwürfe zu machen, stand nicht zur Diskussion.

Wie diese Frau zu ihm hielt, war ein Wunder.

Und im Nachhinein war jeder Mensch immer ein Stück klüger.

Und sobald er mit Antoinette über seine neuesten Pläne gesprochen hatte, würde er Hildegard einen langen Brief schreiben, sie um Verständnis und Nachsicht bitten, den arg strapazierten Begriff "Krise der Lebensmitte" verwenden (er war zwar längst drüber!) und seine Rückkehr auf den nächsten Monat ankünden, er wolle auch Jean-Paul und Kathi wieder sehen, die Kinder — es war keine Lüge — fehlten ihm sehr; sie möge ihn aber um Himmels willen nicht in Walzenhausen besuchen, Szenen wären das Letzte, was er in seiner jetzigen Verfassung ertrage, auf der Meldegg herrsche gegenwärtig ein einziges Durcheinander, er erzähle ihr dann mündlich darüber.

Das würde Hildegard akzeptieren.

Schon aus Stolz und der Angst heraus, er könnte tatsächlich, wie in früheren, ohne Absender abgeschickten Briefen angetönt, Selbstmord begehen und damit die Familie Wenzel, wie bedeutungsvoll war deren angebliche Ehre für Hildegard!, endgültig in Verruf bringen, auch den in Lausanne verheirateten und an der dortigen Universität als Anglistik-Assistent arbeitenden Sohn und die Tochter, die in Zürich noch immer in irgendeiner Schauspielschule herumlungerte, sich zur Künstlerin berufen fühlte und einen Deut an die Zukunft dachte, was das Finanzielle betraf.

Und dann würde er, ein reuiger Sünder und zerknirscht, nach

Zürich zurückkehren, im Einverständnis mit Antoinette.

Aber nicht für lange.

Antoinette brachte doch Schwung und Licht in sein verpfuschtes Leben, während in Zürich der alte Trott auf ihn wartete, Abende mit Eingeladenen und Höflichkeiten und Leerläufen, die fordernde, von nichts und niemandem umzubringende Mutter, Erklärungen zu Freunden, die keine Freunde waren.

Nein, nein.

Niemals!

Das nahm er auf sich, um hernach für die ganze Zeit, die ihm noch blieb, wegzufliegen ...

Yves Wenzel stöhnte auf.

Er wollte und konnte nicht in einem Land leben, in dem alles Spontane, Ungewohnte, Neue durch Vorschriften und Gesetze laufend abgewürgt wurde.

Genug hatte er von der Schweiz, für deren Wirtschaftswachstum über Jahre hin, wenn auch in bescheidenem Rahmen, als Jurist und Verfasser von Artikeln gearbeitet hatte!

Genug hatte er, genug!

Bald wollte er aufstehn, vom vorsintflutlichen Doppelbett auf den teppichfreien Holzboden gleiten, die hellen, ihm von Antoinette geschenkten Hausschuhe anziehn und dann wie jeden Abend in die Wirtschaft hinuntergehn, mit der Zigarre in der Hand.

Kein Hadorn würde stören, kein Fässler (für Yves in Zürich der geborene Adlatus Hadorns), auch keine Angst, von einem der beiden plötzlich mit „Sie sind doch Herr Wenzel, oder?“ begrüsst zu werden.

Und Ambrosius und John hielten bestimmt mit, wenn er sie zu einer Flasche einlud; dies könnte den heutigen Abend vielleicht retten, war es doch kein Problem, mit Ambrosius über nahezu jedes Thema zu reden, über Musik, über die Abgründe des Lebens, über Thomas Bernhard, über die Kurzprosa in der heutigen Schweizer Literatur, deren Kurzatmigkeit Yves aufregte, über das Recht jedes einzelnen zur Selbstbeendigung (was Ambrosius als Mönch begreiflicherweise bestritt), indessen John ruhig und ohne dumme

Kommentare zuhörte, ab und zu nickte oder den Kopf schüttelte und nicht wie der aufsässige Köbi oder die aggressive Bernerin ständig dazwischen fuhr und damit jedes Gespräch verunmöglichte.

Er empfand Hochachtung für den Pater, konnte sich Ambrosius — und auf andere Weise ebenso John — durchaus als Freund vorstellen.

Dass Ambrosius aber die Toten gefunden hatte, verzieh er diesem nicht. Er, Wenzel, und nicht der Pater musste nun die Suppe auslöffeln, und das war nicht gerecht.

Einige Tage hätten die beiden ruhig unten am Bach dahinmodern können, zur Freude der Füchse und anderer helvetischer Getiere ...

Dagegen hätte er keine Einwände gehabt.

Nicht die geringsten.

Das musste aufhören.

Aufhören!

Seine Bösartigkeit, seine Ressentiments.

Unaufhörlich dachte er im Kreis, dachte ununterbrochen an die beiden Pöstler, an den Abend, als er die zwei von Posttaxen, Formularen und Vorschriften durchdrungenen Männer erstmals direkt neben einem der grossen, die Ambiance der Wirtschaft etwas störenden Aussichtsfenstern erblickte (und sein Zürcher Urteil über die beiden bald leicht revidieren musste), an den wahnsinnigen Moment, als Sonja ihn gestern abend nach seiner Rückkehr vom Bodensee im von Harassen und leeren Biercontainern verstellten Gang zwischen Wirtsstube, Büro und Treppenhaus mit der unglaublichen Nachricht abfing, Herr Hadorn und Herr Fässler seien tot, sie könne es nicht fassen.

Er wurde eben, dies war der Beweis, alt und älter und wiederholte sich, im Denken, beim Reden; und es war völlig unverantwortlich und egoistisch von ihm, mit einer jungen Frau wie Antoinette eine schon so lang andauernde Beziehung zu pflegen, sie in seine Geschichten hineinzuziehen, er versperrte ihr doch die Zukunft, eine Heirat, was immer.

Wütend war er: Auf sein egoistisches Verhalten gegenüber Antoinette zuallererst, auch auf die PTT-Beamten, auf Hildegard, die ihn sowenig wie seine Mutter je aus eigener Initiative freigeben würde, auf die ganze Welt.

Er sprang für sein, er musste es selber sagen, hohes Alter erstaunlich, fast wie ein Leichtathlet vom Bett herunter. Dann legte er die nicht mal zu einem Drittel gerauchte Zigarre auf den mit Pepsi-Cola beschrifteten Aschenbecher, kniete auf den Boden, um die Schuhe anzuziehen und plötzlich kam ihm — weshalb, zum Kukkuck, weshalb? — der Bauer Paul Buschi in den Sinn, der ihn heute nachmittag oberhalb der Meldegg mit seinem gewaltigen Traktor samt heruntergeklapptem Mähmesser um ein Haar erwischt hätte und eine Entschuldigung überflüssig fand; vielmehr hatte er frech von seinem Sitz herab gegrinst und war sich auf seinem Vehikel, da bestanden keine Zweifel, überaus mächtig, wie ein unverletzbarer Gott vorgekommen.

Ein schrecklicher, gewalttätiger Mann, den er immer mied, wenn dieser in die Wirtschaft kam, seine grosskotzigen Sprüche an den Mann oder an die Frau zu bringen suchte und meinte, seine Bemerkungen und Zoten seien das Gelbe vom Ei.

Fürwahr, der in Büriswilen zusammen mit seinem Bruder einen Hof bewirtschaftende Paul Buschi war ein lebendes Ekel. Sogar der gutmütige, jedem Menschen positive Seiten zubilligende Ambrosius wich ihm aus. Und Buschi hatte von Sonja und Franz einzig deshalb einen Teil des zur "Meldegg" gehörenden Landes pachten können, weil sie ihn vor der Übernahme des Restaurantes nicht kannten und der Vermieter ihnen riet, vorerst Buschi das Land zu geben, er nutze es seit etlichen Jahren, andernfalls bestände Gefahr, dass die Wiesen verwilderten, die Höhe des Pachtzinses müssten sie selber festlegen.

Yves Wenzel wusste jedoch von Franz, dass sie Buschi als Pächter los sein wollten; zum einen, weil er mit Hilfe der Chemie und des von Altenrhein herbeigekarrtem Klärschlamms das Allerletzte aus dem Boden presste, und zum andern, weil er in der Wirtschaft nahezu bei jedem Besuch mit Gästen herumschrie und schon öfters den einen oder andern durch sein Benehmen vertrieben hatte.

Bereits während der ersten Begegnung hatte Yves Wenzel das Tierische in Buschi herausgespürt, eine Primitivität, die erschreckte. Das war ein Mann, der andere zusammenschlagen, vielleicht töten konnte, aus Hass, Neid, Wut, Rachsucht. Handfeste Auseinandersetzungen, Schlägereien waren nie auszuschliessen.

Den möchte ich nicht als Feind, ich hätte keine Chance, dachte Yves, wusste aber, dass Buschi mit dem Tod der PTT-Beamten kaum etwas zu tun hatte. Es gab für ihn nicht den geringsten Grund, die Pöstler zu hassen, es sei, sie hätten Buschi sexuell belästigt und, für Yves unvorstellbar, zum Liebesakt aufgefordert.

Hatten sie das?

Konnten sich die beiden überhaupt in einen solchen, unheimliche Gewalt ausstrahlenden Mann verlieben?

Waren Homosexuelle nicht eher auf feine, differenzierte Männer fixiert?

Und vor allem: Gab's überhaupt Dreierbeziehungen in deren Kreisen?

Yves Wenzel konnte es nicht sagen.

Darüber wusste er als Mann, der nur Frauen liebte, zu wenig. Buschis Ausruf, zu dem John ihn veranlasst hatte, war freilich in Yves' Ohren geblieben.

Er erwürge jeden schwulen Bruder, der ihm zu nahe trete, hatte der Grobian vor zwei Tagen am Nebentisch lamentiert, als das Gespräch auf die zwei PTT-Beamten kam. Im "Sternen" von Büriswilen habe ihn vor drei oder vier Jahren nur Bärlocher, der Wirt, davon abhalten können, einer dieser Schwuchteln für immer das Licht auszublasen (wie er unverschämt gegrinst hatte, beim Wort blasen!), das brauche er nun wirklich nicht, eine Tunte, die unter dem Tisch seinen Schwanz packe und ihm verzückt ins Gesicht schaue, das brauche er nicht, er bekäme genug Frauen ...

Ein Tier, der Bauer Buschi.

Ein Ekel, zu allem fähig.

Auch zu schlimmsten Gewalttaten.

Buschis junge Frau, eine recht hübsche offenbar, könnte laut John darüber ein Liedchen singen. Mal sah man sie beim Einkaufen im Büriswiler Usego-Lädelchen mit Veilchen unter den Augen, das nächstemal hinke sie ...

Nur, Hadorn und Fässler waren, glaubte er Sulser, weder erwürgt noch niedergeschlagen worden.

Nichts von alledem.

Nichts.

Oder anders gesagt: Er, Yves, konnte Buschi die beiden Todesfälle nicht anhängen, sogern er Sulser bei nächster Gelegenheit gesagt hätte: „Der Buschi war's, nicht der Köbi, da leg ich meine Hand ins Feuer, lassen Sie den meschuggen Kerl wieder frei ..."

Verwirrend war alles, unbegreiflich.

Gescheiter, er raffte sich auf, ging hinunter und hoffte, dass die gottverfluchte Bernerin wenigstens heute den Abend anderswo als auf der Meldegg verbrachte und dass später, wenn ausser John die auswärtigen Gäste gegangen waren, auch Sonja und Franz zu ihnen an den Tisch sassen, sofern der gute Franz — ein kurioses Hobby, weiss der Himmel! — auf seinem Zimmer nicht wieder neue Kreuzworträtsel austüftelte.

Zwei seltene Menschen, die beiden, die nie andere betrogen. Und Yves würde nicht vergessen, wie sie ihn gegen aussen abgeschirmt hatten und nun deswegen mit den Behörden echt Schwierigkeiten bekommen konnten.

War das ein Scheissland, die Schweiz!

Ein Land, das jedem die Atemwege zuschnürt, der nicht zu seinen Normen, Gesetzen, Gepflogenheiten passt und das Geschwafel der Politiker als Geschwafel entlarvt!

Er wollte weg.

Für immer weg.

Sobald als möglich ...

Yves Wenzel richtete sich langsam auf und musste auf einmal laut lachen. Lustig, wie er den Hadorn erwischt hatte! Lustig und raffiniert! Wie oft war er doch vormittags, nachdem ihm die ständigen Zurechtweisungen durch das mediokre Männchen zuviel geworden waren, mit dem Fahrrad oder seltener mit dem Auto von seinem Büro an der Kraftstrasse über die Tobler- und die Glattbachstrasse zur Post Oberstrass hinuntergefahren, um dort Briefsendungen und Pakete aufzugeben.

Wie oft!

Und nie hatte auf der andern Post ein kleinkarierter, von der eigenen Bedeutung überzeugter Verwalter ein Couvert, ein Paket geöffnet.

Nie!

Umständlich war's nur gewesen, ein Zeitverlust; zumal er anschliessend, verschwitzt vom Hinaufpedalen, auch in die Zürichbergpost hinein musste, um die täglichen Zusendungen aus dem Schliessfach zu holen. Wenn er aber bedachte, dass er im "Alten Löwen" — praktisch gegenüber der Post Oberstrass — Gina kennengelernt hatte, als er dort mal einen Kaffee trank und die neue NZZ las, so war der Zeitverlust, und was hiess das schon!, letztlich lohnend gewesen. Die kleinere Romanze, die damals anfing, hatte doch ihren Reiz gehabt ...

Er angelte sich die Zigarre vom Aschenbecher und ging zur Tür.

Der Abend in der Wirtschaft unten konnte von ihm aus beginnen.

Mit oder ohne die Bernerin.

Mit oder ohne Schmierlappen.

Yves Wenzel war bereit.

V

Ein Hund, der Sulser, ein fertiger Hund, hä!, ich piss in die Ecke, schiff* die Wand an, hundert Prozent, holt mich einfach ab, nimmt mir den Pängpäng weg, will wissen, ob ich gestern in der "Burg" war, mich in der Schlucht herumtrieb, geh nie in die "Burg", zu den eingebildeten Laffen. Die glauben, sie seien etwas Besonderes, könnten mich am Tisch warten lassen, hä!, zuerst die Herren und die faulen Weiber bedienen und dann erst mich, bloss, weil sie geerbt haben vom alten Hans, der schon recht war, besser als sie.

---

* schiffen = schweiz. für pissen

Noch nie so etwas!

Noch nie!

Ich pack den Pimmel aus, schiff an die Mauer, nicht einer kam, als ich gegen die Tür schlug und schlug, hä!, der ist ja verrückt, der Sulser, hä!, hab immer die Steuern bezahlt und nie im Leben vom Bund Subventionen bezogen, auch geschielt hab ich nie wie die "Patria"-Tante oder der Kari Eugster, der meint, er verstände mehr von Pilzen als ich.

Sind alles Dummköpfe.

Alle, alle.

Hä, hä!

Anneli wird böse sein, wird kiefeln* mit mir, sobald ich frei bin, und mir zum tausendstenmal sagen, du darfst auf keine fremden Katzen schiessen, ich verbiet es dir.

Hab nicht geschossen, schoss noch nie auf Menschen, nur im Krieg, in St. Margrethen knallte ich mit dem Karabiner drauflos, als der Mann aus dem Schilf nicht herauskam, war nicht tot leider, nur am Knie getroffen, hä!, und lebt sicher heute noch, sicher ... Den Papst, ja, den Papst müsst ich erschiessen und den Furgler und die Offiziere, die uns damals allein an der Grenze liessen, feige Siechen sind's, faule Siechen, hä!, hä!,wenn ich draussen bin, kommt der Sulser dran, ein Hund wie unser Gemeindemuni*, denkt, er müsse mich nicht grüssen, er sei zu gut dafür, weil er vorne im Dorf eine Fabrik hat und teure Zigarren raucht und nicht Stumpen wie ich.

Gut, dass die Schwulen tot sind, gut!

Verbieten müsste man sie, hä!, einsperren, war froh, als ich sie am Boden liegen sah, war mutig von mir, dem Fuchs die Katzen zu bringen, Anneli hätte sie mir nie gebraten, befiehlt mir immer, ich dürfe keine Katzen erschiessen, dabei ist ein Katzenbraten viel, viel saftiger als ein Hasenbraten, ich komm draus, komm draus, versteh was vom Fleisch, vom Metzgen, hä!, und wenn die blöden Katzen in ihr Gärtchen scheissen und seichen, lärmt's Anneli ja auch, hat Angst um die Salate, die Bohnen, die sauren Rababarben, die He-

---

* schweiz. für schimpfen

* Bürgermeister, Gemeindeammann

xenkrütli*, jaja, ich pack den Pimmel aus, jetzt, jetzt!, der dumme Knopf, er geht nicht auf!, oh, endlich, endlich!, das Schwänzchen läuft ja schon, hä!, brünzelt in meine Hosen, hat früher schönere Sachen gemacht, viel schönere, jetzt will keine mehr, nicht mal das Anneli, mein liebes Anneli, muss ihn selber reiben, bis er steif wird und weisses Zeugs verspritzt, ich versteh das nicht, hab doch keine Schulden, bin kein Alkoholiker wie John oder der Eugster oder der Buschi vom Fählenhof oder der Pfäffli mit seinen Geldspielautomaten, hä!, nass wird die Wand, nass!, muss einpacken das Schwänzchen, einpacken, den Sulser am Kragen packen, behauptet, wer Katzen erschiesst, erschiesst auch Menschen, spinnt ja, ist übergeschnappt, nahm mir das Pängpäng weg und die Chüngelipistole, die doch so ungefährlich ist, war gar nicht toll, die zwei neben dem Bach liegen zu sehen, hab die Katzen sofort aus dem Sack geschüttelt, sind doch runtergefallen ins Wasser, glaub ich, erschiess keine Schwulen, keine Schwuchteln, die nehmen mir das Anneli doch nicht weg, sagte es auch, dem Sulser, hä, hä!, gelacht hat der, frech gelacht, ihn werd ich töten, ihn!, und jetzt marsch in die nasse Unterhose mit dem Ding und dann hock ich ab und fluch und fluch, was sind das für freche Siechen!, muss hier warten und warten, schon fünf oder sechs Stunden, und darf nicht zur "Bierquelle" hinüber, zum Maieli, der nettesten ... und tüchtigsten Wirtin im ganzen Vorderland, wie die mich behandeln, mit mir umspringen!, hä!, hä!, ich töt ihn, den Sulser, bring ihn um, bald, bald wird er die Radieschen von unten anschauen, oh, kacken muss ich, kacken, wo hat's hier einen Topf, wo, wo?, ich werd verrückt, ich werd verrückt, hä!, hä!, ich bring sie alle um, hab Hunger, Hunger, will Speck, will Schwartenmagen, ich komm draus, komm draus, versteh alles!, eine Frechheit, eine bodenlose Frechheit, ich im Knast eingelocht, ein Kack will raus, ein Kack, schreien werd ich, toben, dem Sulser das Gehirn aus dem Kopf schiessen, bald, bald, bei der ersten Gelegenheit, hab doch keine Schulden und nie Subventionen bekommen, nie, nie, ich, der Hochueli vom Sammelhof ...!

---

* er meint Rhabarber und Hexenkräuter

VI

Ich kann's nicht glauben, bring's unmöglich in meinen Kopf, dass es jenes sein könnte, das John benutzte.

Ist doch ein kleines Ding, ein Spielzeug fast, und wer's laden will, muss ein Kügelchen hineindrücken, für jeden Schuss ein neues.

John hat's mir gezeigt und Yves und Franz und dem Ambrosius und der verzweifelten, uns alle nervenden Béatrice.

Dort lag das widerwärtige Tötungszeugs, direkt vor dem Bierhahnen, und das Schächtelchen mit den Kügelchen war daneben.

Immer lag's dort, ich sah's bei jedem Bier, das ich abzapfte, bis John es holte und hinüber zu den Kaninchen ging, um zu tun, was wir zwei Tierfreunde nicht können, wir komischen Bauernkinder.

Und John ist's nicht gewesen, das würd ich schwören!

Auch Köbi nicht, der arme, verkalkte Hund, der, ich hätte es Sulser nicht verraten dürfen!, schon am Nachmittag sein Pistöleli oder wie das grausame Ding heisst, abgeholt hat; er brauch es selber, müsse zwei eigene Chüngel töten, hat er behauptet und ... das Ding in seinen Sportsack geschoben.

Und jetzt hockt Köbi seit gestern, weil ich Sulser was von John und den gemetzgeten Kaninchen erzählt habe ...

Aus purem Zufall, wegen meines fehlenden Verstands ...

Ich bin so dumm, so naiv!

Drum hab ich auch, so feig ich sonst bin, Sulser vorhin meine Meinung gesagt und ihn ohne Umstände gefragt, wie's überhaupt möglich sei, mit dem kleinen winzigen Ding einen Menschen zu erschiessen, John wie Köbi hätten vor allen Leuten übereinstimmend erklärt, das ginge nicht.

Es geht auch nicht.

Erschrecken kann man höchstens jemanden, ihm ein Löchlein ins Fleisch schiessen.

Und das ist geschehen.

Dem einen ins Bein, dem andern, war's Herr Hadorn, war's Herr Fässler?, voll ins Gesicht.

Sie untersuchen nur noch, ob's wirklich das Pistölchen von Köbi war.

Es wird ein anderes sein.

Ein ganz anderes.

Und dann, wie's weiter ging, auf welche Weise und warum die zwei ins Leere stürzten, ich weiss es nicht; selbst Sulser und die andern Polizisten scheinen's nicht zu wissen, tappen, wie sagt man dem?, ach ja, ... im dunklen ...

Genau wie ich oder der für unsere Welt viel zu gute Ambrosius, der jetzt die Stelle sucht, wo alles geschah, wo die beiden hinunterfielen ...

Wie's auch gewesen ist, ich brauch einen Schnaps, einen Grappa, jetzt, in dieser Sekunde — ich, der ich Schnäpse nicht mag und beim Trinken immer wie eine Ertrinkende husten muss!

Darum die Gutter* sorgsam hervorgezogen, ein Gläschen vollgegossen.

Glugg, glugg, es ist getan, das Gläschen gefüllt, bis über den Strich, und ich muss die Flasche langsam, langsam wieder neben die Pflümliflasche stellen — und dann wird alles in einem Zug ins Maul geschüttet!

Oh, weia, wie's brennt im Hals, im Bauch, in meinen Eingeweiden!, ich lern nie was, Schlückchen wären gescheiter gewesen, viel gescheiter ...

Zum Glück ist niemand da, hört mein Gekrächze, ich würde ausgelacht, würde verspottet.

Muss mich an der Theke halten, an anderes als meinen Magen denken, an ganz anderes.

An was denn, Sonja?

An was?

Wer's gewesen sein könnte, wer Schuld am Tod der beiden trägt?

Hab keine Ahnung, nicht die leiseste, nicht mal ein Gefühl.

---

* Gutter, Guttere = schweiz. für Flasche

Kann mir keinen vorstellen, nicht einen.

Das böse Ding lag ständig dort, niemand hat's weggenommen und dann zurückgebracht, ich zuletzt und schon gar nicht Franz oder Yves oder …

Oh, John kommt, John!, mit Titine als Geleit.

Wird nach seiner Frühschicht wieder einen Durst beisammen haben, über die diffizile Arbeit in seiner Weberei ausrufen und die Suppe natürlich ausschlagen, die ich ihm gratis offerieren möchte.

Also sag ich nichts.

Also gibt's keine Suppe, keinen Dank für seine "Metzgerei"!

Er will's nicht, knurrt immer, er wolle nie danke sagen und einzig deshalb nehme er nie einen Dank und auch kein Geschenk entgegen, er sei halt so und nicht anders, fertig, amen.

Schwierig, schwierig!

Ich muss ihn grüssen, Freude zeigen!

„Tschau, John, nicht gerade tolles Wetter, gibt Regen bald, sie behaupten es, am Radio und im Dorf ..."

War dumm von mir: Vom Wetter reden!

Ein Nicken nur, ein Grochsen*, wie oft bei John ... Zeigt seine Unzufriedenheit mit Gott und der Welt und dem hundsgemeinen, tschechischen Direktor, der ihn schikaniert ... Und jetzt, ich weiss es doch: die gewohnte Übung, wie er seinen Gewalts-, seinen schwarzen Cowboyhut hinter dem Stammtisch an die Stütze hängt, eine Zeremonie, als ob's in einem Film wär, müsste sie fotografieren, vergrössern und das Foto einrahmen und über Johns üblichem Platz an die Wand nageln ...

Oder Titine, ihr Wedeln, ihr Schnuppern an den Kitteltaschen von John!

Wär auch ein Bild, oder?

Wartet immer aufs Würstchen, aufs angebissene Salamibrot, aufs Fleischkäsbrötchen, das die "Sternen"-Wirtin für John gemacht hat und von dem er dann zwei, drei Bissen nimmt und den Rest ...

* schweiz. für brummen, schwer atmen

Muss reden, reden, höflich sein, nach der Bestellung fragen, obgleich ich weiss —

„Was darf ich dir bringen, John?"

Wie immer!

Wie immer!

Ich weiss es doch ...

„Ja, John, wie immer, eine warme Flasche Bier und ein drekkiges Glas, will schauen, ob ich eines finde ..."

Er lacht, ist ganz der Alte.

Soll ich was vom Sulser sagen?

Soll ich schweigen?

Ah, er fängt selber an, will wissen, ob der Köbi ...

Er weiss es also, es hat sich rumgesprochen!

Ich rede, schweige, rede ...

„Er ist noch dort ... Vor einer Stunde war der Sulser bei uns in der Beiz und erzählte des langen und breiten, man habe zwei Einschüsse von einer ..., ja, von einer Chüngelipistole im Körper der Toten entdeckt, ob's das Pistöleli von Köbi sei, wäre noch nicht geklärt ... Kannst du das glauben?, kannst du das verstehen, oder ...?"

Er kann's auch nicht, verwirft die Hände, knurrt was ... und verbreitet, das war vorauszusehn, Sonja!, ... John-Theorien ... Und schreit trotzdem nach seinem kühlen Bier und einem Päckchen Camel ohne Filter.

Muss reagieren, Wirtin sein!

Sofort, sofort!

„Ich bring's, ich bring's, hab im Moment keine Camel in der Schublade, sind im Keller unten auf dem Gestell, ich hol ein Päckchen oder lieber zwei, Suchthaufen wie dich muss man fördern ... Zuerst aber das Bier, deine Flasche ..."

So! ... die Flasche aus der Kühlschublade, ... und hier das Glas, fast ohne Staub ... Muss achtgeben, dass beim Einschenken nicht zuviel Schaum entsteht, sonst bringt er wieder den berühmten Spruch vom Rasieren.

Nur heute nicht, John, ich bitt dich sehr.

Zu belastet bin ich, zu sehr mit den Nerven am Ende ...

Was, er frägt, will alles genau wissen?

„Ja, eine Chüngelipistole war's todsicher, vielleicht die, mit der du unsere Chüngel getötet hast ... Sie verdächtigen wohl jeden, der sie in der Hand gehabt hat, mich und dich und Franz und vor allem den Köbi ..."

VII

Er stand über dem an seiner Oberfläche von Moos und Flechten bewachsenen Felsen, schaute vorsichtig hinunter und schnellte, fast eine sportliche Leistung bei seiner Schwere, vor Schrecken einige Schritte zurück.

Hier war's passiert, genau hier.

Sulser und Co. hatten die Stelle gefunden, ihm gegenüber aber nicht erwähnt, wie tief's hier runterging.

Er würde nicht ein zweitesmal hinunterblicken und mit den Augen den Bach suchen, wo die beiden, vielleicht schon tot von verschiedenen Aufschlägen, schliesslich gelandet waren.

Das würde er nicht tun.

Das einemal hatte gereicht.

Seine grossen Kletterzeiten, mit Seil, Pickel, Steigeisen, beigen Knickerbockern und Rucksack, waren endgültig vorbei ... und mit ihnen die Zeiten, wo es Ambrosius in und über Felswänden nie schwindlig wurde und er Wände liebte, je steiler und überhängender sie sich präsentierten.

Das war vorbei.

Er war, ob er's wollte oder nicht, ein älterer, bedächtiger, Nazionale rauchender und hin und wieder abends einen über den Durst trinkender Mann geworden.

Aber die Täfelchen konnte er wenigstens anschauen, die hier an fünf, sechs Stellen in der dünnen, von braunen Tannennadeln übersäten Erdschicht steckten und Spuren oder Dinge markierten, die der Polizei, zweifellos Spezialisten und nicht Männer wie Sulser, im Verlauf der mehrstündigen Untersuchung des Bodens aufgefallen waren.

Durfte er überhaupt hier sein?

Oder machte er sich strafbar?

Ambrosius war's im Grunde genommen gleichviel. Er war einfach über Stock und Stein der weglosen, gegen St. Margrethen abfallenden Krete gefolgt, immer Sulsers Beschreibung im Kopf, wie man zur Absturzstelle gelange.

Und letztlich konnte es kaum ein Zufall sein, dass Sulser ihm vor zwei, drei Stunden den hierher führenden Weg, der eben keiner war, so exakt beschrieben hatte.

Aus irgendwelchen Überlegungen war's dem Dorfpolizisten von Walzenhausen ein Anliegen gewesen, Ambrosius' Neugierde zu wecken.

Nicht aus Neugierde war der Pater jedoch gut zehn Minuten lang über Steine und Wurzeln gehüpft.

Warum dann?

Wegen seiner Sucht nach Klarheit?

Oder aus Mitleid mit Köbi, den er sich als Mörder oder, sagen wir mal, als Schreckgespenst der beiden Postbeamten schlicht nicht vorstellen konnte?

Ambrosius dachte darüber nach, ohne eine Antwort zu finden.

„Sie sind ja ein halber Polizist“, hatte Sulser ihm beinah fröhlich ins Gesicht gesagt, „ich hab's von unserm obersten Chef in Herisau, dass Sie in Waldstatt in jenen üblen, in allen Lokalzeitungen breit ausgewalzten Fall verwickelt waren, der eine Familie Rehsteiner, ich kenn den Mann, ein braver Lehrer, bös ins Gerede gebracht hat ... Und Sie, so erzählte es mir mein Chef, haben die Täterin überführt ... Darum halte ich Ihnen Informationen nicht vor und hoffe, falls Sie auf Indizien stossen, auf Gegenrecht ...“

Er war kein halber Polizist.

Er war Priester.

Nichts anderes.

Kein Pater Brown, kein Unikum, das über Leichen stolperte und quasi den Tod mitnahm, wohin es ging ...

Das war er nicht.

Und er hatte es unmissverständlich zu Sulser gesagt (auch, dass er keine Indizien suchen und sammeln würde), während sie zusammen den Fendant bodigten*, den Sonja, wie grosszügig war diese Frau!, ihnen angeboten und den Sulser, kein Buchstabenscheisser wie manche seiner Kollegen, nicht ausgeschlagen hatte.

Und jetzt stand Ambrosius wenige Meter vor dem Rand der Felswand, über die Werner Hadorn und Anton Fässler abgestürzt waren, sah, wenn er sich umdrehte, mächtige Eichen, zwischen denen immense, von Bäumchen und Sträuchern bestandene Steinschroffen lagen, hörte Vögel, die er trotz eifrigem Brillenputzen nirgends entdecken konnte, pfeifen und trillern was das Zeugs hielt und einen Specht, wie er, festgehakt an einem Baumstamm, mit dem Schnabel ins Holz hämmerte.

Wild, urtümlich war's hier, gar nicht schweizerisch.

Wie waren die beiden überhaupt in ihren Anzügen und lackierten Halbschuhen zu dieser plafondähnlichen Stelle mitten im Meldegger Wald gekommen, sinnierte er.

Es gab keine Antwort darauf, wenigstens nicht für Ambrosius.

Nur eine Person wusste sie.

Nur eine.

Und sie hatte mit einer Chüngelipistole geschossen, mit einer Käpslipistole*, wie Ambrosius das Ding längst nannte ...

Der Pater lehnte gegen einen der Steinbrocken, konnte sich aber nicht dazu durchringen, eine Nazionale aus seiner ihm von Sonja wunderbar sauber und, er hatte sie vergebens gebeten, es zu unterlassen, gar gebügelt zurückgegebenen Kutte zu klauben.

Irgendwie war das unschicklich.

Der Tod verlangte Ehrfurcht, auch von ihm.

Oder gerade von ihm.

Automatisch musste er wieder, gestern hatte er während der Messe für sie gebetet, an Frau Hadorn denken, an ihr zu vermutendes Entsetzen, als sie von einem Zürcher Polizeibeamten erfuhr, ihr Mann sei tot, er habe mit dem Vicechef der Zürichbergpost eine sexuelle Beziehung gepflegt.

---

* bodigen = schweiz. für besiegen, Flasche leertrinken

* winzige Pistole für Kinder

Bestimmt würde sie die Tatsache im Lauf der Zeit verdrängen, mit keinem Menschen ein Sterbenswörtchen darüber reden.

Mit einem homosexuellen Mann verheiratet gewesen zu sein, das gehörte sich doch nicht, würde sie und ihre Familie, wenn die Umgebung es einmal wüsste, in ein schiefes Licht bringen.

Und dass der Kuraufenthalt des Mannes in Walzenhausen letztlich ein Liebesaufenthalt war, damit musste die Frau nun leben, jeden Tag, jede Nacht.

Nichts Schönes.

Oh nein, sicher nicht.

Da hatte er es besser: Seine Zelle, seine Erinnerungen an eine ferne, sehr intensive Liebe und das tägliche Knien vor dem Altar.

Geriet jeder zwangsläufig in Verstrickungen, der ganz in der Welt lebte?

War das der Preis?

Ambrosius glaubte es nicht und dachte an Köbi, der jetzt in einem zweifellos recht ungemütlichen Raum immer wieder seine "Hä!" ausrief ...

Und auch an John dachte er, an den Mann, der seine Freizeit praktisch ausschliesslich in Wirtschaften verbrachte, mal tagsüber, dann nachts arbeitete und ausser seinem Bier keinen Lebensinhalt hatte; und ebenso galten seine Gedanken Briefträger Pfäffli, dessen eheliches Mief selbst der schönste Geldspielautomat niemals aufwog.

Arme Menschen, Menschen ohne Ziel und Hoffnung ...

Oder doch?

Unterlag er wieder einem Irrtum?

Teilte er ein, wo er nicht einteilen durfte?

Waren John und der Briefträger von Walzenhausen glücklicher als er dachte, mit ihrem Schicksal zufriedener als er, der von manchen Mitmenschen — zu unrecht — verehrte Pater?

Und was war mit Frau Weber?

Warum verkroch sie sich am Tag und liess sich nachts vollaufen?

Was war hier vorgegangen, was?

In all den Jahren, die keiner zählte ...

Ihr und natürlich dem Buschi, dem jähzornigen Kerl, hätte er dennoch am allermeisten einen Mord zugetraut.

Es sah aber ganz danach aus, dass alles auf Köbi oder Yves hinauslief, hatte doch einer die Möglichkeit, der andere dafür das Motiv.

Aber Yves, das würde Ambrosius dank seiner Erfahrungen mit Menschen unterschreiben, war zu intelligent, eine derartige Tat zu begehen und durch sie automatisch zu den Hauptverdächtigen zu gehören.

Eher hätte er Ambrosius gebeten, mit Sonja zusammen, was ja geplant war, den beiden Posthaltern geschickt und diplomatisch beizubringen, seinen Aufenthaltsort niemandem preiszugeben, auch sie hätten schliesslich etwas zu verbergen.

Ja, eher so, nur weniger plump, weniger wie ein Erpresser.

Viel eher.

Und dass er, Ambrosius, und Sonja es nicht aus eigenen Stükken getan hatten, beschämte den Pater.

Da hatte er wieder mal versagt oder vielmehr gezaudert, weil ihm eine längere Unterhaltung mit den beiden Männern irgendwie peinlich gewesen war.

Und jetzt war's zu spät dazu.

Für immer.

Gleichwohl, wen ausser Yves und Köbi könnte die Polizei mit guten Gründen als Täter verdächtigen, falls überhaupt von einer Tat gesprochen werden durfte?

Wen?

John, Franz, Sonja, den von seinem Ich besessenen Pilzsucher, den immer gutgelaunten Bauer Chrigel oder Ernst, den Walzenhausener Schuhmacher, der meist abends gegen zehn Uhr auf die Meldegg kam, den einen oder andern faulen, zweideutigen, an Sonja und Béatrice Weber gerichteten Spruch zum besten gab und der das schwule Benehmen der beiden Pöstler laut angeprangerte hatte, ohne dass seine Verunglimpfung bis zu deren Tisch gedrungen wäre, so etwas habe er noch nie gesehen, zwei homosexuelle Postbeamte, würden sie hier im Appenzellerland eine Post führen, sie würden glatt gelyncht?

Einer von denen?

Oder Pfäffli?

Als Briefträger kannte er doch jeden Weg.
Aber kaum jede Felswand ...

Absurder ging's kaum.
Nicht einer von ihnen hatte einen währschaften* Anlass, Werner Hadorn und Anton Fässler etwas anzutun.
Zumindest keinen, der Ambrosius bekannt gewesen wäre.
Und eine fremde Person, ein zufälliger Gast, ein Wanderer oder so konnte es kaum sein.
Wie wäre sie oder er, falls sie benutzt worden war, an die unsägliche Käpslipistole geraten?
Wie?
Abgesehen davon, dass man das Ding zuerst stehlen und später wieder unbemerkt aufs Buffet hätte legen müssen ...
Diese Möglichkeit, die einzige Hoffnung von Sonja, durfte Ambrosius ruhig vergessen.
Sie brachte nichts, war Verschwendung von Zeit, wie Sonjas Schuldgefühle, weil sie das Pistölchen ein paar Stunden auf dem Buffet in der Nähe des Bierhahnens liegen gelassen hatte ...
Auch das war Unsinn.
Denn erstens konnte keiner in der Wirtschaft die Minipistole erblicken, es sei, er wäre ans Buffet getreten, und zweitens hatte Sonja sie nie vermisst ...
Und was Köbi betraf: Mit eigenen Augen hatte er ihn doch am Montagnachmittag vor dem Wegweiser erblickt, der nach Burg und Au hinunterzeigt, und wenn nicht alles täuschte, war Köbi auch in diese Richtung verschwunden, abgesehen davon, dass der alte Mann hierher, wo er, Ambrosius, jetzt stand, hätte fliegen müssen, zu Fuss hätte er das nie geschafft ...

Bloss, was sollte das alles?
War es Sinn und Zweck seines Lebens, stundenlang müssigen Fragen nachzugrübeln, die er sich doch, gewitzt durch Früheres, radikal verboten hatte?
Nicht doch!
Da war's erfreulicher und im Augenblick ohnehin naheliegen-

---
* schweiz. für echt, dauerhaft

der, auf die (wie konnten sie auf dem steinigen Boden so in die Höhe wachsen?) von Efeu umrankten Eichen und Buchen und die kantigen Steine zu schauen, die sanfte Kühle auf sein Gesicht wirken zu lassen, mit den Augen weiter nach dem unsichtbaren Specht zu suchen und den morgigen Ritt mit Franz Unternährer ein bisschen vorauszunehmen, der sie auf dem sogenannten Rheintaler Höhenweg bis zum Stoos in der Gegend von Gais führen würde, wo die Appenzeller vor Jahrhunderten — gegen wen? gegen die Österreicher? — mal eine wichtige Schlacht gewonnen hatten, von denen einzelne Inner- und Ausserrhödler bis heute so schwärmten, als wären sie dabei gewesen.

Franz hatte als Ziel sicher wieder eine einmalig in die Landschaft gebettete Bergwirtschaft in petto. Und schon heute morgen vereinbarten sie zwischen Tür und Angel (stets war Franz vormittags auf Achse, musste unten im Tal etwas einkaufen), auf dem Ritt kein Wort über die Wirbel auf der Meldegg zu verlieren, sondern sich ganz der Gegenwart zu widmen, dem carpe diem.

Was natürlich nichts daran änderte, dass die beiden unerklärlichen Todesfälle ähnlich verrückt waren wie die meisten Figuren in Glausers Roman "Matto regiert", den Ambrosius gestern nacht in einem Zug zuende gelesen hatte, obwohl ihn die meisterhaft beschworene Atmosphäre in der Irrenanstalt Randlingen bedrückte und er den Psychiater Dr. Laduner, eine der Hauptgestalten, wegen seiner unaufhörlichen Besserwisserei und dem Verschleiern von Tatsachen gegenüber Wachtmeister Studer am liebsten geohrfeigt hätte.

Und gemordet, gelogen, verschleiert und schlecht gemacht wurde in diesem Buch, dass einem beim Lesen der Kopf schwindelte, wie da vorn über der Felswand ...

Nie würde Ambrosius vollends begreifen, weshalb Menschen andere Menschen belügen und betrügen und gar töten.

Nie würde er das begreifen.

Nie.

Es gab doch keine objektiven Gründe hierfür. Selbst Eifersucht empfand er als stupides, hanebüchenes Motiv.

Kein Mensch war doch Besitztum eines anderen Menschen, keiner ...

Dass trotzdem laufend Verbrechen geschahen und unentwegt gelogen wurde, in Waldstatt, Disentis, hier, überall auf der Welt, dies schmerzte Ambrosius auch heute noch. Bei aller Resignation wurde er nicht zum Zyniker, nicht zum Mann, der sich mit dem *homo homini lupus* abfand.

Und wie von selbst begann er leise die Worte zu sprechen: „Nimm sie auf, Herr, trotz ihrer Sünden, wie jeder von uns wollten sie ein Glück, das es nicht gibt ... Und verzeih allen Mördern, allen, allen!, die anderen Schaden zufügen, erhelle sie, stell sie in Deine Gnade ..."

Er fand's nicht lächerlich, die Worte auszusprechen.

Ganz und gar nicht.

Und, bewahre!, es wär ihm gleichgültig gewesen, während seines Gebetes von Unbekannten (oder Bekannten) beobachtet zu werden. Da war er einig mit seinem ehemaligen Lehrer Pater Johannes. Tut immer, was ihr für richtig haltet, aber tut es, hatte er seine Schüler im Priesterseminar gelehrt, und auf eine Weise war das Leitmotiv von Pater Johannes zu jenem von Ambrosius geworden.

Tun, was man für richtig hält, der eigenen Intuition vertrauen.

Noch immer hämmerte der Specht am Baum.

Der gab auch nicht auf.

Ambrosius wollte es ihm gleich tun — und sich, nur so ein Beispiel, vor dem beschwerlichen Rückweg nicht fürchten.

Morgen würde er die Nüstern, den Hals, die Mähne von Fanny streicheln und dann, leider nicht so beschwingt wie als junger Mann, auf den Sattel klettern, den Franz vorher für ihn auf den Rücken der siebenjährigen, sehr sanften Stute gelegt hatte.

Ein schönerer, stimmigerer Tag als die vergangenen war zu erwarten.

Freude kam in ihm auf; er wollte keine Wehmut verspüren, weil er bereits am Sonntag von der Meldegg abreisen musste.

Darum bückte er sich spontan, ergriff den Tannenzapfen, der vor seinen Schuhen lag und warf ihn mit einer fast übermütigen Bewegung auf die nächste Eiche zu, ohne sie, er war halt kein Sportler, zu treffen. Von sehr weit weg vernahm er den gleichmässigen, sich wie das Rauschen eines Flusses anhörenden Lärm von der Autobahn.

Es störte ihn nicht.

Für einmal konnte Ambrosius, entgegen seinem sonstigen Aufbegehren, mit dem Lärm leben.

Es gab Schlimmeres.

Den Tod, Hass, Verbrechen, Missgunst, Gier ...

Er wollte es abschütteln, all das Negative, das Dunkle.

Zu danken galt es, das Schöne, das Heitere zu lieben ...

Oh, ja!

Unbedingt!

Für einen Christen gab's keine andere Wahl.

Schon vor vielen Jahren hatte er sich entschieden. Sein Weg ging ins Helle, nicht in die Nacht ...

VIII

Kommt nicht in Frage, dass ich zu Hildegard zurückkrieche.

Nicht in Frage kommt das.

Antoinette muss es mir endlich glauben.

Sie hatte ihm gestern am Telefon nicht geglaubt und mehrmals, für Antoinette geradezu mit Erbitterung, die Ansicht vertreten, er krieche (wie sie das nannte), sie merke es seit einigen Wochen, er träume von seiner Frau, möchte wieder intakte Familie spielen.

Er musste am Samstag lang mit Antoinette sprechen.

Sehr lang.

Und am besten in einer andern Wirtschaft als in der "Meldegg", vielleicht im Zelger "Kreuz", das Sonja häufig rühmte und in dem er noch nie gewesen war.

Vielleicht dort.

Falls er dazu noch Gelegenheit erhielt.

Was er von Stunde zu Stunde allerdings mehr und mehr bezweifelte ...

Denn, dass Sulser ihn in Verdacht hatte, er könnte an beiden Morden oder Unfällen, mal gebrauchte der Walzenhausener Wachtmeister jenen, dann diesen Ausdruck, aktiv beteiligt sein, war Yves Wenzel sonnenklar.

Für Sulser, dessen herablassende Art er hasste, war Wenzel der Verdächtige Nummer eins.

Sonja hingegen glaubte ihm.

Er sei doch kein Trottel und Naivling, hatte er heute über Mittag zu ihr an einem der vielen roten, leicht angerosteten und Yves deswegen gemütlich vorkommenden Blechtische der Gartenwirtschaft gesagt, als sie zufällig allein auf der schmalen, recht langen, von Steinplatten besetzten und zum Glück von der Sonne beschienenen Terrasse waren, die mit ihrer von Weinreben bewachsenen Pergola (es waren Weinreben, oder?), den wilden Blumen vor dem Holzzaun und dem gleich dahinter steil abfallenden Felsen der Terrasse eines Grottos über Mendrisio glich, in der er vor sechs oder acht Monaten mit Antoinette gewesen war, so in Stimmung und ausgelassen wie selten, eine Montechristo im Mund und mit seiner Freundin einen ganzen Liter Merlot bewältigend.

Er wäre der erste, der verdächtigt würde, wenn er die beiden PTT-Beamten umgebracht hätte, argumentierte er gegenüber Sonja, die ihm einen Gespritzten* aufgedrängt hatte; in Gedanken habe er die zwei vielleicht eine Felswand hinuntergestossen, aber nicht in Wirklichkeit, dazu wäre er, und er kenne seine Grenzen, sowieso zu feige.

Dem war so.

Er war feige, könnte nicht mal aus Wut einen Menschen töten, geschweige zwei.

Oder doch?

Hatte er nicht vor ein paar Nächten im Traum auf Hadorn geschossen und anschliessend Fässler, dem lausigen Schwächling, den Penis abgeschnitten?

Er hatte.

---

* Ein Glas Weisswein, meist Fendant, mit Mineralwasser gemischt und einem Zitronenschnitz

Kein Zweifel.

Und so oder so: Er galt als Verdächtiger, das konnte er drehen und wenden wie er wollte.

Sonja hatte ihn, das Glas gegen seines stossend, zu trösten versucht, hatte gemeint, sie habe Ähnliches überlegt, Franz und Ambrosius übrigens auch; vor gut einer Stunde hätten sie am Stammtisch die ganze traurige Geschichte durchgekaut, nicht zuletzt das Rätsel mit der Chüngelipistole, keiner der beiden Männer verstünde, wie jemand mit einer solchen harmlosen Waffe auf Menschen schiessen könne.

Also redete man in seiner Abwesenheit über ihn und war sich einig, er sei — Yves grinste über das von ihm geschaffene Wort — kein Beamtenkiller, schon gar nicht einer, der mit Köbis oder einem andern Chüngelitöter auf zwei Schwule schiesse.

Das war weiter nicht schlimm.

Sollten sie reden.

So oft sie Lust dazu hatten.

Schlimmer war seine Angst — oder war's mehr eine fixe Idee, ein Wahn? —, dass Sulser oder ein anderer Tschugger* ihn früher oder später und eher früher, mit oder ohne Handschellen, abholen würde — auf jeden Fall dann, wenn Köbis Verhaftung nicht länger aufrecht zu halten war.

Und das würde bald soweit sein.

Der grässliche, in seine Hosen scheissende Gartenzwerg war doch zu einer solchen Tat schon aus rein physischen Gründen nicht fähig.

Er —

Ah, da kamen Sonja und Ambrosius.

Er hörte sie im Gang diskutieren, verstand aber nicht, über welches Thema sie sprachen.

Zwei gute, integre Menschen, dachte er, in Zürich lernte ich in dreissig Jahren nie solche Typen kennen, immer nur Vögel wie meine Wirtschaftsfachmänner oder Leute, die von meiner Wenigkeit Hilfe, Beziehungen, was weiss ich erhofften.

Ambrosius war anders.

---

* auch ein Deutschschweizer Ausdruck für Polizist

Auch Sonja und ihr Freund und John, der Biertrinker ...

Will einen spendieren, einen springen lassen, nahm er sich vor, muss jedoch nach der Flasche rufen, sobald Sonja unter der Tür ist, sonst stellt sie uns wieder einen Halben auf den Tisch ... Sie spendiert ja bald Tag und Nacht, seit sie Mitleid mit mir hat …

Das war eigentlich wunderbar, bewies, dass Sonja ihn als Mensch sympathisch fand.

Doch Yves Wenzel gehörte nicht zu jenen Vertretern der menschlichen Spezies, die Situationen, das Entgegenkommen anderer zu ihren Gunsten ausnutzten.

Er verachtete jeden, der dies tat.

Schmarotzer, Parasiten erkannte er auf einen Blick, schüttelte sie ab, wie ein Hund das Wasser.

Ach, da waren sie ja, der heilige Ambros, die energisch-liebe Sonja, grüssten, verschoben ihr weltenbewegendes Thema, lachten ihm zu ...

Er musste rufen.

Jetzt, jetzt!

Und er tat's, umgehend:

„Schön, euch zu sehn, ihr Turteltäubchen ... Bring uns doch einen Amarone, Sonja, uns dreien, auf meine Rechnung, es versteht sich ...“

Sie will nicht, will selber spendieren, das alte Lied ... Werde mich wehren, sie mundtot machen, mit einer Erpressung ...

„Kommt nicht in Frage, Sonja, sonst trink ich keinen einzigen Schluck, ich bezahl auch sofort, will keine Lämpen* mit Franz, was glaubst du ... Die nehmen mich sowieso in den nächsten Tagen mit, darum geniesse ich's noch, bei euch zu sein oder ... unter euch zu weilen, wie's Ambros' Chef formulierte ...“

Hoppla, das hat gewirkt!

Sie bringt den Wein, auf meine Rechnung ... und der Pater ist nicht sauer, weil ich spöttelte, lächelt zu meiner Ueberraschung, zuckt mit der Achsel ... So, Sonja muss kochen, kriegt Gäste am Abend, eine Gesellschaft ... Muss bitten, muss betteln, wenigstens ein Glas ...

---

* in Teilen der deutschsprachigen Schweiz häufig verwendetes Synonym für Probleme (Slang)

„Aber ein Gläschen, gell, trinkst du mit uns?, der Rest gehört dann ihm und mir ... und dann will ich meine Sünden beichten, mich von ihnen befreien ..."

Yves lachte, fühlte, wie er um eine Spur leichter wurde, wie seine Erbitterung, sein Hass auf die Gegenwart abnahm.

Sonja aber schüttelte missbilligend den Kopf und verliess den Tisch.

Nicht aus Protest wegen seines dummen Gags zum Glück, nein, wegen des Weines, dem teuersten, den sie in der "Meldegg" führten und den er, Yves, bestellt hatte ...

War's auch der beste?

Yves Wenzel hoffte es.

Für sich, für Ambrosius ...

IX

Ambrosius lachte nicht.

Einfühlsam wie er war, ging er aber auf den schalen Witz ein.

Er verstand ja Yves' Verzweiflung, ahnte seine innere Verfassung.

Da hatte einer, blitzschnell ging ihm dies durch den Kopf, alle Türen hinter sich zugemacht, war, wohlverstanden!, mit fast sechzig Jahren und zusammen mit einer jungen, grossartigen Frau aus dem Gebäude, dem Nest abgehauen, das er selber erarbeitet hatte, und nun drohte ihm eine Verhaftung, vielleicht nicht wegen Hadorn und Fässler, aber sicher wegen ein paar tausend Franken.

Es fiel ihm schwer, diese Ehefrau zu begreifen, von der Ambrosius das eine oder andere wusste, hatte Yves doch andeutungsweise von seiner Ehe, seinen heute erwachsenen Kindern berichtet, auch von der Langeweile, die ihn beinah erwürgte, und dem Griff in die gemeinsame Kasse.

Seine einzige Liebe, Ambrosius glaubte es felsenfest, würde in der gleichen Situation sehr anders handeln und ihn bestimmt nie einklagen.

„Gut, trinken wir die Flasche", meinte er, „gebeichtet wird freilich nicht oder dann kommst du zu mir in den Beichtstuhl, im Kloster wird schon einer frei sein, wenn ich darum bitte ..."

Ambrosius schaute Yves offen an. „Und jetzt denkst du endlich mal etwas anderes, nicht nur an die mögliche Verhaftung oder dass deine Frau erfährt, dass du auf der Meldegg lebst ... Lösungen ergeben sich manchmal unverhofft ..."

„So, denkst du?"

Yves Wenzel lachte wieder, diesmal etwas gequält — obschon er wusste, dass Ambrosius es ehrlich gemeint hatte und nicht wie die meisten seiner ehemaligen Kollegen mit Sprüchen, mit Clichés operierte.

„Ich weiss, das tönt nach Sprüchen", gab dieser zurück, wie wenn er die Gedanken von Yves lesen könnte, „aber ich glaube wirklich, dass Lösungen, und nicht unbedingt schlechte, sich einstellen, wenn die Zeit dazu reif ist: Auch ich steckte schon in Löchern, fand alles, alles auswegslos, und plötzlich war das Düstere vorbei, konnte ich wieder beginnen, mit meinem Leben, meinem Denken und Fühlen ..."

„Ich glaub's dir ja, Ambros ..."

„Das musst du auch, ich meine es ernst ..."

Der Pater grinste zu seinem neuen Freund hinüber und nahm's Yves keineswegs übel, dass er ihn wieder, wie öfters in den letzten Tagen, mit Ambros angeredet hatte.

Das Wort ging Yves einfach leichter über die Lippen.

Ambrosius musste deswegen kein Theater beginnen, Namen waren Schall und Rauch ...

In diesem Moment tauchte Sonja mit der schwarzen, dickbauchigen Flasche auf, in der ein schwerer, auf der Zunge erstaunlich samten anfühlender Wein auf sie wartete.

„So, da wäre ich“, lachte sie, „willst du probieren, Yves ...?“

„Nein, nein, das überlass ich Ambros. Er kennt italienische Weine besser als ich, ist Experte ...“

Ambrosius wehrte nicht ab.

Wozu auch!

Er kannte sie wirklich besser. Yves, soviel hatte der Pater festgestellt, trank Wein nicht aus Genussfreude, sondern weil man in Gesellschaft eben Wein trinkt. Einzig bezüglich Cigarren war Yves ihm überlegen: Da war nur das Beste gut genug.

Sonja stellte die Gläser, wieder die kelchartigen, vor Yves Wenzel und Ambrosius auf den Tisch, der bedeutend älter und dank seiner Patina aus der Sicht des Paters erheblich schöner war als die meisten übrigen, von farbigen Tüchern bedeckten Tische der Wirtschaft.

„Und du, Sonja, du hast doch versprochen, ein Glas mit uns zu trinken ...“

Yves bearbeitete sie gekonnt.

„Ja, ja, ich muss wohl, obschon die Pflicht, die Küche ruft ...“

Sie lachte, wie nur Sonja es konnte, ihr helles, aufsteigendes Frauenlachen, griff vom Tisch aus mit der Hand zur Theke hinüber, nahm ein drittes Glas, öffnete mit dem für Ambrosius' Geschmack allzu billigen Zapfenzieher die schwarze Flasche (war das Rauchglas?, studierte er), schenkte dem Pater sehr langsam zwei, drei Schlücke ein und hielt ihm dann, wie es Usus war, die Flasche mit der Etikette nach oben hin.

„Ist er recht?“

Ambrosius kostete sorgfältig, liess sich bei einer so wichtigen und delikaten Angelegenheit nicht drängen, nicht mal von Sonja.

Er war verdammt gut, dieser schwere Wein.

Und Ambrosius gab sein Urteil weiter.

„Ausgezeichnet, Sonja, ein toller, ein herrlicher Wein, euer Amarone — wo habt ihr den her?“

„Vom Weinhändler halt, er heisst, du wirst es nicht glauben, Tell, wohnt in Heiden und kennt viele italienische Weingüter dank seiner italienischen Frau, in der Toskana, der Emilia, im Friaul ...“

Sie lachte wieder (und erfreute damit, ohne es zu merken, beide Männer), schenkte zuerst Yves, dann Ambrosius und schliesslich sich das Glas voll.

„Wollen wir nicht auf Yves trinken, auf Antoinette, auf ihre Musik?"

„Ein guter Vorschlag ..."

Bevor Yves Wenzel Gelegenheit erhielt (was er wollte), zu widersprechen, hatte Ambrosius es verunmöglicht, indem er das Glas in seine rechte Hand nahm und dieses in Yves' Richtung hob. „Auf euch zwei und auf eure Musik, und dass alles gut geht, in den nächsten Tagen und auch sonst ..."

Er hob das Glas noch einige Zentimeter höher und Sonja, die sich gesetzt hatte, tat es ebenfalls.

„Von mir aus darauf, wenn es sein muss ... Ich finde es ja schön, solche Freunde wie euch zu haben ..."

Yves hob nun seinerseits das Glas, stiess mit den beiden an; ihm gefiel das feine Klingeln. „Und jetzt kann ich nur hoffen, sie finden bald den richtigen Täter, sofern es einen gibt ..."

„Wir hoffen es wie du, und sie werden ihn finden ..."

Entgegen ihrer Erwartungen und Gefühle sagte es Sonja und nahm, Ambrosius registrierte es mit Freude, nicht einen Wirtinnen-, sondern einen kräftigen Schluck.

Die zwei Männer liessen sich da nicht lumpen und taten es Sonja nach.

„Euer Köbi", unterbrach Yves als erster die Stille, mit Wein im Mund, „ist's aber mit Sicherheit nicht gewesen, dieser zittrige Giftzwerg hätte nicht mal die nötige Kraft ..."

„Kaum, kaum, jedes Kind könnte es der Polizei sagen, dass Köbi dazu nicht imstande ist ..."

Sonja hakte sofort ein. Sie begriff Sulser und seine Dienstkollegen nicht. Und wie massiv Köbi jetzt in seiner Zelle geiferte und drauflos schimpfte, hierfür brauchte es kein Vorstellungsvermögen. Zu oft hatte er in der "Meldegg" Kostproben geliefert ...

„Ein armer Hund, wir hätten fast die Pflicht, ihn aus der Zelle herauszuholen ..."

So ging es weiter; und weder Yves noch Sonja ahnten, dass Ambrosius still betete, während sie über Köbi diskutierten.

Für Yves, die beiden Toten, den skurrilen Alten und für Béatrice Weber, die er heute noch nicht gesehen hatte.

„Ich muss jetzt aber in die Küche, Salat und Gemüse rüsten*, Franz kommt später ... Wenn ihr weitere Wünsche habt oder ein Gast auftaucht, ruft bitte durch den Speiselift hinunter, ich hör euch gut ..."

Sonja stand auf, liess ihr halbvolles Glas auf dem Tisch.

„He, der teure Wein wird ausgetrunken, ich bezahl ihn ja ...!"

Yves, für Sekunden der alte Spassvogel, erhob mahnend die rechte Hand.

„Natürlich Yves, sobald das Gemüse bereit und in der Pfanne ist, trink ich aus, ich lass niemals Wein im Glas, schon gar nicht einen Amarone ..."

„Beeil dich bitte ... oder soll ich dir in der Küche helfen?"

„Kommt nicht in Frage, die Küche gehört Franz und mir, nur ein Gastkoch darf gelegentlich hinein, sonst niemand, wir haben unsere Prinzipien, ich hab sie euch schon mehrmals erklärt ..."

Dann waren die beiden Männer allein.

Und Ambrosius wusste, jetzt oder nie war die Gelegenheit, Yves zu bekennen, dass er einen Moment lang gedacht hatte, Yves habe mit den mysteriösen Unfällen zu tun, dass er aber innert weniger Stunden seinen Verdacht aufgegeben hätte.

Jetzt oder nie.

Das war er Yves schuldig.

„Weisst du", unterbrach Ambrosius die aufgekommene Stille, das Glas leicht in der Hand drehend, „zuerst schloss ich nicht aus, dass du beim Sturz der beiden irgendwie mitgeholfen haben könntest, als ich jedoch an die zwei toten Katzen neben den Leichen dachte, war mir klar, dass meine Annahme falsch sei, ich hab's auch zum Sulser gesagt. Und ich hoffe, du vergibst mir ..."

Es war Ambrosius damit sehr ernst. Schon weil er seit seiner Kindheit, sah er von Professor Johannes ab, nie einem Mann begegnet war, von dem er guten Gewissens sagen konnte, ich möchte, dieser Mann wird mein Freund.

---

* schweiz. für Gemüse putzen, vorbereiten

Und jetzt, in seinem Alter, hatte er auf der Meldegg einen Freund gefunden: Yves Wenzel. Und es gab Leute, die hielten diesen Mann für einen Doppelmörder; gerade gestern hatte Eugster etwas in der Richtung angedeutet und dann zu stottern angefangen, als ihm Ambrosius übers Maul fuhr und sich Verdächtigungen und Gerüchte verbat ...

„Ich brauche dir nichts zu vergeben, Ambros. Es war selber mein erster Gedanke: Jetzt verdächtigen sie dich, du hast als einziger ein Motiv, beiden den Tod zu wünschen ..."

„Es muss noch andere geben, wenigstens eines ..."

Ambrosius nahm einen grossen Schluck, ohne ihn, wie sonst, auf der Zunge zu kosten. Mit dem besten Willen und bei aller Demut wurde er nicht damit fertig, wieder in einen Mordfall geraten zu sein, und erst noch in einen so verworrenen und komischen. Und er musste, vom Wein bis zum Zeitunglesen, allerlei Tricks anwenden, deswegen nicht vollends die innere Ruhe zu verlieren, die ihm in den Tagen vor den Morden (oder was immer) auf der Meldegg geschenkt worden war.

Was sollte das alles?

Da auch Yves Wenzel zu sinnieren schien, stellte Ambrosius wieder einmal die ihn seit Montag umtreibende Frage.

Warum geriet er innerhalb weniger Monate erneut in ein solches Schlamassel?

Er hatte doch keine heimliche Schwäche für Destruktives, keine Vorliebe für Morbides und schon gar nicht eine Todessehnsucht wie die Berner Weissweintrinkerin, die trotz Rauchverbot auf ihrem Zimmer zum Ärger von Sonja tagsüber ganze Päckchen Gauloises rauchte und ihm gestern, beschwipst und weinerlich wie stets am Abend, mit Tränen in den Augen und voller Selbstmitleid bekannt hatte, sie würde am liebsten bald sterben, auf der Welt finde sie nie ihr Glück.

Wer fand das schon?

Wer?

Einzig in Gott gab's Friede, Ausgeglichensein.

Und auch nicht immer ...

Die beiden Männer, ganz allein in der vierzig Personen Platz bietenden Wirtschaft, schwiegen weiter.

Worte waren nicht vonnöten, höchstens ein volles Glas. Und jenes von Ambrosius war beinah leer. Yves Wenzel bemerkte es noch vor dem Pater, ergriff die bauchige Flasche und wollte das Glas nachfüllen.

In diesem Augenblick ging die Tür.

Sie sahen beide gleichzeitig auf — und erblickten Köbi mit seinem unvermeidlichen Spazierstock, dem Sportsack und der Pfeife im Maul.

„Hoi, ihr beiden, die haben mich rausgelassen, ich komm draus, hä!, hab keine Schulden, hab meine Steuern bezahlt, und ihr, hä, hä, habt ihr ...?"

Ohne Ambrosius eingeschenkt zu haben, stellte Yves Wenzel die halbvolle Flasche auf den Tisch, starrte Köbi wie ein Weltwunder an und meinte dann leise zu Ambrosius: „Mit unserer Ruhe ist's vorüber. Hätten die doch den Quarkkopf für eine Woche oder zwei behalten, er verdirbt uns alles …!"

„He, was flüstert ihr da, bin ich euch nicht recht?, habt ihr Schulden …?"

„Doch, doch Köbi, du bist willkommen … Und Schulden haben wir keine … Was möchtest du, ich muss Sonja rufen?"

Yves stand schon, ging mit seinem schweren, massigen Körper zum Speiselift hinter dem Buffet und fragte: „Ein 'Spezli' oder einen 'Luz' oder einen 'Fertig', Köbi ... ?"

X

Sie hatten ihn nicht behalten.

Dafür Yves vom Tisch weggeholt.

Und nichts hatte geholfen. Weder die Proteste von Sonja noch jene von Ambrosius und auch nicht die verqueren Sprüche und lauten "Hä!" von Köbi.

Nichts, nichts.

Die Szene würde Ambrosius kaum so schnell vergessen: Sie beide mit dem schwafelnden, einen Kafiluz in sich hineinschüttenden Köbi am Stammtisch, und dann, keine fünf Minuten waren vergangen, ging wieder die Tür, kamen drei uniformierte Beamte, darunter Sulser, herein, deren Auto sie wegen der geschlossenen Fenster und des Surrens des Ventilators nicht den Wald heraufkeuchen gehört hatten.

Was wollen die, hatte der Pater gedacht und vergessen, dass er noch vor Sekunden eine Nazionale hervorklauben und trotz der halbvollen Flasche wegen des unmöglichen Köbi diskret aus der Runde verschwinden wollte — nicht zuletzt in der Hoffnung, Yves interpretiere seinen Aufbruch richtig und komme, bedeckter Himmel hin oder her, auf einem kurzen gemeinsamen Spaziergang mit (kaum zur Freude von Sonja, die dann das zweifelhafte Vergnügen gehabt hätte — halt Wirtinnenlos! —, sich allein mit Köbi herumzubalgen).

Schauten sie nochmals herein, so die Ueberlegung von Ambrosius, um den halb oder ganz senilen Ex-Landwirt und Katzenhasser ein zweitesmal mitzunehmen, oder hatten sie, ein legitimes Bedürfnis, nichts als Durst?

Beides traf nicht zu.

„Du Luuscheib, du choge Tschugger*", hatte Köbi in seinem vermutlich von seiner Schlummermutter und Freundin frisch ge-

* du Lauskerl, du gemeiner Polizist

bügelten Anzug noch zu Sulser gesagt, der ihm daraufhin mit einem Achselzucken zugrinste und meinte: „So sieht man sich wieder, Köbi, gell!“

Und gleich danach, es behagte Sulser gar nicht, Ambrosius spürte es aus dessen Körperhaltung, war er, flankiert von den beiden andern, ungefähr gleichaltrigen Beamten, auf Yves Wenzel zugetreten und hatte weitere Kommentare und Bösartigkeiten Köbis mit einer unwirschen, autoritären Gebärde verhindert. „Sie müssen mit uns auf den Posten kommen, Herr Wenzel. Wir haben noch einige Fragen an Sie ... Sie waren bekanntlich nicht auf der Meldegg, als Herr Hadorn und Herr Fässler verschwanden ...“

So war es gewesen.

Yves war, wie Ambrosius, zu jenem Zeitpunkt unterwegs gewesen, allein und zuerst noch mit Antoinette, von der er, ein bisschen traurig, wie der Pater wusste, am Bahnhof von Rheineck Abschied genommen hatte. Dann, nachdem der Zug Richtung St. Gallen weggefahren war, muss Yves laut eigenen Angaben zum Ufer des Bodensees spaziert sein, um seine Lage zu überdenken und nach Lösungen zu suchen. Ein Spaziergang, für den es, wenigstens bislang, keine Zeugen gab ...

Und seit nun Köbi als möglicher Täter ausschied, musste eben Yves Wenzel daran glauben.

Ambrosius, der von Sulser einen immer besseren Eindruck gewann, kam mit seinem Protest nicht durch.

Mit der Begründung, es gebe einige Punkte, die sie abklären müssten, hatte dieser beim Pater und bei der erregten, von Ambrosius durch den Speiselift herbeigerufenen Sonja um Verständnis geworben. „Herr Dr. Castelnuovo, der die Untersuchung im Prinzip führt, hat uns den Auftrag erteilt, Herrn Wenzel abzuholen, von einer eigentlichen Verhaftung kann keine Rede sein, es geht um eine Befragung, nichts weiter ...“

Da war nichts zu machen.

Yves Wenzel musste mit.

Sonja und Ambrosius hatten aber dem erstaunlich gleichgültig wirkenden Yves — oder war's Gelassenheit? — versprochen, Antoinette in ihrer Brienzer Wohnung anzurufen und ihm allenfalls einen hiesigen Anwalt zu besorgen, sollte er in vier Stunden nicht auf der Meldegg zurück sein.

Das würde Ambrosius zusammen mit Sonja tun.

Oh ja.

Beides.

Da kniff er nicht.

Nur, jetzt wollte er vorerst zur Büriswiler Kapelle hinunter, wieder mal in Begleitung der eifrig Wiesenborde und Hecken beschnuppernden Titine, aber — auf die schwarze Katze konnte der Pater leichten Herzens verzichten — nicht von Elvis, der sich offenbar nicht in der Nähe der Wirtschaft aufhielt, als Ambrosius fluchtartig aufgebrochen war (ohne den Regenschirm übrigens, den Sonja ihm trotz aller Aufregung mitgeben wollte). Und falls die Kapelle wie beim letzten Besuch geschlossen sein sollte, würde er diesmal die ungefähr fünfzig Schritte bis zum nächsten Bauernhaus gehen und einen der Bewohner fragen, ob sie vielleicht den Schlüssel für die Kapelle hätten, er möchte hinein.

Ambrosius schritt, nicht zuletzt, weil es erheblich kühler geworden war, bedeutend zügiger vorwärts als beim Spaziergang nach dem Mittagessen; und wenn hier auch keine Steine und Wurzeln den Weg versperrten, er hatte das Gefühl, als wolle er nicht nur vor der Kälte, sondern ebenso vor seinen Gedanken und Überlegungen davonrennen.

Und nach wie vor kam's für den Pater einer Überraschung gleich, dass Sulser ihn in Gegenwart seiner Dienstkollegen und vor Yves und Sonja und den andern Gästen aufgefordert hatte, in den Korridor hinauszukommen, wo er Ambrosius dann wie einem wichtigen, geschätzten Mitarbeiter mitteilte, dass die winzigen Geschosse, die in den Körpern der beiden Zürcher Pöstler sichergestellt wurden, mit absoluter Gewissheit aus Köbis Chüngelipistole abgegeben worden waren, dass aber Köbi zum Zeitpunkt der Schüsse kaum im Besitz seines hier in der Gegend übrigens oft benutzten Tötungswerkzeuges gewesen sei und daher die beiden

Männer eher nicht mit dem lächerlichen, als Mordwaffe ungeeigneten Ding bedroht habe; von Frau Hasler wüssten sie den Zeitpunkt, wann Köbi das John ausgeliehene Instrumentlein (so nannte es Sulser) zurückgeholt hätte, der Tod oder der Absturz der Zürcher Herren sei nach ihren Erkenntnissen zwei, drei Stunden zuvor erfolgt.

Hingegen, so hatte Sulser ihm anvertraut, stand fest (was Ambrosius auch während des Gehens noch nicht recht glauben konnte), dass es Köbi war, der die zwei toten Katzen direkt von der Meldegg in seinem Sportsack zur Schlucht hinuntergetragen und sie neben den toten Männern aus dem Sack geschüttelt habe; die auf dem Boden liegenden Leichen hätten seinen Geist durcheinandergewirbelt.

Ein Spinner wie Köbi, beurteilte der Polizist die Situation, sei begreiflicherweise einer solchen Belastung nicht gewachsen; darum habe er, anders als Pater Ambrosius, weder einen Arzt noch die Polizei informiert; letztlich wär's auch besser so, keiner hätte doch Köbis Kauderwelsch verstanden, geschweige ihm geglaubt.

Köbi würde, so Sulser, empfindlich gebüsst werden; einmal für das Abschiessen fremder Katzen und dann für das in der gesamten Ostschweiz verbotene Deponieren von Tierleichen im Freien. Ob er daraus seine Lehren ziehe, müsste Sulser allerdings füglich bezweifeln, einer wie der Köbi sei nicht mehr zu ändern, der glaube, er handle korrekt und im Sinne der Allgemeinheit, wenn er Haustiere erschiesse und erschlage, die er vorher in Leuchen nie gesehen habe.

So war es wohl.

Absurde, wenn nicht irreale Tatsache blieb: Köbi musste fünfzehn oder zwanzig Minuten vor Ambrosius die Leichen an dieser so unwahrscheinlich abgelegenen Stelle entdeckt haben, worauf er mit seinem nun um fünf, sechs Kilo leichter gewordenen Sportsack entweder dem Bach entlang zum Weiler Burg hinunterfloh oder, es wäre ein tolles Ding bei Köbis körperlicher Verfassung, zum offiziellen Wanderweg hochkrabbelte, dann auf diesem die vielen in den Boden zementierten Treppenstufen nach Burg hinunterstieg und von dort, die Autostrasse benutzend, sein Leuchen erreichte.

Eine andere Möglichkeit gab es in den unwegsamen Wäldern nicht: Sonst wäre er Köbi begegnet. Die Spuren, die Ambrosius im Dreck ausgemacht hatte, stammten vermutlich allesamt vom Leuchener Original ...

Und noch seltsamer, unbegreiflicher: Ambrosius hatte Köbi doch vom Fenster aus beobachtet, wie er vor den Wegweisern seine Pfeife mühsam in Brand steckte und ihm dabei der an der rechten Schulter baumelnde, aus den Fünfzigerjahren stammende Sportsack mehrmals in die Quere geriet.

Das Leben ging eigene Wege

Nie hätte der Pater sich damals vorgestellt, im Sack von Köbi Hochueli lägen tote Katzen, die dieser Füchsen bringen wolle.

Nie.

Nie.

Und auch der Gedanke, Köbi habe nun seine Käpslipistole wieder, war Ambrosius nicht gekommen.

Wieso denn?

Wieso?

Ach, es bestand kein Grund mehr, über solche Fragen zu grübeln und damit Zeit zu vergeuden!

Jetzt war doch geklärt: Mit den keineswegs tödlichen Schüsschen, und von Schüssen durfte man nicht reden, hatte Köbi kaum etwas zu tun.

Oder präziser: Das närrische Männchen schied als möglicher Täter aus, war, wie Ambrosius stets vermutet hatte, gar nicht in die Sache verwickelt.

Wer aber war es dann?

Wer?

Zum hundertsten- oder zweihundertstenmal stellte Ambrosius die Frage.

Nun, wo's geklärt war, dass es sich bei der Waffe tatsächlich um jene Chüngelipistole handelte, die praktisch einen Tag und eine Nacht lang auf dem Wirtschaftsbuffet gelegen hatte, — nun kamen für die Tat, ob Ambrosius dies akzeptierte oder nicht, wirklich nur noch die gegenwärtigen Bewohner der "Meldegg", John und andere Stammgäste in Betracht.

Also doch Yves?

Da konnte Ambrosius nur wiederholen: Dem Mann, den er als Freund erachtete, fehlte doch schlicht die notwendige Dummheit, die zwei umzubringen und damit augenblicklich die Rolle des Hauptverdächtigen zu übernehmen.

Nein, die Polizei hatte den berühmten Holzweg gewählt, wenn sie Yves Wenzel verdächtigte.

Ambrosius war weiterhin davon überzeugt — trotz des Umstandes, dass die Katzen, wie er seit ungefähr einer Stunde wusste, entgegen seiner Vermutung nicht oder nur am Rand mit den Todesfällen zusammenhingen; und ebenso trotz der Pille, die Yves zwei oder drei Minuten nach dem Eintritt von Köbi verstohlen in den Mund geschoben hatte, freilich nicht verstohlen genug, sonst hätte es Ambrosius nicht mitgekriegt.

War Yves deshalb später so gelassen gewesen?

War er pillensüchtig?

Ertrug er nur so das Leben, die tägliche Herausforderung?

Die Kälte hielt Ambrosius nicht ab, oberhalb vom Gasthof "Sternen" vor der roten Bank des Büriswiler Verschönerungsvereines stehen zu bleiben. Am liebsten wäre er, wie vom Teufel gestochen, zum nächsten Klo gerannt, um sich zu entleeren und mit diesem Akt alles Hässliche, Widerwärtige abzuschütteln und gewissermassen, welcher Dichter hatte darüber geschrieben?, ins Reine zu treten.

Er würde es unterlassen, dafür einen Moment lang auf der von einer alten Linde beschützten Bank Platz nehmen.

Er hatte kein einziges Argument, die Welt ausschliesslich aus einem schwarzen Blickwinkel anzuschauen.

Morgen, was für ein Privileg!, durfte er stundenlang mit Franz hoch über dem Rheintal reiten, gefolgt von Titine — und dann würden die Morde ein wenig an Gewicht verlieren.

Würden sie das wirklich?

War er fähig dazu?

Ambrosius setzte sich und blickte zum stattlichen Gasthof mit Stall und Gehegen hinunter, hörte Gänse zischen, einen Hund bellen

— und plötzlich, ein Überfall, ein Windstoss, war seine Mutter vor ihm, die er als Kind und als heranwachsender Mann so geliebt hatte.

Sie war da, ihr Gesicht, ihre Hände, ihr Lachen.

Oh ja, er hatte unverschämt Glück gehabt, hatte eine Mutter, wie sie selten ist: Bezogen auf andere und doch nie — wie manche Mütter zukünftiger, sehr weiblicher Priester — in Besitz nehmend.

Er hatte sie auch nie jammern, nie klagen gehört, wegen des frühen Todes des Mannes (an den Ambrosius sich nur schwach erinnerte), wegen der Plackerei, dem häufigen Alleinsein.

Wozu die Unzufriedenheit so vieler über ihr Schicksal?, hatte er in ihrem schmalen, keine sechzig Seiten umfassenden Tagebuch gelesen, das er nach dem Tode in einer Schublade vorfand und aus dessen Inhalt er bis heute in einzelnen Predigten zitierte, wobei er meist auf Quellenangaben verzichtete. Ich habe ja meine Verehrer, hatte sie geschrieben, könnte Dr. Zimanek heiraten, ziehe es aber vor, mein Leben selbständig zu gestalten, mein Dorflädelchen zu führen (es war nur vormittags offen gewesen), am Abend Bücher zu lesen und niemandem zur Last zu fallen, auch nicht meinem Sohn.

Ambrosius brachte, warum, warum?, die Erinnerungen nicht aus seinem Kopf: Spaziergänge durchs Dorf (meist ihre Hand haltend), das ruhige Abendessen am Küchentisch, den Schalk auf ihren Lippen, auch die feine Schrift seiner bis zu ihrem viel zu frühen Tode sehr hübschen Mutter, die den meisten Männern im Dorf ausnehmend gefiel, aber seines Wissens nie eine "Bewerbung“ erwidert und daher auch keine Ehe durcheinander gewirbelt hatte.

Nie, solange er atmen durfte, würde er jenen traurigen Dienstagnachmittag vergessen, als er nach einem mehrwöchigen Abstecher nach Prag als Neunzehnjähriger mit der dampfgetriebenen Bahn in sein Dorf zurückfuhr und Mutter mit seiner unangemeldeten Rückkehr überraschen wollte.

Er war vom Bahnhof aus die Hauptstrasse zu ihrem Häuschen hinaufgeeilt, vorbei an den Gänsen und Hühnern, die Mutter in einem Gehege hielt, war hernach durch das gepflegte Gärtchen in die immer sauber aufgeräumte Küche gestürmt und schon etwas irritiert gewesen, seine von ihm nicht besonders geschätzte, fünf, sechs Dörfchen entfernt in einem riesigen Haus wohnende Tante

Theresina und nicht Mutter am Holztisch irgend etwas, hatte die Tante Zwiebeln geschnitten?, hantieren zu sehen.

Und dann hatte ihn die stets nach Pfefferminze und Kampfer riechende Tante heulend und die Hände verwerfend mit der ganz und gar unerwarteten Nachricht geschockt, Mutter sei tot, liege seit gestern aufgebahrt oben im Schlafzimmer, eine Herzschwäche habe vermutlich ihr Leben beendet, als sie vom Keller einige Holzscheiter und zwei, drei Schaufeln Kohle für den Kochherd hinauftragen wollte; eine Dorfbewohnerin, die ohnehin klatschsüchtige Frau des Schneiders Varzi, hätte sie tot auf der Treppe gefunden, als sie im Haus nachschaute, weil Gänse und Hühner nichts mehr zum Fressen hatten und deswegen pausenlos schnatterten und gackerten, keiner wisse, ob seine Mutter längere oder kürzere Zeit im Todeskampf im Stiegenhaus gelegen sei.

Und weiter: Sie, die Tante, wäre dann vom Pfarrer benachrichtigt worden, habe aber natürlich keine Ahnung gehabt, wo der reiselustige Herr Sohn zu erreichen sei. Er hätte doch wenigstens die Adresse hier lassen können; schliesslich habe er von den Herzbeschwerden der Frau Mutter gewusst, auch Dr. Zimanek sei dieser Meinung, um ein Haar hätte die Beerdigung ohne seine Anwesenheit stattfinden müssen, ein Skandal in einem kleinen Dorf wie diesem, der Sohn ehre nicht mal seine Mutter, hätte es dann geheissen ...

War das ein Schlag für den jungen, unbedarften Schnaufer und vermeintlichen Welteneroberer gewesen, zu denen er sich damals, oh unfassbares Vorrecht der Jugend!, noch zählte.

Ein grausamer, in Worten nicht auszudrückender Schlag.

Ganz gegen seinen Willen wurde der Ablauf des Nachmittages wieder Gegenwart: Die ihn mit unsinnigen Vorwürfen überschüttende Tante, seine Hoffnung, dass die Behauptung der Alten, Mutter läge tot auf dem Bett, nicht zutreffe, und hernach die Szenen, wie er die wacklige Holztreppe zum zweiten Stock hinaufrannte, Mutters Schlafzimmertür aufstiess und auf dem schweren, Ambrosius stets etwas unheimlich vorkommenden Ehebett, direkt unter dem mächtigen Holzkruzifix, die tote Mutter erblickte, ganz gelb im Gesicht, überaus starr, eine weisse Rose in den zusammengefalteten Händen und, wie er später erfuhr, von Dr. Zimanek, der doch seine Mutter ständig bedrängt hatte, ihn zu heiraten, gemeinsam mit einer Krankenschwester in ein rüschiges* Totenhemd gekleidet.

Er konnte es nicht glauben, nicht annehmen, alles in seinem Innern lehnte Mutters Tod ab, das Unwiderbringliche, auf Erden Nichtkorrigierbare.

Alles, alles.

Und dann, als ihm aufging, Mutter ist tot, nie mehr werde er ihre Wärme ausstrahlende, kräftige Stimme hören, nie mehr wird sie ihn auf die Wange küssen, liebevoll fragen, wie geht's, Kleiner?, immer noch in deine Marisa vernarrt?, da war er wie von selbst neben dem Bett auf den nackten Holzboden gesunken, hatte die Hände gefaltet und seine tapfere, einmalige, so manche bedürftige Dorfbewohner mit ihrer Zuwendung beglückende Mutter, tot wie sie war, lang, lang angeschaut und unvermittelt gewusst, ein Blitz war's eher, eine Erkenntnis des Augenblicks, dass er Priester werden würde, dass er den Kampf gegen den Tod, das Nichts, das Vergessen aufnehmen wolle, den Kampf um die unsterbliche Seele.

Es war, wenn er so denken durfte, der wichtigste Nachmittag seines Lebens gewesen.

Und zugleich der traurigste.

Und während er die sanften, leicht angegrauten Haare seiner Mutter streichelte und tief erschüttert Gott bat, dass sie von ihrem Mann und ihrem Engel im Jenseits empfangen und für alles entschädigt werde, was ihr im Leben verweigert wurde, da ging ihm auf, wieso er seit zwei Tagen voller Unruhe gewesen war und gestern nacht das starke Gefühl gehabt hatte, Mutter sitze am Bett und bitte ihn, dass er erwache und für sie bete.

Daran musste er denken, hier auf der Bank über Büriswilen und dem Rheintal.

Und wohl oder übel an die Tante, die laut weinend ins Zimmer trat, schwabblig wie immer, eine watschelnde Blutwurst, und dann wieder verschwand, weil sie trotz allem erkannte, dass der Sohn jetzt allein sein wollte und sämtliche Vorwürfe von ihm abprallten, mit seiner Unentschlossenheit in Sachen Berufswahl und Studium habe er Mutters frühen Tod mitverursacht, immerhin habe

---

* gefälteltes Hemd

sie ihm doch den Gymnasiumbesuch in der Kreisstadt ermöglicht.

Das kam nicht an, kam nicht durch; die Schuldgefühle, die Tante Theresina seit seinem fünften oder sechsten Lebensjahr in ihm bewusst oder unbewusst anzuheizen suchte („Hast du Mutter gehorcht?“, „Hast du sie geärgert, ihr Sorgen gemacht?“), sie blieben im Gehirn der Tante. Und, er wünschte es der überstrengen, gnadenlosen Frau!, — möglicherweise hat sie später die Gewissensbisse, die in Ambrosius nicht aufblühten, ins eigene Grab mitgenommen. Am Tod seiner Mutter, daran zweifelte Ambrosius nie, war er nicht beteiligt.

Wahrscheinlich wäre er, frierend, nicht frierend, noch über Stunden auf der mit knallroter Farbe bestrichenen Bank geblieben, hätte an seine Mutter, seine dörfliche Kindheit und an seine Babitschka gedacht, die als fast Neunzigjährige auf dem Friedhof neben dem Sohn ihrer Tochter stand und ihn weit mehr tröstete als er sie, auf diesem von einer löchrigen Steinmauer umgebenen Friedhof mit den schief in der Erde steckenden Holzkreuzen und Grabsteinen.

Doch Titine, die Donnershündin, hatte anderes vor.

Ungeniert stupste sie ein Knie des Paters, wollte, dass er endlich mit ihr spiele, ihr, wie schon gestern, ein Holzstück in die unterhalb der Bank liegende, bereits gemähte Wiese werfe, dem sie dann nachspringen und es ihrem Begleiter von neuem bringen konnte, im Verlangen, er schleudere es wieder und wieder weg.

Ambrosius zierte sich nicht.

Am Fuss der Linde sah er einen Prügel liegen, bückte sich, erangelte mit einem Ächzen das Holzstück und warf es, ohne aufzustehen, soweit er nur konnte. Dann, dem Hund nachblickend, der vor lauter Freude fünf-, sechsmal in die Luft sprang, schob Ambrosius gewohnheitsgemäss die massige Hornbrille tiefer ins Gesicht; es würde ihm guttun, in der Kapelle beten und meditieren zu dürfen.

Nur, Titine hatte nicht dieselben Pläne und Wünsche: Schon legte sie den Prügel wieder vor der Bank auf die vom Löwenzahn bewachsene Erde, schaute lausbübisch zum Pater hoch und wedelte erwartungsvoll mit dem Schwanz.

Selbst ein Dummkopf hätte die Aufforderung nicht übersehen können, die sie damit ausdrückte.

Von neuem musste Ambrosius das längliche, im Gras und im Maul von Titine feucht und klebrig gewordene Holzstück den Abhang hinunterschleudern — ausgerechnet er, der schon als Kind im Weitwurf zu den schlechtesten Schülern gezählt, darunter aber nie gelitten hatte, zumal sein gutmütiger Lehrer, Vahel Svab, die Bälle noch weniger weit brachte und dies, seltene Eigenschaft eines Erziehers, auch gestand.

Noch und noch wiederholte sich das einzig für Titine erfreuliche Spielchen — solange, bis der Pater, bei aller Tierliebe, die Geduld verlor.

Darum stand er für sein Körpergewicht beinah ruckartig auf und befahl dem Hund mit einer Handbewegung, ihm zu folgen.

Er musste es von Titine nicht zweimal verlangen.

Noch so gern verliess das Tier die Bank, die Linde, die schöne Aussicht; bei ihm musste ein Ereignis das nächste jagen. Bewegung war interessant, nicht Ruhe.

Ja, in der Kapelle wollte Ambrosius beten. Aber nicht für seine Mutter.

Sie brauchte keine Gebete.

Im Gegenteil, gemeinsam mit seinem Schutzengel und Namenspatron sorgte sie bestimmt seit ihrem Tode dafür, dass er das Leben einigermassen bestand und hin und wieder Glücksmomente geniessen durfte, vor dem Altar, bei der Lektüre der alten Meister und, etwas profaner, im "Cumin", bei einer Flasche Wein oder — wie eben jetzt — auf Spaziergängen, die ihn durch Landschaften führten, die noch Landschaften waren.

Schon damals, an ihrem Totenbett, hatte er intuitiv gespürt, dass diese von der Welt abberufene Frau keine Gebete mehr benötigte.

Seine Mutter war, wie einfache Gemüter oder vielleicht auch Heilige zu sagen pflegen, im Himmel.

Sie war unsterblich.

Wie er.

Wie jeder (ob er das nun wahrnehmen wollte oder nicht).

Und wie die beiden kaum auf natürliche Weise ums Leben gekommenen Pöstler, deren Tod und dessen Folgen Ambrosius, so sehr er sich dagegen sträubte, immer mehr berührte, hatte er doch von Sulser vernommen, dass die Frau des Postverwalters nach einem Kreislaufkollaps (oder war's ein Nervenzusammenbruch gewesen?) seit gestern im Zürcher Kantonsspital liege und die noch nicht zwanzigjährige Freundin des jüngeren PTT-Beamten, die von dessen homophilen Neigungen angeblich nicht die geringste Ahnung gehabt habe, die Welt nicht mehr verstehe und jetzt, laut ihrem Hausarzt, selbstmordgefährdet sei.

Das beschäftigte ihn, durchbrach seine Gleichgültigkeit gegenüber dem, was auf der Meldegg an Schlimmem geschehen war.

Auch für die zwei Frauen und für die Kinder von Werner Hadorn wollte er beten.

Und für den oder die Mörder.

Doch Mord blieb Mord.

Immer.

Es war, sah man von Attentaten auf Diktatoren und korrupte Politiker ab, ein Verbrechen, übler und verdammenswerter als alle übrigen Sünden: einem Menschen die Chance rauben, seinen Weg zuende zu gehen oder wenigstens zu suchen.

Im Einzelfall.

Wie im Grossen.

Wenn Mächtige für sogenannte Ideologien, Wirtschafts- und Machtinteressen Kriege entfesselten und ganze Länder mit Leid, Bomben, chemischen Waffen und Tod überzogen, nur nicht die eigene Stube ...

Ambrosius schritt resolut aus, ging, nachdem der Wiesenpfad in eine Schotterstrasse mündete, am "Sternen" und der bei diesem eher ungemütlichen, nasskalten Wetter unbesetzten Gartenwirtschaft vorbei, sah hinter ihr in einem hohen Gehege Gänse und Enten im Dreck herumwatscheln, deren Zischen und Geschnatter vor knapp einer Stunde seine Erinnerungen ausgelöst hatten. Und diesmal geriet er nicht wie schon mal in Versuchung (er hatte ihr freilich nicht nachgegeben), die Steintreppe zur Wirtschaft hochzusteigen und auch das Innere des "Sternen" kennenzulernen, eine Beiz, die wie viele Appenzeller Wirtschaften sich im ersten Stockwerk befand.

John hatte ihn auch gewarnt, dass Frau Bärlocher, die Wirtin, eine halbwilde Katze besitze, die vor zwei oder drei Wochen fünf Junge geworfen habe und darum jeden fremden Hund angreife, der dem Haus oder dem Stall näherkomme; letzthin habe sie einen mit ihren Krallen und Bissen schwer verletzt und nahezu die Augen ausgekratzt, der Besitzer des Hundes, es sei ein deutscher Schäfer gewesen, habe später die Polizei veranlasst, mit der "Sternen"-Wirtin ein ernstes Wort zu reden.

Solche Verletzungen wollte Ambrosius Titine (und damit selbstverständlich Sonja) ersparen.

So sehr die junge Hündin Aktionen und aufregende Situationen liebte, ja, letztlich suchte.

Ob sie seinen Entscheid billigte?

Es war gleich.

Ambrosius ging weiter und spielte mit dem kecken Gedanken, den Hund in die Kapelle mitzunehmen, würde er doch draussen — nach seinen bisherigen Erfahrungen — winseln und winseln und derart die Konzentration beim Beten stören. Und schliesslich hatte Gott auch Titine erschaffen.

Schliesslich.

Oh ja!

Dort unten, keine hundert Meter mehr entfernt, grüsste die weisse Kapelle. Sie war sein Ziel, nicht eine verrauchte Beiz, in der gelärmt, getrunken und gegenseitiger Spott geboten wurde. Der "Meldegger" Stammtisch mit John und der Weberin und andern würde heute abend sowieso auf ihn warten.

Das reichte.

Das reichte vollauf.

Sonst verkam er im Appenzeller Vorderland noch zum Alkoholiker, wurde für die Leute zum trinkenden Pater, zum Säufer vom Dienst.

Und das, nein, das wollte er nicht.

So wenig Ambrosius im Normalfall die Meinung der Leute kümmerte.

Er musste achtgeben, Sonja und Franz nicht noch stärker in Verruf zu bringen; überall wurde ja bereits die Mär herumgeboten, auf der Meldegg verkehrten ausschliesslich Trinker, Verrückte, Linke und Mörder, das grüne Gesindel aus Zürich passe nicht in die Gegend, die Züsts hätten mit Wirten nicht aufhören dürfen.

Das wurde herumgeboten, allenthalben.

Für Ambrosius war diese Intoleranz alles andere denn christlich.

Sekten, die Häuser, Höfe, Land für viel Geld kauften, empfing man hier, wenn er auf Äusserungen von John, Sonja oder auf jene des Walzenhausener Schuhmachers abstellte, mit offenem Herzen (und noch weit offeneren Geldsäckeln*), auch Spunten* wie die "Linde" oder der "Tulpenberg" wurden geduldet, in denen jugoslawische und österreichische Zuhältertypen und Gigolos mit teuren Schlitten* verkehrten und mit ihrem Schletzen* der Autotüren und dem Starten der Motoren nachts um zwei Uhr die Nachbarn weckten; doch die Mord- oder Unfälle in der Nähe der Meldegg hatte innert Tagen ein Feindbild heraufbeschworen, das wohl unzählige Gebete brauchte, um es auch nur in Ansätzen aufzulösen.

Sonja Hasler galt jetzt als halbe Hexe oder Teufelaustreiberin, und Franz Unternährer war ein Wirt, dessen Gäste gefährlich lebten ...

Ambrosius wusste, warum er unbedingt in die Kapelle wollte.

Sein Gebet war, vielleicht im wahrsten Sinn des Wortes, lebensnotwendig.

In ungefähr einer Minute würde er vor dem Kirchlein stehen.

Ob heute die Tür (wie beim erstenmal) wieder offen war?

Er wünschte es inständig.

---

* Geldbörse
* deutschschweiz. Synonym für Beizen, Wirtschaften
* Slang für teure Wagen, Renommierautos
* schweiz. für die Tür zuschlagen

Verschlossene Kirchen, verschlossene Kapellen, sinnloser ging's kaum. Das war es mit Sicherheit nicht, was Christus von seiner Kirche wollte und weshalb er sie gegründet hatte ...

Mit Sicherheit nicht!

Offensein war alles, nicht Reifsein, wie Shakespeare oder ein anderer kluger Mann vor Jahrhunderten geschrieben hatte ...

Ambrosius litt nicht erst heute an einer Kirche, die nicht auf die Welt zuging.

Doch das Leiden nahm zu.

Je älter er wurde, desto unheilbarer.

„Komm, Titine", sagte er, „wir schauen, ob wir die Tür aufbringen und dann gehen wir rein, alle beide ..."

XI

Die blöden Siechen, die blöden Cheiben*, ich bring sie um, hä!, ich bring sie alle, alle um, hundert Prozent, hundert Prozent!, wieder hier, wieder hier in diesem verdammten Loch*!, muss pissen, muss scheissen, Würste herausdrücken, will keine klebrige Hose, keinen Stink* drin, hab doch keine zweite bei mir, nicht mal ein anderes Hemd, Sulser ist ein fertiges Schwein, kommt mir hundsgemein, sagt, Köbi du bist reif für die Klapsmühle, dort kommst du in ein paar Tagen hin, noch heute ruf ich in Herisau an, ob für dich ein Platz frei sei, hä, hä!, ein Hund, ein Hund, ein elender Köter!, er ist reif für die Spinnwinde*, nicht ich, er allein, er!, schon wegen

* Siechen, Cheiben = beides schweizerdeutsche Ausdrücke für Dummkopf
* Gefängniszelle
* Scheisskegel
* Klapsmühle, psychiatrische Klinik

der Katzen krieg ich Gefängnis, hat der Tschumpel* behauptet, und erst recht wegen der Männer, ich hätte sie mit dem Dingsli bedroht, dann seien sie runtergefallen, überall hätte ich rumerzählt, wie dumm der Sulser sei und wie hirngeschädigt die Polizei, die hätten mich laufen lassen, hätten nichts gemerkt, und meine und Johns Abdrücke seien auf der Chüngelipistole, ist ja klar, ist meine Pistole, sollen sie doch den John holen oder den Pfäffli oder den Eugster, hä, hä!, der vögelt selbst ein Arschloch, wenn er an Weiber denkt, die er nicht kriegt, ich hab das nicht nötig, ich brauch das nicht, war an der Grenze im Krieg, hä!, hab immer die Steuern bezahlt, nie Subventionen bezogen und nie geschielt, und jetzt behaupten die stinkfrech, der Hochueli sei ein Mörder, ein Verbrecher, er erschiesse jeden, wenn er Lust dazu verspüre, nur weil ich in der "Patria" gesagt hätte, die Polizei sei dumm, die hätten mich nicht behalten, hä!, woher haben die das?, hab nie ein solches Wort in der "Patria" gesagt, bin doch kein Trottel, kein dummer Hund, ist sowieso lächerlich, jemanden mit einer Chüngelipistole zu erschrecken, absolut lächerlich, Jäger bin ich gewesen, ein guter Jäger, nicht ein Chüngelimetzger, hä!, werde den schwarzweissen Saukater abschiessen, sobald ich wieder beim Anneli bin, scheissen immer in Annelis Garten, diese lausigen, herumstreunenden Katzen, das stinkt und stinkt und verdirbt die Radieschen, den Blumenkohl, den Kabis*, der mich zum Furzen bringt, hä!, hundsgemein war's, wie Sulser mich, kaum war ich wieder im Leuchen, vor den Augen vom Anneli in sein Polizeiauto schupfte, bin doch kein Hund, bin Köbi Hochueli und hab nie im Leben eine Busse, eine Strafe gehabt, ich komm draus, komm draus!, bin Monat für Monat an der Grenze gestanden, hab die Schweiz mit dem Gewehr und dem Bajonett verteidigt und miterlebt, wie die Herren Offiziere in die Innerschweiz* flohen, nach Luzern, Weggis, Brunnen, mit ihren Familien und ihren obergeilen Freundinnen, und uns Soldaten und die Unteroffiziere haben sie an die Grenzen geschickt,

---

* ebenfalls deutschschweiz. Ausdruck für Dummkopf, Trottel

* Kohl

* Tatsächlich gab es im Verlauf des Zweiten Weltkrieges mehrere Schweizer Offiziere, die ihre Familien in die Zentralschweiz in Sicherheit brachten, war es doch die (hohen Offizieren bekannte) Strategie von General Guisan, im Ernstfall nur das Zentrum der Schweiz vor den allenfalls anstürmenden Deutschen zu verteidigen.

hä!, oder nicht?, hab's gerade dem Anneli erzählt, dass wir die Offiziere und nicht die Deutschen hätten erschiessen müssen, und da kam der Sulser und befahl, mitkommen, Köbi, du bist verhaftet, hast in der "Patria" einen schönen Scheiss erzählt, werd dem nie mehr einen "Fertig" oder ein Bier bezahlen, sollen doch den John mitnehmen oder den dicken Klavierlehrer, der ist's todsicher gewesen, hä!, oder das Weibchen aus Bern, hat grosse Brüste, die möcht ich drücken und dann sehen, was mein Schnäbeli macht, bin doch kein Hund, bin der Köbi Hochueli, hab in der "Meldegg" und in der "Patria" nur wenig getrunken, hab keinen Schwips, bin nie auf den Boden gefallen, hab nie ein Liedchen gesungen, ich komme draus, ich komme draus!, Anneli wird's der Meldeggtante am Telefon gesagt haben, dass ich heute abend nicht komme und die Blumen für die Tischdekoration erst morgen oder übermorgen bringe, halt doch eine tolle Katze, die Sonja, hä!, nur etwas klein und treu wie eine Fledermaus, der Schuhmacher hat mir deswegen den Kopf vollgejammert, muss halt eine seiner Kundinnen ins Bett schleifen und nicht ewig von der Sonja träumen, das bringt doch nichts, bringt überhaupt nichts, das weiss ich doch, hä!, wenn die mich heute nacht hier behalten, gibt's keinen Speck und kein Bier, ein Glück, dass s'Anneli unsere Mizzi füttert und die Tauben und die Chüngel, behaupten einfach, ich hätte die zwei schwulen Brüder erschreckt und dann seien sie wie Holzstücke, wie Steine den Felsen runtergepurzelt, muss lachen, muss lachen!, hab noch nie in all den Jahren einen erschreckt, noch nie!, noch nie!, jetzt werd ich aber bald, bald den Sulser erschrecken, wird auf dem Friedhof oder im Himmel wieder erwachen, das versprech ich dem Scheisstypen, Rache muss sein, Vergeltung für alles!, ein hundsgemeiner Kerl, hä!, dem laur ich hinter dem Hag* auf, aber nicht mit der Chüngelipistole, nein, mit der andern, der richtigen, ich sei's gewesen, ich!, ich!, heinomal!, hab ich die angeschrien, den Sulser und den zweiten Tschugger, hä, hä!, hab doch gar nicht die Kraft und die Muskeln, erwachsene Männer einen Felsen hinab zu schleudern, bin zu alt dazu, zu langsam auf den Beinen ...

Oder hab ich doch die Kraft, bin ich stärker als ich glaube?

Hundert Prozent, hundert Prozent!

---

* schweiz. für Zaun

Hä, hä!

Mit dem kleinen Finger hätt ich die früher runtergeschubst, heute brauch ich den Stock, den mein Ätti schon hatte — mit dem erschlag ich den Sulser, geb ihm nicht eine Chance, nicht eine, laure vor dem Posten im Dorf vorn auf, kenn die Stelle, den Baum, den Gartenhag, die Zeit, wo er aus dem Büro kommt, bin doch kein Hund, hä, hä!, bin Köbi Hochueli, und muss auf den Thron, aufs Scheissklosett, schleunigst, schleunigst, im Tempo des Gehetzten!, ich schlag an die Tür, ich brech sie ein, ich komm doch draus, ich versteh alles!, nie hab ich ein Verbrechen begannen, nie Geld gestohlen, nur mal eine Rehgeiss und drei Hasen ohne Patent geschossen, das ist keine Sünde, muss nicht im Beichtstuhl gebeichtet werden, und wenn die mich mit dem Auto nach Herisau bringen, erschiess ich nachher jeden, der eine Uniform hat, hä, hä!, ich lass mich nicht als Tschumpel, als Idiot hinstellen, hab das nicht nötig, bin intelligent, ein gescheiter Kopf, hab den Stall selber gebaut, hab nie um Subventionen gebettelt und nie die Milch gepanscht, dass sie mir den Hof wegnahmen, war der Gipfel der Frechheit, nie quälte ich meine Kühe, meine Schafe, Gerüchte waren das, böse Gerüchte, hä!, ich lass mir von diesen Herren rein nichts mehr gefallen, keine neuen Schikanen, keine neuen Frechheiten, ich geh jetzt zur Tür, spring auf von der harten Bank, poltere mit den Fäusten ganz wild gegen das Holz, wenn es sein muss eine volle Stunde lang, hä, hä!, ich bring denen bei, wer der Hochueli ist, wie ich mich gegenüber Schweinen zu verteidigen weiss, hä!, bin im Krieg mit Gewehr und Tornister an der Grenze gestanden, hab meinen Mann gestellt, hab gepisst, getrunken und Bäuerinnen gehabt und zwei Wirtinnen dazu, die Annelies vom "Feldhof" und das Vreni in Altstätten unten, das macht Sulser mir nicht nach, nie, nie, nie!, da wird er Zweiter, immer Zweiter, und der kommt mir so von oben herab, glaubt, er sei dem Hochueli überlegen, nichts ist er, nichts!, an die Wand gehört er, aufgehängt!, hä, hä!, als Verbrecher, als Gauner, er, er!, nicht ich, nicht ich!, Anneli weiss es, Anneli hält zu mir, weiss, dass ich meine Steuern immer pünktlich bezahlte und nie den Staat, die Schweiz und Walzenhausen betrog, ich verdien das nicht, hä!, ich verdien das nicht!, muss schlagen, schlagen oder … in die Hosen scheissen, kann nichts dafür, dass ich den Dünnpfiff hab, das kommt vom Ärger und vom Luz, war anders früher, sehr viel anders, ganze Nächte konnt ich saufen und in Wirtschaften herumbrüllen und jeden herausekeln, der mir nicht gefiel, jetzt gelingt's selten, jetzt glauben sie alle, ich sei ein Knecht, ein fauler Siech, der von Beiz zu Beiz und von Bier zu Bier spaziert, weggenommen der Hof, weggenommen die Kühe, das Bärli, den Pfau!, hä, hä!, ich schlag sie nieder, alle, alle!, wie die mich behandeln und fertigmachen, es darf nicht sein, ist hundsgemein, oh, es kommt wieder, oh, es kommt!, klebrig die Hose, das Bein, die Schweiz ist schuld, der Sulser, die schwulen Brüder, ich bring sie um, alle, alle bring ich um, hä!, oder ...

Was, die Tür, was, was?

Ich kann gehn, sagt er, kann gehn, sie würden mich zum Postauto bringen ..., ein anderer sei's gewesen, ein anderer, wegen den Katzen krieg ich eine Strafe, einen Monat oder zwei, der spinnt, der lange Typ, er spinnt total, scheissen muss ich, auf den Thron, sofort, sofort!, in dieser Sekunde ...

„Aufs WC will ich, Herr Tschugger, aufs WC, eine Frechheit, mich einzusperren, eine Frechheit, hab die Steuern bezahlt, nie Subventionen erhalten, hä, hä!, ich klag euch ein, will Schaden ... oohh ... ersatz ...“

XII

Warum bin ich noch hier?

Warum?

Nur, weil ich Kuh gehofft hatte, dass Brian mich auf der Meldegg besucht und auf den Knien anfleht, seine Freundin zu bleiben, er brauche meine Liebe, sei verloren ohne sie, meinen Körper, meine Sorge um ihn, alles tue ihm furchtbar leid, die Abtreibung, die besoffene Osternacht mit Henry, seine Angst, nicht nur in Belfast, sondern auch in Bern ein Kind zu haben, er entschuldige sich ...

Ja, darum, Béatrice, einzig darum!

Darum hab ich dem Schweinehund an seine Adresse bei Henry geschrieben, hab angetönt, dass ich noch auf der Meldegg bleibe, seine Haltung zwar nicht billige, aber ein wenig verstehe und, wie er doch wisse, das Kind nie und nimmer geboren hätte, gäbe es doch nichts Schlimmeres als Kinder, diese ewig lärmenden, quietschenden Ratten.

Das war so.

Sie hatte nicht gelogen.

Schlimmeres gab's für sie nicht ...

Béatrice war voller Selbstmitleid und voller Wut: auf ihre stupide Sehnsucht nach selbstbewussten Säufern, auf Brian selbst und auf die Polizisten, die sie heute vormittag zum zweitenmal im Wirte-Esszimmer verhört und dann mit einer unglaublichen Hiobsbotschaft geschockt hatten.

Und statt mit den Händen ihren halb verhungerten Körper zu liebkosen (was Béatrice vorgehabt hatte), schüttelte sie eine Gauloise aus der vorhin angebrochenen Packung, zündete sie mit dem stets griffbereiten Feuerzeug an, steckte sie in den Mund und setzte sich auf einen der unbequemen Hocker vor den — dank zugezogener Läden einigermassen verdunkelten — Fenstern.

Hörig bin ich dem Hund, dachte sie, bin wirklich eine superblöde Kuh — nach allem, was Brian mir zwei Jahre lang angetan hat.

Und wegen ihm musste ich mir heute morgen von den betuchten Tschuggern einiges gefallen lassen, musste denen offen sagen, dass ich zwei Tage in Dornbirn gewesen bin (Do-re-bi-re sagen sie hier, es ist zum Lachen!), Bekannte von Freunden besuchte und denen Grüsse von diesen überbrachte, worauf die Österreicher mich bequatscht hätten, mit ihnen zu essen und die Nacht in ihrem Haus zu verbringen, es kämen noch Freunde aus der Bregenzer Szene, es würde ein interessanter Abend werden.

Es wurde kein interessanter Abend.

Es wurde ein langweiliger Abend.

Und ich, der ich jeden Polizisten umbringen könnte, gab denen Auskunft, deutete an, es habe mir in Dornbirn nicht gefallen, das unaufhörliche Kindergeschrei in dem von einer Wohngemeinschaft bewohnten einstigen Bauernhaus wäre mir auf die Nerven gegangen und gern sei ich anderntags auf die Meldegg zurückgekehrt, schon aus Erholungsgründen.

Und dann gab ich Gans zu, es sei ein ausgesprochener Fehler gewesen, Sonja und Franz aus Dornbirn nicht anzurufen und ihnen mitzuteilen, ich käme erst am nächsten Tag, sie müssten keine Bedenken haben, dass ich ohne Bezahlung abhaue, meine Utensilien lägen ohnehin auf dem Zimmer, ich bliebe für diese Nacht bei österreichischen Freunden …

Das gab ich zu — und demütigte mich damit vor Sulser und Konsorten!

Ich, der ich Polizisten hasse, noch viel stärker als Vater sie gehasst hat, der als engagierter Sozialdemokrat über Jahre hin von Schmierlappen bespitzelt und nicht zuletzt aufgrund seiner politischen Aktivitäten nie befördert wurde, anders als dieser glatzköpfige, spiessige Hadorn und sein langweiliger Liebhaber, zwei Personen, um die niemand trauern dürfte, auf der Meldegg sowieso keiner.

Béatrice schüttelte sich vor Ekel und nahm einen langen Zug — so lang, dass selbst sie, die unaufhörliche Raucherin, beinah während einer Minute husten musste.

Und wieder empörte es sie, dass der freche, von seiner Grösse und seinem Gewicht beinah erdrückte Dorfpolizist sie ins Gesicht hinein gefragt hatte, ob sie in Dornbirn nicht zufällig auch Grüsse von einem gewissen Brian Cook ausrichten musste, er, Sulser, wüsste, dass sie mit dem ehemaligen und von Interpol gesuchten IRA-Terroristen an der Berner Gerbergasse zusammen gewohnt und ihm in finanzieller Hinsicht mehrfach unter die Arme gegriffen habe, vor zwei Wochen sei dieser Cook in Bern als Schwarzarbeiter verhaftet worden, dabei hätte man seine Identität aufgedeckt, sie, Frau Weber, wüsste es bestimmt.

Béatrice hatte es nicht gewusst.

Sie war über die Nachricht sehr verwirrt, ja, erschrocken gewesen — und war es weiterhin.

Brian (und Henry?) verhaftet, dachte sie, vielleicht schon nach England ausgeliefert, vielleicht noch in einer Zelle in Bern.

Vielleicht so, vielleicht anders.

Sie konnte es nicht fassen.

Als ob Sulser, der während der Befragung fast immer das Wort führte, mit einem spitzen und sehr scharfen Messer in ihren Körper gestochen hätte, hatte sie auf die Mitteilung reagiert, auf die sie in keiner Weise gefasst gewesen war.

Mein innigstgeliebtes Schwesterlein, schimpfte sie in Gedanken, hätte mich doch am Telefon oder in einem Brief informieren und warnen können, in ihrer Schnapsbeiz erfährt sie doch praktisch alles über die Szene und was in Bern läuft ...

Ein Glück, dass Sulser ihrer Versicherung geglaubt hatte (was ja der Wahrheit entsprach), sie wüsste von nichts, und er überdies wie nebenher erwähnte, Brian Cook habe nach der Verhaftung zu Protokoll gegeben, Frau Weber kenne seine früheren Aktivitäten nicht; wäre sie nämlich Mitwisserin gewesen, hätte man sie ebenfalls verhaften müssen, vor kurzem seien sie deswegen zur Meldegg gefahren, eben an jenem Tag, an dem sie laut ihrer Schilderung in Dornbirn war, man würde es überprüfen ...

Eine schöne Bescherung!

Sie, im Knast, weil sie mit Brian gebumst hatte und er sich von ihr aushalten liess ...

Unbegreiflich ohnehin, dass sie überhaupt verhört und ausgefragt wurde. Die hatten doch den Fettsack abgeholt und den halbschlauen Köbi — wollten die auch ihre dritte Zelle mit einem "Meldegger“ füllen ...?

Wollten die das?

War's deren Ziel?

Sie war wütend und rauchte entsprechend heftig.

Das ganze Zimmer war in eine einzige Dunstwolke getaucht, und im Cynar-Aschenbecher lagen über zwanzig von ihr zerdrückte Zigarettenstummel.

Fair bis in den Tod, mein Brian.

Fair, fair!

Entlastet mich, weil er sein Nest bei mir warm halten will — für den Fall, dass man ihn aus der Haft entlässt.

Ich kenne ihn.

Nicht Fairness, nicht Liebe ...

Aber mein Herz, ich muss es zu meiner Schande bekennen, hat gewaltig gepoppert, als Sulser so mir nichts dir nichts Brian ins Spiel gebracht hat.

Und wie es popperte!

Wie!

Gut immerhin, dass die Polypen nicht ahnen, dass ich für Brian und Henry vor acht, neun Monaten etliche Revolver und andere Waffen aus Italien über die grüne Grenze in der Nähe von Stabio in die Schweiz geschmuggelt habe, mit einem Fiat, den Brian mir in Chiasso beschaffte ...

Gut war das!

Gut!

Sie rauchte weiter, legte die Zigarette schon gar nicht mehr auf den Rand des Aschenbechers.

Dass aber Sonja trotz ihrer Verärgerung die Polizei nicht benachrichtigt hatte, als Béatrice von Dornbirn mit einem Taxi ins Hotel zurückgekehrt war, gefiel ihr. (Weniger, dass sich der Chauffeur, ein alter Knacker, geweigert hatte, sie von Leuchen zur "Meldegg" hochzufahren und sie daher, wieder mal, zwanzig Minuten zu Fuss gehen musste, und dies erst noch auf einem steilen, löchrigen, sehr steinigen Weg und mit einem Tampon in der Scheide ...)

Wenn meine Schwester tatsächlich — wie versprochen — am nächsten Montag mit dem Auto hierherfährt, entschied Béatrice, dann will ich Sonja ebenfalls einen Stein in den Garten werfen, sie gemeinsam mit Elisabeth zu einem Abschiedstrunk einladen, damit beide über ihre Zeit in der Wirteschule oder wie das Ding hiess quatschen können; und wenn ich anschliessend die Rechnung für den Aufenthalt bezahle, will ich mich in Sachen Trinkgeld nicht lumpen lassen.

Eine solche Grösse, eine solche Solidarität war Béatrice nicht gewohnt.

Sonja hatte Sulser nicht angerufen, um ihm die Rückkehr ihres Gastes mitzuteilen, obschon er's verlangt hatte ...

Das war erfreulich.

Eine, wie sagt man doch?, ... positive Überraschung.

Heute morgen aber —

Ja, impertinent war's, wie Sulser, das Würstchen, mit ihr umging und es kaltschnäuzig ausgenutzt hatte, dass sie direkt aus dem Bett kam ...

„Haben Sie die beiden Herren aus Zürich gekannt?"

„Klar, vom Sehen, drüben im Restaurant ..."

„Nur so ...? Nicht schon vorher ...?"

„Ja, nur so. Ich hab die beiden früher nie gesehen. Sind auch nicht gerade meine Typen ... Oder glauben Sie mir etwa nicht ...?"

Er glaubte ihr nicht.

Oder tat so, als ob sie lügen würde. Und wollte zum zweitenmal genau wissen, was sie am Montagnachmittag gemacht habe und wo sie gewesen sei; es gebe ja keine Zeugen, auch nicht Sonja Hasler, dass sie sich, wie auf dem von ihr unterschriebenen Protokoll stände, im Zimmer aufgehalten, dort Zeitungen gelesen und zwischendurch auf dem Bett gedöst hätte.

Ein Hundsfott, ein Schleimscheisser, staats- und autoritätsgläubig, konformer als konform.

Wichtig war's aber nicht.

Wichtig war praktisch gar nichts.

Nur ihre gottverfluchte, letztlich unreife Sehnsucht, mal einem Mann zu begegnen, der dem jungen Elvis Presley glich, nicht gewalttätig war und sie, ohne je selber besoffen zu sein, in ihrem Sosein annahm: süchtig nach Weisswein, empfindlich gegen Licht und ein unverbesserlicher Morgenmuffel.

Wer weiss, dachte sie, wenn ein solcher Mann in mein Leben käme und ich nie mehr mit einem Brian, einem Henry oder Solari ins Bett steigen müsste, dann gäb ich vielleicht die Trinkerei auf oder reduzierte sie auf ein vernünftiges, mir nicht Schaden zufügendes Mass.

Ja, einer wie Elvis, dessen silberne Stimme ihr noch immer Gänsehaut auf dem Rücken verursachte, wenn sie sie hörte, aus dem Radio, in einer Kneipe, im Kino, von Kassetten.

Jetzt, mit über dreissig Jahren ...

Daher ein keineswegs übler Zufall, dass Franz Unternährer ein Verehrer des späten Elvis war und einer schwarzen Katze gar den Namen Elvis gegeben hatte. So konnte sie wenigstens in der Wirtschaft gelegentlich "Wonder of you", "Love me tender", "Are you lonesome tonight" oder "It's now or never" geniessen ...

Aber dieser lausige Sulser!

Sie kam nicht darüber hinweg.

Eine Gemeinheit, rebellierte es in Béatrice, mich wie eine halbe oder ganze Hure zu behandeln und in Gegenwart seiner dumm dahockenden Kollegen zu sagen, er begreife mit dem besten Willen nicht, wieso ein Kerl wie Brian Cook mir gefalle, der hätte doch nach Strich und Faden meine Liebe zu seiner Person missbraucht, eine Frau von meinem Aussehen fände doch spielend einen andern Freund.

Das hatte Brian, fürwahr: sie und ihre unmögliche Liebe missbraucht.

Nur, was ging das Sulser an, woher nahm er das Recht, ihr Honig ums Maul zu streichen und sie im selben Atemzug zu kritisieren?

Woher?

Überheblicher ging's nicht ...

Dem sollte man die Eier abschneiden, nachts im Bett, während er schlief und schnarchte.

Und vielleicht tat sie's.

Ich könnte ihn scharf machen beim nächsten Zusammenkommen (falls es noch eines gibt), überlegte sie allen Ernstes, die schon zur Hälfte gerauchte Gauloise für einen Moment auf den Aschenbecher legend; etwa so, wie die magere Geiss von einer Antoinette den fetten Yves scharf macht.

Für mich schon ein Phänomen, dachte sie, wie dieser Bock mit seinen bald sechzig Jahren und den ewigen Montechristos zu einer so jungen, gar nicht hässlichen Freundin kommt, mit langen Beinen, langen, blonden Haaren und einer Twiggy-Figur ...

War's wegen des Klavierspiels des einstigen Zürichbergbürgers?*

Antoinette, von ihrer Art her absolut nicht Béatrices Fall, beherrschte es doch ähnlich gut, wenn nicht besser.

Das gab Béatrice ohne weiteres zu; auch wenn ihr klassische Musik im Grunde genommen kaum zusagte, und schon gar nicht Bartok.

Oder hatte die eigenartige Beziehung einen andern Grund?

Das Geld?

Verbindungen zu massgebenden Leuten?

Erträumte Karriere?

Béatrice wusste es nicht.

Letztlich war's auch egal.

Wie alles auf der Welt.

Oder nicht ganz alles?

Gab's Ausnahmen?

Guter Sex etwa, Féchy, Epesses, Gewürztraminer, eine englische Landschaft im Nebel, ein französisches Essen, Flirts in einer schummrigen Bar ...

Auch dies wusste sie nicht.

Sie wusste so wenig.

Nur eines, dass Verführen im Moment nicht drin war.

Wegen der Schmerzen, wegen des medizinischen Eingriffs ...

Gleichviel, obschon es noch nicht fünf Uhr war und draussen weiterhin die Sonne auf die Gartenwirtschaft brannte, jetzt würde sie auf der winzigen, mit Yves Wenzel zu teilenden Gangtoilette rasch ein Pipi machen, hernach sich in der noch winzigeren Dusche gegenüber unter die Brause stellen, dann ins für sie so ungemütliche Zimmer zurückkehren, endgültig für den heutigen Tag

---

* Auf dem sogenannten Zürichberg wohnen nahezu ausschliesslich gutsituierte Zürcher mit oder ohne Familie, Bankiers, bürgerliche Politiker, Wirtschaftsführer usw.

aus dem Morgenrock schlüpfen, die schwarze Lederkleidung wieder anziehen, die Haare ein wenig kämmen, die Lippen schminken und hierauf zur Wirtschaft hinuntergehen, begleitet vom Knarren der Holzstufen ...

Sie durfte ja damit rechnen, dass Ambrosius allein oder mit andern am Stammtisch vor einem Gläschen Roten sass, meist Veltliner oder Dôle, wie sie beobachtet hatte, in der heutigen "Appenzeller-Zeitung“ blätterte und, gestern war's echt amüsant gewesen, einem Schwätzchen mit ihr nicht abgeneigt war.

Sie mochte Ambrosius, sein herzliches Lachen, seine Gutmütigkeit, seine zwar bedächtigen, aber verdammt schlagfertigen Antworten, wenn man die katholische Kirche, den Papst oder den Berufsstand des Paters angriff.

Keiner war ihm da gewachsen, nicht mal sie mit ihrem Mattenenglisch*.

Ambrosius musste vor Jahren bei Frauen ganz schön angekommen sein.

Bei Sonja kam er noch immer an.

Und Sonja — Béatrice hatte ja Augen — bei nicht wenigen Männern.

Nur Franz Unternährer, der Tolpatsch, erkannte nicht, wie sehr seine Freundin John gefiel, dem Briefträger, dem schlüpfrigen, nur an ein Thema denkenden Schuhmacher, auch andern Gästen wie etwa dem schwarzen, rassigen Monteur aus Nigeria, der gestern zum drittenmal in der Wirtschaft aufgetaucht war und Sonja, selbst John kriegte es mit, in gebrochenem Deutsch und recht charmant gefragt hatte, ob sie einen Freund habe ...

Die kamen wegen Sonja.

Nicht wegen der blauen Augen von Franz.

Der könnte, mit und ohne Elvis, mal bös erwachen. Seine zwei Pferde, seine läppischen Kreuzworträtsel waren ihm halt wichtiger als die Freundin, viel, viel wichtiger ...

Sollte er bös erwachen!

Sollten alle Männer bös erwachen.

Alle, alle.

---

* Berner Slang, wird unten an der Aare gesprochen

Der Sulser und Brian und Henry und Solari, das Oberschwein, und dann dieser verlogene, weibersüchtige Pfaffe Baumann und dann —

Béatrice hörte auf, gewesene Freunde aufzulisten und ihnen Böses zu wünschen.

Es kam ihr selber etwas einfältig vor.

Und es brachte ja nichts, veränderte nichts.

Sie war, ausser beim Baumann, dem geilen Dorfvikar, in die allermeisten Geschichten selber hineingeschlittert.

Sie allein.

Auch gab's einige Männer, die sie ausklammern musste. Den viel zu sanften Roger, Ambrosius und in gewisser Weise John, der zwar ständig vom Schmusen und Vögeln schwatzte, aber nie nach ihr oder Sonja grapschte, selbst im ärgsten Suff nicht, und ebensowenig auf die Idee kam, für seine Grosszügigkeit in Sachen Offerieren eine Gegenleistung zu verlangen …

Solche Männer gab's auch.

Nur überwogen die andern.

Und wie um das Gewesene, aber noch nicht Abgesunkene und, wie man es leichthin nennt, noch nicht Verarbeitete loszuwerden: Unverhofft, wieder die angerauchte Gauloise im Mund, kam ihr in den Sinn, dass Ambrosius gestern irgendwann angetönt hatte, er würde morgen mit Franz in der Gegend herumreiten und erst gegen Abend zurück in der "Meldegg" sein.

Vielleicht war er noch unterwegs. Vielleicht ritten die beiden auf ihren Ackergäulen um die Wette oder hockten, bei solchen Männern kein Wunder, in einer für sie schönen Gartenbeiz.

Sollte sie mit dem Hinuntergehen noch zuwarten?

Sich aufs Bett werfen, die Schenkel ganz, ganz sanft streicheln, den Schamhügel, die Schamlippen, die Brüste und zuletzt, ging's, nach der Abtreibung?, die Klit?

Nein, ich mach's nicht, sonst werde ich noch müder, entschied sie; wahrscheinlich schwadroniert John in seinem Hochdeutsch am

Tisch und spendiert mir, wenn ich ihm Gesellschaft leiste, einen Halben und, es wäre nicht zum erstenmal, dazu ein Salami- oder Fleischkäsesandwich, worauf er Sonja wortreich nötigen würde, die Coupons für die Konsumation in sein eigenes Gläschen und nicht in jenes von Béatrice zu stecken.

Auch heute war dies möglich.

Sofern Sulser nicht auch John geholt hatte ...

Und der holte jeden ab, der in der "Meldegg" ein- und ausging.

Täglich einen andern.

Darauf konnte man bald Wetten veranstalten.

Auch der gute John lag als Variante drin, obwohl er zum Zeitpunkt der Abstürze in und nicht im Wald unterhalb der "Meldegg" gewesen war, was Sonja immer wieder von neuem bezeugte.

Abgesehen davon, stellte Béatrice fest, dass es für einen wie John, darin sind wir uns ähnlich, einen Effort bedeutete, nahezu jeden Tag nach Arbeitsschluss vom "Sternen" während gut zwanzig Minuten bis zur "Meldegg" zu laufen; häufig liess er sich daher — sie hatte es gerade gestern gesehen — von Arbeitskollegen oder Trinkkumpanen hierher chauffieren, die dann über das Dörfchen Leuchen zu Johns Stammlokal hinauffuhren, jedoch — laut Sonja — selten hereinkamen, weil für sie die Ambiance zu wenig einer Kneipe entsprach.

Und einigemale war John gar, er hatte es ihr selbst erzählt, per Taxi gekommen, mit einem Fahrer allerdings, der sich nicht wie der ihre weigerte, auf der steilen Naturstrasse bis zur "Meldegg" zu fahren ...

Kurzum, nie würde John à la Ambrosius über Wurzeln und Baumstrünke stolpern, sich durch Büsche und mannshoche Unkräuter schlagen und dann erst noch ... Morde begehen ...

Dies passte nicht zu seinen (und ihren) Verhaltensmustern, zu seinen Gepflogenheiten.

Ein ganz eigener Kerl, dieser John mit seinem Schnauz und seinem Bärtchen, seinem Nietzschegesicht, seinem (und jenem von Béatrice überlegenen) Raucherhusten.

Aber sympathisch und loyal gegenüber jenen Menschen, die er sozusagen in sein Umfeld aufnahm.

Das gab's nicht oft.

Und das war bestimmt einer der Hauptgründe, weshalb sie die Heimkehr nach Bern mehrfach verschoben hatte. Dort kannte sie keinen John, keinen Ambrosius, keine Sonja, der es noch nie eingefallen wäre, eine Zwischenzahlung zu verlangen, nicht mal einen Wenzel oder Franz Unternährer …

Doch für Sulser spielten sogenannte Alibis nicht die geringste Rolle.

Musste man einen mangels Beweisen freilassen, wurde flugs der nächste mit dem Polizeiauto geholt.

Oder gleich deren zwei.

So konnte es heute, lustvoll malte sich Béatrice verschiedene Möglichkeiten aus, John treffen, morgen vielleicht den vom Geldspielautomaten faszinierten Briefträger Pfäffli, übermorgen den Walzenhausener Sex-Schuhmacher (wie alle ihn nannten, sobald er gegangen war) oder den Oberschwätzer Eugster und hernach zum hundertunddrittenmal den gnietigen* Köbi oder Wenzel, der ihres Wissens noch immer eine der Heidener Zellen für Untersuchungshäftlinge von innen sah, aber dank des Anwaltes, den Sonja nach mehreren Telefonaten mühsam besorgt hatte, noch im Verlauf des heutigen Abends freibekommen sollte — was in der Wirtschaft todsicher ein Fest und ein fröhliches Besäufnis zur Folge haben würde.

Einen würden sie in Heiden immer verhören und quälen.

Das gehörte zum Spiel, zu den Regeln, die Sulser und seine Vorgesetzten erfunden hatten.

In Bälde schleppen sie wohl auch mich ab, befürchtete Béatrice vermutlich nicht ganz zu unrecht, noch immer vor dem abgeschabten Tischchen. Wenn die nicht endlich den Richtigen erwischen oder ich vorher weggehe, dann bin ich dran ...

Für die bekloppten Tschugger kam jeder als Täter in Frage.

Nur Ambrosius, Franz und Sonja nicht: Sie standen über den Dingen, mussten nie Auskunft, nie Erklärungen geben, wurden im Gegenteil in die Suche nach dem Übeltäter (oder den Übeltätern)

---

* Berndeutscher Ausdruck für verquerer, unmöglicher, auch geiziger Typ

einbezogen. Der Pater gar, weil er zufällig, wie sie von Sonja wusste, vor nicht allzu langer Zeit mitgeholfen hatte, einen Mordfall in Waldstatt drüben aufzuklären (ist, glaub ich, bei Herisau?), wofür der Untersuchungsrichter bis heute Ambrosius zu Dank verpflichtet sei.

Ich aber, dachte Béatrice, offeriere dem Mörder, sobald ich ihn kenne, ein Bier oder was immer er will, von mir aus auch eine Flasche Schämpis*. Er hat die Welt von zwei mickrigen Gesellen befreit und verdient meinen Applaus ...

Das dachte sie, drückte den Stummel im übervollen Aschenbecher aus, erhob sich widerwillig aus ihrem Rückenschmerzen verursachenden Wienerstuhl, zog den blaugemusterten Morgenrock fester um den Körper und ging in ihren Haussandalen die paar Schritte zur Zimmertür. Ein Pipi war überfällig. Schon lange. Sie hatte es aus den Gedanken gedrängt. Wie manchmal zu Hause, in ihrer Berner Altstadtwohnung, um die sie viele beneideten. Ohne zu wissen, wie mühselig und unhygienisch es war, das Klo im Treppenhaus mit dem Nachbar teilen zu müssen, einem Tierwärter vom Dählhölzli ...

XIII

Immer verworrener wurde es auf der Meldegg.

Ambrosius konnte nur den Kopf schütteln und dann einen grossen Schluck Milchkaffee aus der geblümten Tasse trinken, die Sonja, ohne lang zu fragen, vor ihn hingestellt hatte.

Er war allein in der Wirtschaft.

---

* Champagner

Sonja war unter dem Vorwand, sie müsse ihnen Haber* bringen, zu den Pferden geflohen und hatte den Pater gebeten, für einige Minuten doch in der Beiz zu bleiben und allfälligen Gästen etwas zum Trinken zu bringen, er wüsste ja, wie man Kaffee zubereite oder einen "Luz" oder einen "Fertig", zum Essen gebe es einfach nichts, bis sie zurück sei.

Ambrosius wusste es.

Und er begriff Sonja vollauf.

Da hatten sie einen Zeugen, nämlich den Kellner, ausfindig gemacht, der bestätigte, dass Yves Wenzel am Montagnachmittag zwei geschlagene Stunden vor der Bar des "Blauen Hauses" gesessen sei, einem Restaurant für Mehrbessere nahe beim Einfluss des alten Rheins in den Bodensee, worauf die Polizei nach einer Gegenüberstellung Yves freiliess (was gestern abend am Stammtisch festlich gefeiert wurde) — und stattdessen, Ambrosius schüttelte wieder ungläubig den Kopf, hatte Sulser vor etwa zwei Stunden Franz aufgefordert, mit ihnen nach Heiden zu kommen, es beständen Verdachtsmomente gegen ihn, die es auszuräumen gelte.

Das war Unsinn.

Nichts als Unsinn.

Yves einzusperren und Köbi gleich zweimal mitzunehmen und wieder nach Hause zu schicken.

Die waren verrückt, nicht bei Trost.

Franz, nein,nein!, da begingen Sulser und seine Kollegen einen grossen Fehler, der ihnen schon in den nächsten Tagen eine Anklage wegen Freiheitsberaubung und Amtsmissbrauch einbringen könnte, auch von Ambrosius, wenn es sein musste ...

Ambrosius schaute zum popigen Matterhorn des Zürcher Malers Fritz Müller hinüber, das hinter dem Buffet an der Wand hing und die Schweiz samt dem in Helvetien betriebenen Tourismus zu verspotten schien.

Es ging dem Pater sehr nahe, dass Sonja geweint und ihn, als er ahnungslos von der Messe zurückgekommen war, fast auf den Knien angefleht hatte, bitte in Heiden anzurufen und sich zu beschweren, Yves hätte es bestimmt getan, aber er sei früh am morgen aufs Gemeindehaus gegangen, um seinen Aufenthalt, der wohl

* schweiz. für Hafer

nicht mehr wochenlang daure, zu regeln, wahrscheinlich spaziere er nun oder sitze in einem andern Restaurant.

Tränen und Flehen wären nicht nötig gewesen, noch weniger der Hinweis, er, der Pater, werde von den verhaftungsgierigen Polizeibeamten natürlich ernster genommen als Yves Wenzel, der ja selber zu den Verdächtigen gehört habe.

Ambrosius hätte auch ohne ihre Bitte telefoniert.

Nur rief er nicht nach Heiden an, sondern ins Bezirksgericht von Herisau und verlangte ziemlich energisch nach Dr. Castelnuovo.

Die Dame, die abnahm, hatte ihn durchgestellt.

Und Ambrosius hatte aufgebracht in den Hörer hineingeredet, der Untersuchungsrichter dagegen sachlich und ausgesprochen höflich.

Das Alibi und die Angaben über die Restaurantbesuche von Herrn Unternährer vom Montagnachmittag träfen nicht zu, hatte dieser in aller Ruhe klargestellt; vorderhand wolle er aber Frau Hasler darüber nicht ins Bild setzen, sie hätten es Franz Unternährer versprochen, er bitte Ambrosius daher um Diskretion, sie befänden sich mitten in den Abklärungen, die arme Frau ginge sonst in die Luft (er sagte wirklich, die arme Frau ginge in die Luft), an ihrer Stelle würde er ebenfalls explodieren, er bringe auch Verständnis für Ambrosius' Erregung auf, sei aber überzeugt, der "Herr Pater" verstehe, weshalb er ihm am Telefon wegen des geplatzten Alibis nichts Genaueres mitteilen dürfe, sobald die Situation ändere, erhalte der Pater Bescheid.

Der "Herr Pater" hatte nicht verstanden, jedoch — aufgewühlt wie er war — auf ein Nachhaken verzichtet.

Weitere Gemeinplätze des Untersuchungsrichters, den kennenzulernen Ambrosius bislang nicht die Ehre gehabt hatte, waren gefolgt; so auch, dass er den Pater sehr schätze, er habe dies ja in seinem Brief nach Aufdeckung des Waldstätter Mordfalls zum Ausdruck gebracht, ihm sei bewusst, dass die reichlich eingebildete Person sich der Polizei nur gestellt habe, weil Pater Ambrosius sie dazu überredet hätte; in einem Monat komme es übrigens in Herisau endlich zum Prozess, vielleicht wolle der Pater ihm beiwohnen, er könnte während dieser Zeit Gast in seinem Hause sein, er und seine Frau wären erfreut, einen Benediktiner zu beherbergen, ein Bruder von ihm habe ebenfalls Theologie studiert und sei heute Sekretär des Bischofs von Basel.

Klar, dass Ambrosius abwehrte.

Nie mehr wollte er mit der in jeder Hinsicht abstrusen Mordtat zu tun haben oder, von der Familie Rehsteiner abgesehen, Leute sehen, die in den Fall verwickelt waren.

Und die Vorstellung, im Hause von Dr. Castelnuovo, dessen Bruder als Sekretär des Bischofs von Basel wirkte, auch nur einen Tag zu wohnen, schauderte ihn.

Am Telefon hatte der Eindruck Oberhand gewonnen, es handle sich um einen etwa sechzigjährigen, glatzköpfigen und durchs Band mit Gemeinplätzen aufwartenden Mann, der ihn, Sachlichkeit hin oder her, gewissermassen als Komplize erachte, mit dessen Hilfe man nächstens die Pferde eines Dummkopfes stehlen werde ...

Ambrosius klaubte eine Nazionale hervor und steckte sie, weit häufiger als sonst den Rauch einziehend, in Brand — diesmal, um einfach etwas im Mund oder in den Fingern zu haben, das ihm einen Halt bot.

Heller Unsinn, diese Verhaftung!

Franz Unternährer war schon von seiner Struktur her kein Mensch, der andere umbrachte.

Und einen Grund hatte er erst recht nicht, wenigstens keinen ernsthaften, den beiden PTT-Beamten den Tod zu wünschen ...

Dass Franz Unternährer aber abgründiger, komplizierter war, als Ambrosius nach immerhin bald zwei Wochen Bekanntschaft gedacht hatte, wurde ihm gestern auf dem wunderbaren Ritt über dem Rheintal und dann vom Stoos zum Sommersberg hinauf vordemonstriert. (Im Gesäss wie im Rücken spürte er heute übrigens die Folgen des Rittes, womit gewissermassen ein Beweis seines Älterwerdens erbracht war ...)

Der Mann konnte hassen, eine Wut entwickeln, die sein Inneres gefährlich bedrängte.

Ambrosius, er schalt sich einen Naivling, hatte davon keine Ahnung gehabt.

Auf der Bank eines verwitterten, zum Verweilen einladenden Biertisches vor dem "Sommersberg ", einer Bergwirtschaft, wie man sie normalerweise nur noch in Bilderbüchern findet, — dort hatte er seine Reserven aufgegeben und Ambrosius anvertraut, wieviel Kraft es ihn oft koste, stundenlang in der Küche für einzelne Gäste oder Gesellschaften zu kochen, die er nicht möge, da fehle ihm halt die Demut, diese grosse christliche Tugend.

Es käme manchmal einer Erniedrigung gleich, hatte er trotz Sonne, trotz unglaublicher, einzig von Kuhglocken unterbrochener Stille gewettert, auch trotz des gut sichtbaren, herrlichen, zuoberst mit Schnee bedeckten Säntismassives mit Hohem Kasten, Schäfler, Hundwilerhöhe, — also, es sei erniedrigend, in der selbst tagsüber nur von Neonlicht erhellten Küche zu stehn, möglichst gut zu kochen und zu wissen, ein vertrottelter, hirngeschädigter Schreihals wie Buschi, der nicht mal das Wort Esskultur kenne, schlage wenig später seine Spaghetti carbonara, sein osso bucco mit Risotto oder gar ein zartes Kalbsfilet wie einen hundskommunen* Servelat- oder Käsesalat in den Bauch.

Auch mit den zwei Pöstlern habe er seine liebe Mühe gehabt.

Er, der eigentlich Bücher über biologische, umweltbewusste Landwirtschaft schreiben möchte, aber nach einer halben Seite immer den Griffel wegwerfe, weil er sich ein solches Buch letztlich nicht zutraue, musste Abend für Abend auserlesene Menues für zwei ihm suspekte Homosexuelle zubereiten, die ihm nie mit einem Kompliment dankten, vielmehr ständig etwas zu meckern hatten, weil beispielsweise die Salatsauce zu italienisch gewesen sei, obschon sie doch eine französische bestellt hätten; Lob habe es bei denen nie gegeben, nur Kritik, hatte Franz drauflos geschimpft, mal seien die Teigwaren zu weich-, dann zu hartgekocht gewesen, der Reis zu salzig, auch beim Wein hätten sie gestänkert und mal behauptet, ein Cabernet habe Zapfen, obgleich dies — er, Franz, sei ein Weinkenner — nicht der Fall war.

Er hätte den beiden schwulen, aufgeblasenen Brüdern deswegen in Gedanken mehr als bloss einmal den Hals umgedreht, er

* hundsgewöhnlichen

gebe es zu. (Ambrosius hatte es körperlich wehgetan, als Franz die zwei Toten als schwule Brüder bezeichnete; solche gehässige Ausdrücke, mit denen Minderheiten verteufelt werden, waren für ihn nicht nur Zeichen einer unchristlichen Gesinnung, sie waren eine Sünde gegen das Menschsein, die Toleranz, die Achtung des andern.)

Sie umzubringen, so Franz weiter, daran habe er freilich keinen Moment gedacht; jemanden nicht zu mögen und ihn zu töten, seien zweierlei Paar Stiefel ...

Ambrosius glaubte es ihm, auch, dass er, wie Franz auf dem "Sommersberg" mehrfach betonte, nach wie vor gern koche, ja, dieses für ihn so etwas wie eine Leidenschaft bedeute — aber nur, wenn er oben im Restaurant Gäste habe, die seine Küche zu schätzen wüssten, ihn nicht — mit welchem Recht?, fragte sich Ambrosius — von oben herab behandelten und die gleichzeitig ein gewisses Niveau aufwiesen.

Dann käme er zwischendurch gern in seiner "Kochmontur" samt Mütze von der Kellerküche zur Wirtschaft hinauf, um von Tisch zu Tisch zu gehen und je nach Stand der Mahlzeit die in Restaurants übliche Wirtefrage zu stellen: „Ist's gut, hat's geschmeckt?"

Doch sonst bereite ihm der neue Beruf keinen Spass; so widere es ihn immer mehr an, ein mehrgängiges Menue für Geschäftsanlässe oder Firmentreffen zu kreieren und dafür einen halben Tag und länger unter der Erde zu arbeiten; gegen Mitternacht arteten solche Zusammenkünfte häufig in ein Gegröhle aus, Männer pumpten sich dann mit Whisky und teuren Schnäpsen voll und deren Frauen und Freundinnen begännen zu kichern und vor Vergnügen zu kreischen; Sonja und er hätten so ihre Erfahrungen gehabt, schon zweimal hätten sie die Polizei rufen müssen, weil Gäste die Polizeistunde nicht einhalten wollten, wobei beim zweitenmal der Chef der Firma der Schlimmste von allen gewesen sei, unflätig, Sonja handgreiflich bedrohend und erst nach einer stündigen Streiterei die nicht geringe Zeche bezahlend.

Noch ärger sei's, so der in Fahrt gekommene Franz, wenn sie auf der Meldegg, was bei schönem Wetter Sonntag für Sonntag geschehe, Eltern mit schlecht oder gar nicht erzogenen Kindern als Gäste hätten; Sonja oder die jeweilige Aushilfe müssten dann die halb- oder dreiviertel vollen Teller der Gören abräumen. Ihm stosse dies nicht allein wegen der hungernden Kinder in der dritten Welt auf, es gäbe zudem ästhetische Gesichtspunkte; sie überlegten ernsthaft, Schweine zuzutun, um die Abfälle vernünftig zu verwerten und sie nicht länger auf den Kompost zu werfen.

Fast ebenso ärgere er sich über Salatfresserinnen vom Dienst, schimpfte er auf den Pater ein (und wurde damit kaum seine Frustrationen los), dauernd hätten sie, getrieben vom Schlankheitsfimmel, neue Sonderwünsche: Die eine wolle ihren Salat mit und die andere ohne Tomaten, die eine wünsche Rettich drauf, die andere keine Peperoni, für die dritte dürfe es in der Salatsauce keine Bouillon haben, auch keinen Knoblauch, sie würden nur nach diesem oder jenem Ernährungswissenschaftler essen, jede einzelne Kalorie zählen. Für ihn, Franz, seien das keine Frauen, sondern blöde, kapriziöse Weiber, die einem die Liebe, den Sex verleiden könnten ...

Genauso ertrage er schlecht oder gar nicht die Horden arroganter Deutscher, die wie zu Hause ihr "Radler" oder ihr "Spezi" verlangten, Getränke, die sie auf der Meldegg nicht führten und die es in keinem Gastbetrieb der Schweiz gebe. Ambrosius müsste mal erleben, wie die mit ihren Dickärschen frech hinters Buffet oder direkt ins Office kämen, die würden keinen Respekt kennen, wollten alles sofort und genau nach ihrer Vorstellung, unlängst habe er zwei solche weibliche Hyänen einfach aus der Beiz geworfen ...

Er sei Koch geworden, hatte er schier gestöhnt, weil er während seiner "Junggesellenzeit" öfters Freundinnen bekocht habe und diese nach dem Essen lobten, was für ein ausgezeichneter Kochkünstler er sei. Jetzt aber müsse er sich jedem Arschloch aussetzen (Franz grinste, als er das Wort aussprach); das behage ihm nicht, dazu sei er zu stolz.

Gerade letzthin habe er zu Sonja gesagt, dass er den Fünfjahresvertrag, den sie mit dem Besitzer der "Meldegg" abgeschlossen hätten, einhalten wolle, eine Verlängerung komme jedoch für ihn nicht in Frage; höchstens ein abgelegenes Bergbeizchen wie der "Sommersberg", in deren Garten er jetzt über gewisse Gäste schimpfe, könnte ihn noch reizen, hier gebe es nur eine kleine

Speise- und Getränkekarte und abgesehen vom Wochenende genüge es, wenn eine Person die Wirtschaft betreue, so käme man zu mehr Freizeit und zu andern Dingen; der Nachteil sei bloss, schöne Beizen wie diese wären meist Bestandteil eines Bauernhofes, und eine solche Doppelbelastung wolle er weder Sonja noch sich zumuten.

Solche, von Verbitterung zeugende Äusserungen hatte Ambrosius von Franz zuletzt erwartet.

Und dem Pater war, umwerfender Psychologe und Menschenkenner, der er glaubte zu sein, nie etwas von den Spannungen zwischen den beiden PTT-Beamten und Franz Unternährer aufgefallen; und er hatte auch nie vermutet, dass derart stark Ressentiments in Franz wüteten.

Diese waren aber nach seinem Dafürhalten noch lange nicht Antrieb genug, die zwei Posthalter unter irgendwelchen dubiosen Vorwänden über eine Felswand zu locken und sie dann, mit welchen Tricks auch immer, hinunterzustossen.

Oder doch?

Wer kannte schon die menschliche Seele und ihre Reaktionen, so abgedroschen das klingen mochte?

Wegen sehr wenig war schon gemordet worden. Wegen eines unbedachten Wortes, wegen eines attraktiven Körpers, den man nicht bekam, wegen eines Herzens, das sich verweigerte, wegen lumpigen fünf Franken ...

Dennoch, er musste und wollte bei seiner Ansicht bleiben: Franz war keiner, der aufgrund von Meinungsverschiedenheiten Menschen umbrachte.

Nein, das war er nicht.

Und überhaupt: Da hatten sie beide gestern alles in allem einen wunderschönen, nicht zu beschreibenden Tag verbracht, — und jetzt musste Franz der Polizei Red und Antwort stehen, musste in allen Details erklären, wo er am Montagnachmittag gewesen sei und ob es jemand bezeugen könne.

Wer von ihnen beiden hätte das gestern gedacht!

Wer!

Und was hatte es, ein dummes, in jedem Kriminalroman vorkommendes Wort, weiss Gott!, mit dem geplatzten Alibi auf sich?

Ambrosius würde es erfahren, bestimmt.

Es würde eine simple, einleuchtende Erklärung geben. Ein Hobby beispielsweise, das Franz gegenüber Sonja verschwieg, eine Überraschung, die er ihr bereiten wollte, eine frühere Freundin, die er in St.Gallen oder wo getroffen hatte, der Besuch in einem grenznahen, österreichischen Gestüt, in dem er nach einer preislich erschwinglichen Araberstute gesucht hatte, nach einem Pferd, von dem Franz, wie Ambrosius seit gestern wusste, schon lange träumte, indessen Sonja entschieden gegen einen Kauf war, wegen der auf sie zukommenden Mehrbelastung ...

Und wieder musste Ambrosius, nach wie vor mutterseelenallein in der vormittags oftmals häufig menschenleeren Wirtschaft und nicht in der Laune, zur gestrigen "Appenzeller-Zeitung" zu greifen, die griffbereit vor ihm neben der ausgetrunkenen Kaffeetasse lag, — wieder musste er, wie schon auf dem Rückweg vom Kloster, an die unvergleichliche Aussicht und Stimmung auf dem "Sommersberg" denken, an diese alte, heimelige Bergbeiz, die am Rande einer höchstens hundert Meter breiten Hochebene stand.

Er hatte dies alles erst so richtig geniessen können, nachdem Franz sich praktisch mitten in einem Satz und mit einem bubenhaften Lachen für sein "Gejammer" entschuldigt und von Frau Zuberbühler, der jungen, rothaarigen, gutaufgelegten Wirtin, eine zweite Flasche Bernecker verlangt hatte, ob sie nicht auch ein Gläschen oder deren zwei mittrinke, sie wären im Moment doch die einzigen Gäste.

Sie trank mit, unter dem Vorbehalt, dass sie in etwa zehn Minuten für den Mann und die Kinder, die bald von Gais, das heisst von der Arbeit und der Schule heraufkämen, das Mittagessen kochen müsse, aber bis dann leiste sie ihnen gern Gesellschaft; Patres, und gar berittene, wären selten auf dem "Sommersberg", wenn sie ehrlich sei, so sei der Herr Pater der erste.

Oh ja, es war traumhaft schön dort oben!

Noch schöner als auf der Meldegg, störten doch keine monotonen Autobahngeräusche die Harmonie von Wiesen, weidenden Tieren und der völlig intakten, grau geschindelten Bergwirtschaft. Im schlimmsten Fall vernahm man gelegentlich das sehr, sehr ferne Tuckern (oder als was bezeichnete man diesen Lärm?) eines Motorrades, das auf der vom Garten des "Sommersberg" nicht zu sehenden Stoosstrasse, drei-, vierhundert Meter weiter unten, eingebettet zwischen dem Hirsch- und dem Sommersberg, entweder gegen Gais oder gegen Altstätten zufuhr, hoffentlich von einem Fahrer gesteuert, der wusste, wie halsbrecherisch die zahlreichen, unübersichtlichen Kurven waren, die ins Rheintal führten. (Sofern man es erreichte; denn laut Franz starb oder starben auf der gefährlichen Strasse alle paar Monate ein oder mehrere Motorradfahrer, ebenso Begleiter und Begleiterinnen, wenn solche sich erkühnt hatten, hinter Piloten auf den Töffsatteln Platz zu nehmen, verlockt vom ins Gesicht blasenden Wind und, Ambrosius' Vorstellung, vom Nervenkitzel.)

Es war unvergleichlich gewesen, dort auf der Bank zu höckeln, die von der Sonne bereits erwärmte Hauswand im Rücken, und wie jetzt eine Nazionale zu rauchen, zum von einer Wirtschaft gekrönten Gäbris hinüberzuschauen oder zu den mit Wäldern bedeckten Hügel hinunter, deren Namen Franz alle geläufig waren und die zu nennen er nicht geizte.

Und noch mehr hatte es Ambrosius die Hundwilerhöhe angetan. Er musste nur den Kopf leicht drehen, und schon sah er, Kronberg und Säntis vorgerückt, die steilen, zum Teil von Stürmen havarierten Wälder und Alpweiden, die zur Wirtschaft der Marlies Schoch hinaufführten, einer Bekannten von Johannes Rehsteiner*, dem der Pater es verdankte, die Hundwilerhöhe kennengelernt zu haben, einen der wenigen Schweizer Berge, die Ambrosius jederzeit — Schweissperlen, Rückenschmerzen hin oder her — wieder als Fussgänger erobern würde.

Jederzeit, lieber schon heute als morgen ...

Und zur guten Ambiance auf dem im Vergleich zur Hundwilerhöhe sanfteren Sommersberg passte ins Bild, dass Frau Zuberbühler gleich nach der Begrüssung vorgeschlagen hatte, sie sollten doch die zwei Haflinger auf die an die Gartenwirtschaft anschliessende Ziegenweide führen und dort weiden lassen, es hätte genug Gras, auch für die zwei Pferde ...

Das hatte er als liebenswürdige, gastfreundliche Geste empfunden; und mit entsprechender Freude zugeschaut, wie sich die

---

* sh Jon Durschei, "Mord über Waldstatt"

Pferde zuerst für die fünf oder sechs weissen Ziegen und dann in erster Linie fürs Gras interessierten, das sie aufreizend langsam und keineswegs gierig, dafür büschelweise aus dem Richtung Tal abfallenden Boden rupften.

Und jetzt sass Ambrosius seit rund zehn Minuten mutterseelenallein in der Wirtsstube der "Meldegg", war über Sulser und den von einem Verhaftungstick besessenen, jaja, das Wort traf zu!, Castelnuovo verärgert und, zum erstenmal in seinem Leben, für eine Beiz verantwortlich.

Ob ein Gast kommen würde, bevor Sonja von der Pferdeweide zurückkehrte?

Ambrosius hoffte es nicht.

Er würde vermutlich einen Lacher auslösen, wenn er in seiner braunen Kutte und in den für den frisch gebohnerten Boden ungeeigneten Sandalen hinter die Theke watschelte und dann, unbeholfen wie er in praktischen Dingen war, an den Hebeln der Kaffeemaschine oder des Bierhahns herumhantierte.

Naja, so schlimm war's wieder nicht.

Sonja und Franz hatten momentan Ärgeres zu ertragen. Und er konnte ihnen nur wünschen, dass Franz in Bälde die Zelle verlassen durfte. Denn so oder so musste Ambrosius am Sonntagabend nach Disentis zurückfahren; am Montag erwarteten ihn die Schüler (und der Abt) hinter oder vor dem Lehrerpult im Klassenzimmer ...

Ohnehin, es ging ihm soeben auf, kein Schleck, eine Wirtschaft zu führen. Wirtepaare lebten anders als sonstige Menschen, waren selten allein, nicht mal während des Essens.

Und so sehr dies wahrscheinlich den üblichen Wirten in den Kram passte, hiess doch das oberste Gebot Umsatz und nochmals Umsatz, auf Sonja und Franz traf es nicht zu.

Sie waren keine üblichen Wirte.

Sie waren Wirte, die zwar eine gewisse Abgrenzung benötigten, die aber jeder vernünftige Gast sich wünschen musste: Wirte, die auf seine Nöte und Sorgen eingingen und keineswegs durch

Gleichgültigkeit glänzten, wie die meisten Patrons und Angestellten im Gastgewerbe.

Er könnte nie Wirt sein.

Er brauchte viele Stunden des Alleinseins.

Auch darum war Ambrosius kein weltlicher Priester geworden.

Nein, du lieber Himmel, da ging ja die Tür — und, stellte er auf den Schritt ab, Sonja konnte es nicht sein.

Wer dann?

Wer?

Yves, zurück vom Gemeindehaus, Béatrice Weber, die zu diesem Zeitpunkt normalerweise noch im Bett lag und, wenn schon, die Treppe runterkäme, nicht von draussen?

Oder John, während seiner Arbeitszeit?

Ambrosius konnte nicht lang werweisen.

Köbi war's, Köbi ... und, oh ihr Heiligen!, noch einer, ein junger, magerer, unheimlich grosser Mann in Jeans ... und mit einem Fotoapparat, der an seiner rechten Schulter baumelte ...

„Grüss Gott, die Herren", sagte Ambrosius unbehaglich.

Köbi grüsste nicht zurück.

„Ist die Wirtin nicht da, der faule Siech?" fragte er vielmehr, frech wie immer.

„Nein, aber was möchtest du?"

Doch bevor Köbi antworten konnte, stand der junge Mann vor dem hockenden Pater — ein Riese, der ins Gesicht von Ambrosius Schatten warf.

„Sind Sie Pater Ambrosius?" fragte der Unbekannte. „Ich bin vom 'Rheintaler' und möchte Sie interviewen, wegen der Morde, wissen Sie ... Und ein Foto würde ich auch gern von Ihnen schiessen ... Darf ich?"

„Nein, das dürfen Sie nicht ..."

Wie aus einer Kanone geschossen antwortete Ambrosius. „Aber trinken dürfen Sie etwas ... Was darf ich euch beiden bringen?"

3

I

Will zum Pater, ihm alles erklären. Alles, alles. Er ist ein Freund, ein Duzfreund, wird mich verstehen und mir nicht, oh, hab ich Angst!, die Hölle heiss machen, wenn ich ihm verrate — wie? wie? —, warum die Scheisspolypen mich verdächtigt haben. Bin eben manchmal ein geiler Hund; brauch jede Woche eine Frau, die's mir macht, wie ich's erträum.

Oh, war das schön, wunderschön! Man lebt doch nur einmal, und dann ist's vorbei, wird nie mehr eine attraktive Frau mit der Zunge spielen, ganz egal, was Ambrosius darüber denkt.

Ich seh das so.

Ich bin halt so.

Und abends im Bett ist Sonja viel zu müde, mich zu verwöhnen.

Viel zu müde.

Sie legt das Buch, das sie lesen will, nach einer Minute weg, dann Ohropax in die Ohren gestopft — und schnarch, schnarch! — in die Welt der Träume.

Dass ich auf andere Gedanken kommen musste, versteht sie vielleicht. Kann ja nichts dafür, dass im "St.Galler-Anzeiger" Bregenzer Hürchen und solche aus Höchst und Gaissau inserieren, darunter Leila, die — zurecht, zurecht muss ich sagen! — das beste Französisch anbietet, das es gebe, sie nehme sich Zeit, halte nichts von Schnellservice.

Leila nahm sich Zeit.

Fast zwei Stunden.

Und darum unterliess ich meine geplanten Höflichkeitsbesuche im "Gletscherhügel" und im "Alten Mann", darum wurde mein Alibi nicht bestätigt.

Castelnuovo, der mir Diskretion zugestand und sie hoffentlich auch einhält, war da sehr verständnisvoll. Oder spielte den Verständnisvollen. Bestimmt weiss jetzt aber der elende Sulser, dass ich in Höchst war; und wenn er dies ausposaunt, können wir zusammenpacken. Dann sind wir erledigt, ist auf der Meldegg nichts mehr zu wollen. Ein Hurenbock, der Unternährer, würden sie voller Schadenfreude klatschen, betrügt seine Freundin und schleppt Krankheiten ein ...

Damit muss ich fertig werden.

Auch, dass die Wirte, die Serviertöchter plaudern könnten, der Hafner Ernst, der Albert Sonderegger, die Schwatztante von einer Susi ...

Solidarität gibt's leider nicht im Gastgewerbe.

Jeder ist sich selbst der Nächste, applaudiert allen, die Konkurs machen oder von der Bildfläche verschwinden.

Die sind so, das ist ihr Stil.

Hinauf geh ich, egal, wie die sind, verlass die Kellerküche, die ungewaschenen Salate, die Felswand dort hinten, die ich in den ersten Wochen so romantisch fand und die heute, im Winter, bei Regenwetter, nichts als Kälte bringt. Hoffe nur, der Pater, nein, Ambrosius sei oben am runden Tisch, sitze mit mir an einen der Ecktische und habe Zeit für mich.

Wie ich anfangen soll, ist mir ein Rätsel.

Ich muss aber.

Ich muss.

Er wird mich verstehn und mir raten, ob ich Sonja die ganze Wahrheit sagen soll oder nicht. Er hat so seine Lebenserfahrung, ist ein Heimlifeiss*.

Hab nicht vor, Sonja wegen des Hürchens und ihres Salons zu verlieren. Das wär ja noch, wär der Anfang vom Ende ...

Muss überhaupt anders werden, mehr Freude am Kochen haben, nicht immer jammern und ständig bei Sonja über eingebildete Gäste ausrufen; sie muss sie bedienen, ich bekochen, und ich, ja, ich wollte die Wirtschaft, wollte die "Meldegg"!

Sonja warnte doch bereits in Zürich, es würde zu streng für uns, mit den Tieren, den Zimmern, den Gesellschaften, der zu reichhaltigen Speisekarte, dem fehlenden freien Tag ...

Sie hatte recht.

Vollkommen recht.

Schön ist's dennoch hier.

---

* schweiz. Heimlichfeiss, ein Können verheimlichend

Die Aussicht, die Gartenbeiz, die Pergola auf dem Dach, die nur wir kennen, nicht mal Ambrosius, nicht mal Yves, weil keiner sie von unten sieht.

Könnten sie aber einladen, heute abend, wenn die andern Gäste gegangen sind, auf eine Flasche dort oben, einen Abschiedstrunk, mit Sicht zum See, zu den Lichtern von Lindau und Friedrichshafen.

Überrascht wären sie, kämen aus dem Staunen nicht heraus: Zwischen den Wipfeln der Bäume hindurch noch mehr als das Rheintal, die Autobahn, Bregenz und die Vorarlberger Alpen zu sehn! Den See nämlich, Lindau, die Hügel des Allgäus...

Und da's bald Vollmond ist, würde Ambrosius begeistert sein. Er liebt die Schönheit, liebt die Natur, ist ein Landschaftsfreak wie ich ...

Nur die Weberin will ich auf keinen Fall in unserm einmaligen Dachgarten!

Ihre Giftzunge nervt mein Gehirn, das ewige Feministinnenzeugs.

Ich mag das nicht, ich brauch das nicht ...

Schläft mit einem IRA-Menschen und will mir und Yves und John beibringen, dass wir Machos sind und was für Worte wir verwenden dürfen und welche nicht ...

Die sind mir recht!

So Frauen kann ich mir schenken.

Muss zum Ambrosius hinauf, muss hoffen, er sei allein, begreife meine Lage.

Könnte übrigens beichten bei ihm, meine Sünden loswerden, sofern es Sünden gibt. War urkomisch, was wir beim Stutz — mit seinem Grünspan am Hosenschlitz, oh ja! — im Religionsunterricht lernten: das sechste Gebot, Ungehorsam, Hochmut, der sonntägliche Messebesuch und wieder und wieder und nichts als das sechste Gebot.

Dort liegt für die Pfaffen der Hase im Pfeffer, dort allein ...

Ficken ist Sünde, Lust wird mit Hölle belohnt.

Einen Mord muss ich leider nicht beichten. Hab die zwei nicht die Wand hinuntergestossen, nicht zur Felswand gelockt. Lag auf dem Himmelsbett von Leila, als es geschah — und wäre nie auf die Idee gekommen, den Hadorn und den Fässler aus dem Leben zu bugsieren.

Bin zu dumm dazu, zu feige auch.

Waren trotzdem zwei grässliche Laffen, dachten, wir sind jemand ...

Niemand waren sie!

Niemand!

Zwei langweilige schwule Brüderlein ...

Erstaunlich, dass Sonja nichts Genaues wissen wollte und sehr froh war, mich wieder in der "Meldegg" zu haben.

Es könnte anders werden, wenn über die Sache Gras gewachsen ist, wenn der Alltag Oberhand gewinnt.

Und es wird anders werden.

In zwei Wochen, in drei ...

Und dann?

Was dann?

War furchtbar, der Tag und die heutige Nacht in der Zelle, hab vor Wut, vor Hass in eine Ecke gekotzt und musste mir von diesem Schwein, das am Morgen den dünnen Kaffee gebracht und gefragt hat, ob ich aufs WC wolle, — musste mir von dem sagen lassen, ich könne meinen Dreck selber aufwischen, er bringe mir einen Kübel voll Wasser und einen Lappen und einen Schrubber, genau in die Ecke dort habe der Köbi Hochueli immer geseicht und hingeschissen, das habe gestunken!, noch schlimmer als bei mir.

Ein frecher Hund, dieser Schmierlappe!

Da hämmere ich minutenlang voller Verzweiflung und vergebens gegen die Tür, rufe, es sei mir schlecht, ich brauche ein Lavabo, eine WC-Schüssel, und dann kommt er mir, acht oder neun Stunden später, so ...

Oh ja, hinauf muss ich, hinauf!, den Trog verlassen, den Herd, die Mikrowellen, die Abwaschmaschinen und beichten, beichten, mich offenbaren ... und ganz verschweigen, dass die blonde Leila schon wieder reizt, dass ich ihre Zunge spüren, ihre harten Brüste mit den steifen Warzen sehen möchte, die Brüste, die so gekonnt über meinem Penis kreisten, die langen, eleganten Frauenhände, die so sanft zu massieren und so rassig zu reiben verstehn, bin ganz spitz auf sie, kann sie nicht vergessen, ihre aufgeilende Österreicherstimme, den Drink, den sie mir zum Abschied offerierte, das Lächeln, den Charme, mit dem sie zum Wiederkommen einlud, ich müsste einfach anrufen, einen Termin vereinbaren, irgendwie gefalle ich ihr.

Gefall ich ihr wirklich?

Oder waren das nichts als Floskeln, aus Interesse am Geschäft und an den zwei Schweizer Lappen, die ich aufs Tischchen legte?

Kann sein.

Kann nicht sein.

Wahr gottseidank ist, dass sie der Schmier gegenüber bestätigt hat, ich sei dann und dann bei ihr gewesen. Dafür muss ich danken, sehr danken. Und mich erkundigen, wer denn in ihren Salon kam, mit Foto, Notizheft und so ...

Und durfte er nachher aufs breite Bett liegen, die Knöpfe öffnen, die Brüste sehn?

Ich darf nicht daran denken.

Ich darf es nicht.

Vor Neid würde ich platzen, den Verstand verlieren ...

Und jetzt hinauf, Franz, endlich hinauf, schieb's nicht länger hinaus, besieg deine Feigheit!

Lach lieber dich krumm, dass Yves, Köbi und ich Dauergäste in Heiden waren und bald wohl ein vierter, ein fünfter dieselbe Ehre erfährt ...

Ich lach, ich geh, ich hab den Mut.

Die Tür aufgestossen, die Treppe hinaufgerannt, Ambrosius gesucht, mit und ohne Angst, wie der Augenblick es will ...

II

Ambrosius hatte den Vorschlag, oder war's eher eine Bitte?, kommen sehen.

„Du musst nicht bei mir beichten", sagte er, „beichte beim Priester, zu dem du sonst gehst ..."

„Ich möchte aber bei dir, nur bei dir", insistierte Franz an einem der vor zwanzig- oder fünfundzwanzig Jahren mit roter Farbe bemalten Blechtische der Gartenwirtschaft, an dem sie seit gut zehn Minuten einander gegenüber sassen, beide ein Glas Veltliner vor sich.

Ambrosius war ehrlich erschüttert. Er sah die Tränen in den Augen von Franz, ahnte oder spürte eher, wie aufgerührt dieser Mann war, der ihm die Stunden auf dem Sommersberg geschenkt hatte und der jetzt Angst, nichts als Angst hatte, das Gespräch, die Auseinandersetzung mit Sonja zu suchen.

„Gut, dann komm morgen nach der Frühmesse in die Klosterkirche, ich werde im Beichtstuhl auf der rechten Seite auf dich warten, aber deine Sünde ist nicht schlimmer als die Sünden vieler anderer Männer und Frauen, die ihren Partner, ihre Partnerin betrügen. Es gibt Schlimmeres, Unverzeihlicheres ..."

Das glaubte Ambrosius nicht erst seit heute: Schon als Student war ihm deutlich geworden, dass die Kirche und manche Kanzelredner übertrieben, wenn sie dauernd die sexuelle Treue als Tugend beschworen.

Er, wäre er heute nicht Priester, sondern Schreiner oder Lehrer, er hätte auch kaum durch immerwährende Treue geglänzt, trotz seiner tiefen Liebe zu einer ganz bestimmten Frau ...

„Weisst du", sagte er und nahm einen kräftigen Schluck, „einen Mord erachte ich als hundertmal schlimmer oder einen Verrat gegenüber einem Freund, einer Freundin. Für mich ist's völlig verfehlt, wenn wir glauben, es gebe nichts Verwerflicheres als in die Vagina einer andern Frau als der eigenen einzudringen oder als Frau eine Liaison mit einem andern Mann zu haben ... Wer so denkt und mit Fingern auf Mitmenschen zeigt, begeht eine grosse Sünde, nimmt teil bei jenem Steinewerfen, das Christus im Falle der heiligen Magdalena so eindrücklich kritisiert hat ..."

Erstaunt schaute Franz zu Ambrosius hinüber.

Soviel Progressivität und eine solche Aufgeschlossenheit und Weltoffenheit hatte er seinem Feriengast nicht zugetraut; schliesslich kam er doch aus dem Osten Europas wie dieser Papst, der es ihm und andern nicht gleichgetrimmten Gläubigen so schwer machte, weiterhin Kirchen zu betreten und sich als Katholiken zu fühlen ...

„Du kannst froh sein, dass deine Österreicherin zugab, du seist bei ihr gewesen, andernfalls wärest du heute vermutlich weiterhin in Herisau, in Untersuchungshaft ..."

„Ich weiss ... Für mich ist's aber ein schwieriges Problem, weil Sonja jetzt annehmen muss, dass ich zwar bei unserm Bäcker, nicht aber in den angegebenen Beizen war ... Ich habe unglaubliche Angst, ihr alles zu sagen ..."

„Soll ich in deinem Namen mit ihr reden?"

Franz schüttelte den Kopf, unmissverständlich.

„Ich bin ja ein Feigling, wie du merkst ... Aber das muss ich selber hinter mich bringen ... Nachher ja, falls Sonja droht, wegzugehen, wäre ich dir dankbar ..."

„Werde ich tun, falls nötig, in einem Brief, am Telefon oder indem ich euch wieder besuche ..."

Ambrosius lächelte seinem Reitfreund zu, fand seinen Trostversuch nicht unbedingt sehr geeignet und dachte erneut, wie gut sie es während beiden Ausflügen — obwohl einige Äusserungen von Franz ihm gar nicht gefielen — gehabt hatten und litt doch darunter, weil es offen blieb, wer die beiden Beamten ermordet oder in den Tod getrieben hatte.

War es noch offen?

Hatte nicht heute während des Messelesens ein Eindruck, besser: eine Gewissheit ihn gequält, die seither sein Herz nicht verlassen wollte, wie ein böser, bedrückender Traum, wie ein schweres Gewicht, das er überallhin mitschleppen musste?

Es schien, als ob Franz seine Gedanken lesen könnte.

„Ja, grausam", sagte er, „dass die um alles in der Welt den Täter nicht finden ... Die holen ja einen um den andern nach Heiden ...

Nur du fehlst noch und John ... Sogar den Eugster, diesen Berufsschwätzer, sollen sie gestern abend mit Fragen gelöchert haben ..."

„Schlimm, du hast recht ... Die Unterstellungen, die Verdächtigungen, sie sind für euch eine Zerreissprobe, das ist mir klar ..."

„Für Sonja weit mehr als für mich ..."

Franz hob wieder den Kopf, suchte die dunkelbraunen, in Momenten des Zorns, gegen die Ambrosius noch zu oft vergebens ankämpfte, nahezu schwarzen Augen des Paters. „Sie wird krank, wenn das so weitergeht ..."

Ambrosius antwortete nicht, war in seine Gedanken verstrickt.

Warum sprachen alle immer und immer von einem Täter, nie von einer Täterin?

Was war der Grund?

Ein Traum hatte die Frage ausgelöst, ein Tagtraum streng genommen, der seine Seele langsam und beinah unbemerkbar eroberte, während er in der zu seiner Freude ohne Heiligenbilder auskommenden Kapelle von Büriswilen zu beten versuchte und darunter litt, dass er keine Antwort fand. Und, keine Absicht war beteiligt, auf einmal hatte er alles, was ihn hinderte, mit dem Göttlichen zu kommunizieren (ein unzutreffender Ausdruck, gewiss!), vergessen, auch Titine, die vor ihm auf dem grauweissen Steinboden lag und hechelte.

War ausser ihm und dem Hund noch jemand in dem kargen, hellen Raum gewesen?

Ambrosius zögerte, die Frage zu verneinen.

Es gab doch Engel, böse, gute, hilfreiche.

Oder Seelen, die um Hilfe schrien.

Wie immer, eine schlanke, physisch nirgends zu sehende Frauengestalt schien vor oder hinter dem Altar gekniet zu haben, eine Gestalt, die von Gott Gnade und Erbarmen erbat, hungrig nach Erlösung und ein bisschen Ruhe; und sie hatte — eine Ahnung war's für den Pater, nicht ein Erkennen — seiner einzigen Liebe geglichen, für die er jeden Tag ein kurzes, manchmal auch ein längeres Gebet sprach.

Schreckliche, filmartige Bilder waren es gewesen, die ihn überfallen hatten. Eines blieb in seinem Gehirn, in seiner Vorstellung: Er sah, wie die Frau mit ihren langen, schmalen Händen ertrunkene Katzen aus einem von Seerosen überwucherten Weiher zog. Die dritte oder vierte, die sie am Ufer kniend aus dem Wasser holte, zappelte noch mit den Beinen, war also nicht tot. Statt aber das arme Tier an ihrer Brust zu wärmen, warf die Frau das Kätzchen aus Ekel ins hohe schilfähnliche Gras und sank dann mit dem ganzen Körper auf den nassen, vermutlich lehmigen Boden, um Gott oder einen Heiligen oder eine Heilige um Hilfe anzuflehn, sie bitte wegen der Kätzchen um Verzeihung, sie hätte sie wegwerfen müssen, der Ekel, die Angst, das Entsetzen sei zu stark gewesen.

Was sollte das?

Was?

War's eine Heimsuchung, eine Aufforderung zu handeln, seine Passivität zu durchbrechen?

Er wusste es nicht.

Oder besser, ehrlicher: Er wollte es nicht wissen.

... er hörte Franz reden. „Eine Täterin ...? Das glaub ich nicht. Sonja kann keiner Fliege etwas zuleide tun und Béatrice mit ihren hohen Absätzen, die käme keine zehn Meter weit ..."

„Du hast ja recht, ich spinne ..."

„Nein, sicher nicht, Ambrosius ... Aber die finden nie heraus, wer unsere Feriengäste zu diesem Felsen gelockt hat, die sind zu dumm dazu ... War vielleicht ein enttäuschter, um eine erhoffte Beförderung geprellter Angestellter der beiden Post-Beamten oder ein eifersüchtiger, in den ach so hübschen Fässler verliebter Homosexueller ..."

„Und das Chüngeligewehr?"

Ambrosius brachte mit seiner ungeschickten Frage Franz ungewollt zum Lachen.

„Chüngeligewehr ...? Eine Chüngelipistole ist's!"

„Dumm von mir ... Ich lernte dieses Instrumentlein erst bei euch oben kennen ..."

„Begreiflich ... Wir hatten immer Chüngel auf unserm Bauernhof ... Gab's Junge, so metzgete sie mein Vater nach sechs, acht Monaten ... Daher kenn ich die Waffe seit Kindsbeinen und du eben nicht ..."

Und dann zählte Franz, ohne dass jedes Wort bis zu Ambrosius gedrungen wäre, verschiedene Typen von Chüngelipistolen auf, und hob hervor, dass man für bestimmte Arten manchmal sogenannte Longrifle-Patronen verwende; mit solchen Patronen sei der Benützer der Waffe in der Lage, selbst Menschen schwer zu verletzen oder, wenn es dumm ginge, zu töten ...

In Köbis Spielzeugwaffe hätten aber Longrifle niemals Platz, zu winzig sei das Ding. Der Mann, der die zwei Beamten mit dem blödsinnigen Pistöleli verletzt habe, wäre überdies gezwungen gewesen, nachzuladen; bei dieser Gattung könne immer nur ein Kügelchen eingesetzt werden, und nach einem Schuss oder eher Schüsschen müsse man auf den Auswerfer drücken, dann spränge die Hülse heraus, worauf man ein neues Kügelchen hineinschiebe ... Dafür brauche es allerdings etliche Sekunden, ihm, Franz, bliebe es ein Geheimnis, was an jenem Nachmittag über der Felswand dort vorne geschehen sei; höchstens aus zwei, drei Metern Entfernung bestände eine minime Chance, ein Ziel zu treffen, bei einem Chüngel oder sonstigen Kleintier halte man in der Regel, um auf sicher zu gehen, die Mündung der Waffe direkt an den Kopf, ehe man abdrücke, das ganze Geschehen sei seltsam und unbegreiflich ...

Ambrosius erging es nicht besser.

Die Vorkommnisse über der Felswand blieben ein Geheimnis, undurchschaubar, nicht zu begreifen.

„Darüber könnten wir Stunde um Stunde grübeln und wir fänden doch keine Lösung“, meinte der Pater schliesslich und tat alles, die Gedanken und Erinnerungen an den gestrigen Aufenthalt in der Büriswiler Kapelle loszuwerden und sich wieder dem Mann zu widmen, der morgen bei ihm seine Sünden — oder was er als Sünden erachtete — beichten wollte und wegen einer sexuellen Eskapade Gefahr lief, die Freundin, vielleicht auch die Existenz als Wirt auf der Meldegg zu verlieren.

Ambrosius wusste aus Erfahrung mit seinen Surselver Beichtkindern (ein Begriff, den er nicht liebte), wie unberechenbar Männer und Frauen handeln können, wenn der Partner ihnen bekennt, er habe mit einer andern Frau, einem andern Mann eine Beziehung gehabt oder habe sie noch. Da wurde oft alles, was man zuvor für einen solchen, rein hypothetisch angenommenen Fall an Grosszügigkeit und Toleranz angekündigt hatte, über den Haufen geworfen; Gefühle, Emotionen, Verlustängste überschwemmten dann ungehemmt die Seele, kehrten frühere Meinungen, Absichten, angeblich unverrückbare Grundsätze ins pure Gegenteil um.

Auch Sonja, Ambrosius durfte es nicht ausschliessen, war vor einer Kehrtwendung nicht gefeit.

Es war vermutlich etwas im Menschen drin, das Intimitäten, körperliche Vereinigung mit einem andern als unverzeihbaren Verrat, als nicht rückgängig zu machende Abwendung einstuft.

Hing dies mit fehlendem Selbstvertrauen zusammen?

Würde Ambrosius, hätte er im weltlichen Sinne eine Freundin, genauso seine langjährige Maxime, dass kein Mensch dem andern gehört und nie in irgendeiner Form Besitztum ist, umstossen?

Und verlor jedes Ich augenblicklich an Gewicht, wenn ein Mensch, wie es absurderweise heisst, betrogen wird?

War das in der Seele angelegt?

Antworten auf diese Fragen, und wie sehr erträumte er welche, hatte Ambrosius noch keine und nirgends gefunden (was er demütig annahm).

Wahrscheinlich blieb's bis zu seinem Tod offen.

Er selber, daran glaubte der Pater, wäre nie zu einer Tat der Eifersucht fähig. Jemanden töten, weil dieser uns nicht mehr begehrt oder liebt und sich einem andern Menschen zuwendet, war doch der Unsinn selbst. Darüber galt's zu lächeln und weiterzugehn, es sei, man wäre — wie im Falle von Sonja und Franz — geschäftlich aneinander gebunden, ja, gekettet.

Das war ungefähr, was er dachte.

Seit vielen Jahren ...

„Also, nehmen wir noch einen Halben, Franz?" fragte er, „ich könnte noch ein Gläschen oder zwei vertragen ..."

„Ja, gern, ich hol die Flasche, will Sonja nicht bemühen, sie macht gerade die Zimmer sauber ..."

Franz stand auf, wollte gehen.

„Es eilt nicht. Falls du kochen musst, könnten wir uns am Nachmittag wieder an diesen Tisch setzen ..."

„Nein, ich hab noch Zeit, dann ruft die Pflicht, die ich mir selber einbrockte ...“

Ambrosius schwieg, hatte keine Lust, das Sommersberg-Thema ein zweitesmal mit Franz durchzukauen. Wer sich für etwas entschied, für einen Beruf, eine Tätigkeit, eine künstlerische Arbeit, eine Beziehung, hatte mit den Konsequenzen zu leben. Das war in Vergessenheit geraten. Die simple Formel des ”ora et labora“. Nicht nur bei manchen Wirten, auch bei vielen Priestern ...

Und in diesem Augenblick, Franz war bereits etliche Schritte vom Pater entfernt, nahm Ambrosius sich vor, aufs heutige Mittagessen zu verzichten und stattdessen gleich nach Beendigung des Gespräches wieder, diesmal mit Titine, zur Absturzstelle zu spazieren, sofern man da von einem Spaziergang reden durfte.

Vielleicht, wer wusste das schon, hatte es seinen Sinn ...

Einer lieben Gewohnheit nachgebend, kramte er eine Nazionale hervor. Die Sonne, die ihm direkt und gar nicht sanft ins Gesicht schien, war für ihn kein Hindernis, zu rauchen und die nähere Umgebung mit aufdringlichem Tabakgeruch zu durchtränken. Ambrosius war's ja gewesen, der abgewunken hatte, als Franz einen für Coca-Cola werbenden Sonnenschirm samt dem dazugehörenden Betonsockel zum Tisch rollen wollte ...

Nur: Ambrosius hätte einiges gegeben, um endlich zu ergründen, wieso er als etwa Dreissigjähriger damit begonnen hatte, schweren Rotwein zu trinken und diese kleinen Zigarren zu rauchen (ein Teufelskraut, er gab's zu), die etlichen Mitmenschen, und nicht nur solchen im Kloster, ein Greuel bedeuteten, ja, sie veranlassen konnten, einen Raum, eine Wirtschaft fluchtartig zu verlassen, weil er wieder eine Nazionale aus der Packung hervorholte und in Brand steckte.

Rauchen und Trinken hatten doch häufig eine bestimmte Funktion, waren in vielen Fällen ein Sich-Zuführen fehlender Wärme und Geborgenheit, eine geheime Suche nach der Mutterbrust und der Milch, die sie einst gespendet hat.

Verlief's bei ihm ebenso?

Oder war er, was aus seiner Sicht als keineswegs verdammenswert galt, gelegentlich nichts als ein Geniesser, der das eine oder andere vom Schönen, das Gottes Schöpfung auch heute noch bot, auskosten wollte?

Ob so oder nicht so, Ambrosius wollte zukünftig wieder vermehrt den Verzicht üben und nicht ständig seinen Gelüsten nachgeben.

Das wollte er.

Unbedingt.

Er sah, dass Franz die drei steinernen Treppenstufen erreicht hatte, die in die ”Meldegg“ führten.

In ungefähr zwei Minuten würden sie beide erneut vor einem vollen Glas sitzen — und der unaufhörliche, dumpfe Lärm von der Autobahn würde dann weiter nicht stören. Dazu war der Wein zu erdig, die Aussicht zu grossartig, der Tag zu sonnig. Wären Palmen anstelle riesiger Föhren und Buchen hier gestanden, Ambrosius hätte gedacht, er sei im südlichen Italien und nicht in der Ostschweiz .. .Sonja aber, das ging ihm Schwerenöter langsam auf, durfte nicht mit der Wahrheit, mit der Wahrheit von Franz, gequält werden, nur damit dieser sein schlechtes Gewissen entlastete. Andernfalls wäre eine weitere Katastrophe kaum abzuwenden ...

Ambrosius musste es Franz beibringen.

Noch vor der Abreise, unverzüglich.

Notlügen, die vor Unheil schützten, waren keine Sünden.

Wie hatte er das vergessen können!

Wie hatte er den Vorschlag machen können, im Namen von Franz mit Sonja zu reden, falls ihr Freund dazu den Mut nicht aufbrachte!

Wie!

Das war falsch, unüberlegt gewesen.

Eine Liebe würde dadurch zerstört, etwas Gutes, Lebenswertes, eine menschliche Beziehung, die nicht kaputtgehen durfte.

Er war so verwirrt.

Mehr als höchste Zeit, von der Meldegg zu verschwinden.

Die Gefahr, Franz, Yves, Béatrice und andere schlechten Ratschlägen auszusetzen, wurde von Tag zu Tag grösser.

Das durfte nicht geschehen.

Freude wollte er, wenn schon, bringen, nicht das Gegenteil, nicht neues Leid.

Für Seelen zu sorgen, war sein Beruf. Sie ins Unglück zu stürzen, darauf konnte er verzichten.

Gelitten wurde genug auf der Welt.

Viel zu viel.

III

Er stand da, genau wie vor zwei, drei Tagen.

Und Ambrosius nahm sich schon gar nicht die Mühe, nachzurechnen, welcher Tag es genau gewesen war.

Er hatte es vergessen.

Sovieles hatte er in letzter Zeit vergessen: das Datum, wann er mit Titine und Elvis die beiden toten Männer in ihren vom Aufprall aufgerissenen Massanzügen gefunden hatte, die Reihenfolge der ihm unverständlichen Verhaftungen und den ihnen praktisch auf dem Fuss folgenden Freilassungen.

Das war, nach seinem Gefühl!, nichts als Kulisse, äusserliches Zeugs. Dahinter verbarg sich das Wesentliche.

Die Kühle unter den alles, Sträucher, Farne, Steine, in Schatten tauchenden Bäumen tat Ambrosius gut.

Entspannt lehnte er mit seinem breiten Rücken am selben Steinbrocken wie beim letztenmal, die Beine leicht gespreizt.

Zum Glück störte die Hündin den Frieden nicht. Energisch hatte er ihr befohlen, neben ihn auf den von Farnen bestandenen, dank Laub und Tannennadeln samten gewordenen Boden zu liegen und mit dem nervösen Gewedel aufzuhören.

Hier war's passiert!

Hier!

Er schaute zu den Täfelchen hin, die — gab's auch vergessliche Polizisten? — nach wie vor in der Erde steckten.

Sie verschwammen vor seinen Augen, wurden deutlicher, verschwammen erneut.

Ambrosius nahm die Hornbrille von der Nase, rieb die Augen.

Wurde sein Sehvermögen noch schlechter?

Begleitete ihn, obwohl er wie ein halber Kletteraffe hierher gelangt war, ein kleiner Schwips?

Er erhielt keine Zeit, darüber nachzudenken.

Ein Hustenreiz quälte ihn. Und ehe er eine Abwehrmöglichkeit fand, musste er husten, minutenlang. Es war der Überfall, den er stets befürchtete. Seine Bronchien hatten den Wechsel von der sommerlichen Hitze in die nasse Kühle dieses helvetischen Urwaldes schlecht verkraftet. Oder dann antworteten sie gewissermassen auf seelische, innere Vorgänge, die er nicht wahrhaben wollte.

Er hustete, litt unter dem Druck, der auf seiner Brust lastete — und bekam zu seiner Verwunderung mit, dass Titine erstaunt oder erschreckt zu ihm, dem derzeitigen Meister, hochblickte.

Er tat, was sein damaliger Arzt, Dr. Bodinski, für solche Situationen empfohlen hatte: tief einatmen, Augen schliessen, Luft anhalten, still dastehen.

Nach dreissig, vierzig Sekunden zog er die Schultern hoch, setzte die ihm häufig lästige Brille auf die Nase und freute sich wie ein kleines Kind, dass der Zwang, zu husten, nachgelassen hatte und die Spätfolgen seiner fünfmonatigen Arbeit im Brüxer Bergwerk einmal mehr überstanden waren.

Er war wieder sein eigener Herr, war Ambrosius, kein Köbi, der speuzte, koderte*, sich verschluckte und nach jedem Zug, den er seinem "Rössli"-Stumpen zumutete, erbärmlich hustete, so, als ob er im nächsten Augenblick ersticken würde.

Und wie meist nach einem seiner Hustenanfälle sah er die nachts oft herbeigesehnten Weinhügel von Melnik, seine Kindheitslandschaft, die keiner andern glich, die er je erleben durfte.

Es blieb nicht dabei.

Innert Sekundenbruchteilen verfolgte ihn ein anderes, weni-

---

* schweiz. Ausdrücke für ausspeien, Schleim ausspucken

ger erfreuliches Bild: Ein Teich voller blühender, weisser Seerosen ersetzte die Hügel, und wieder kniete im Uferschilf eine hochgewachsene, sehr schlanke, in einen langen schwarzen Mantel gehüllte Frau, deren Hände im sumpfigen Wasser wiederum nach ertrunkenen Katzen suchten, eine Frau gottseidank, die, wenigstens vom Äusserlichen her, nichts mehr mit seiner einstigen Freundin zu tun hatte.

Was sollte das?

Was?

Hier, unter seinen Füssen, war doch nichts als ein Waldboden und dort vorne dieser Absturz ins Leere. Nirgends hatte ein Teich den Wald zurückgedrängt, ein Teich zudem, in dem Tiere, die normalerweise schwimmen konnten, vor lauter Seerosen ertranken.

Er sah ihn, so sehr der Teich ihm missfiel.

Und auch die junge Frau sah er ...

War sie eine Gestalt aus der Mythologie, Mörikes schöne Lau, die soeben aus dem Blautopf aufgetaucht ist und endlich, endlich Leben bringen, nicht Leben beenden will, es satt hat, Menschen, Männer vor allem, in ihr Reich, in die Abgründe , die todbringenden Höhlen des Teiches zu holen?

War's so?

Stiegen früh aufgenommene Mythen und Märchen in Ambrosius auf?

Er schlug mit der rechten Hand an den Kopf.

Wie konnte er nur so vernagelt sein!

Er, der langsame Denker und Schwerenöter, wusste, was alles sollte, wie es gewesen war.

Der Mord —

Nein, das durfte nicht sein.

Niemals.

Er war nicht langsam, war kein altes Trampeltier, er war voreilig, all seinen Vorsätzen zum Trotz — ein Träumchen wie dieses hatte nichts mit der Wirklichkeit zu tun.

Vier Gläschen Veltliner auf den fast leeren Magen, sie waren die Ursache seiner Halluzinationen, seiner Alpträume.

Nahezu jeder oder jede durfte Hadorn und Fässler in den Tod getrieben haben, aber nicht sie: Nein, nicht sie!

Ein junges, helles Leben hätte sich andernfalls ins Unglück getrieben, hätte aus unangebrachter Existenzangst gegen jede Logik gehandelt ...

Das konnte nicht sein.

Das durfte nicht sein.

Keine weitere Minute würde er hier bleiben.

Keine Minute.

Er musste weg, von den ertrunkenen Katzen, dem Teich, der Felswand, der vergebens um Gnade flehenden Frau, die am Tod zweier Menschen beteiligt war. Sobald als möglich musste er auf einer richtigen Strasse, einem richtigen Weg gehn und gehn, den Traum loswerden, die dunklen Bilder.

„Komm, Titine“, sagte er, „wir gehen ... Hier verlier ich den Rest meines armen Verstandes, vor lauter Katzen ... Komm, komm, es ist Zeit, wir haben in diesem feuchten Wald nichts verloren ...“

IV

In dreieinhalb Stunden würde ihn Franz nach St. Margrethen hinunterfahren. Der kleine, von zahllosen Bahnfahrten abgeschossene Lederkoffer war gepackt, und hinter der ”Meldegg“, vor der düsteren, bunkerähnlichen und von Waldpflanzen überwachsenen Garage wartete das Allradantrieb-Auto auf seinen Besitzer und den Pater.

Ambrosius freute sich nicht auf die etwa vierstündige Heimfahrt.

Er wollte auch kein Mittagessen. Eine weitere ”Bearbeitung“

durch Sonja nützte da nichts ...

Zwischen zwölf und zwei Uhr würde hier die Gartenwirtschaft weitgehend von Sonntagsausflüglern besetzt sein. Dann hatten Franz und Sonja und die beiden Aushilfen alle Hände voll zu tun; ihnen einen zusätzlichen Gast aufzuhalsen, war nicht Ambrosius' Ziel.

Erstaunlich genug, dass Franz den Pater unbedingt nach St. Margrethen chauffieren wollte und ihm nahezu unhöflich übers Maul gefahren war, nachdem Ambrosius sein Anerbieten mit der ehrlich gemeinten Begründung abgelehnt hatte, er gehe gern zu Fuss nach Walzenhausen, nehme dort das Zahnradbähnchen und steige bereits in Rheineck in den Zug nach Chur, er wüsste doch, dass der Sonntagnachmittag ihnen die meisten Einnahmen brächte, besonders bei einem Wetter wie heute ...

Es war nichts zu machen.

Franz hatte seinen Dickschädel durchgesetzt, Ambrosius zum Bahnhof zu begleiten.

Basta.

„Die kommen schon eine halbe Stunde ohne mich aus", hatte er den Pater, keinen Widerspruch duldend, abgeblockt, „und wenn einer nach zwei Uhr essen will, gibt's eben nur kalte Küche, ich habe für Sonja alles vorbereitet. Und ich will dich zum Bahnhof bringen, schon wegen des Gepäcks ..."

Ambrosius war unzufrieden, und dies nicht, weil er auf der Meldegg den geplanten Artikel über Pascal kaum begonnen, geschweige fertig geschrieben hatte ...

Nein, nein.

Das war zu verkraften.

Eher schon ärgerte ihn, dass er Yves und Antoinette, die seit gestern abend in der "Meldegg" war, auf Schritt und Tritt auswich.

Und damit neuen Komplikationen, neuen Entscheiden ...

Er spürte einfach keine Lust, schon wieder das Leben eines andern Menschen zu beeinflussen, ihn anzuhalten, was er zu tun habe.

Es hatte vollauf gereicht, Franz im Beichtstuhl zu beschwören, er dürfe auf keinen Fall Sonja seine Sexgeschichte beichten, er müsse seine Freundin mit einer andern Version beruhigen, eine Lüge dränge sich auf, wäre das kleinere Übel; schon oft hätten

Männer, die um alles in der Welt ihr schlechtes Gewissen, ihre Schuldgefühle loswerden wollten, schlimmste private Katastrophen entfesselt, von Selbstmorden bis zum gänzlichen seelischen und körperlichen Zusammenbruch, die Sucht nach einem Offenlegen der Wahrheit sei meist nichts als eine Sucht, das eigene Ich zu entlasten; für Franz gäbe es Wichtigeres, so müsste er darum ringen, seine Ressentiments zu vermindern und Menschen, die eine andere Lebensform als er lebten, weniger als bis anhin zu verketzern, Homosexuelle, Politiker, Mitglieder von Sekten ...

Franz hatte die Empfehlungen des Paters, der zugleich sein einziger Freund war, nach seinen eigenen Worten angenommen.

Jene zumindest, die Sonja betraf.

Die andern hingegen, Ambrosius wusste es nicht; er selber versagte ja auf diesem Gebiet immer wieder, empfand Schaudern, wenn er, was zu oft der Fall war, an Sekten und deren Werbemethoden dachte ...

Da musste noch manches anders werden, sehr anders.

Über den Dingen stand er noch lange nicht ...

Nein, eine neuerliche Auseinandersetzung mit einem Menschen brächte kaum den Ferienabschluss, den Ambrosius erträumte.

Und hatte es nicht auch mit Hochmut zu tun, sich das Recht herauszunehmen, Menschen zu beeinflussen, sie in eine ganz bestimmte Richtung, eine ganz bestimmte Bahn zu drängen?

Oder war er als Priester verpflichtet, seine Erkenntnisse, Intuitionen, Ahnungen jenen nahezubringen, denen sie galten?

Gehörte das "Lösen und Binden“ nicht allein in den Beichtstuhl, sondern zugleich ins tägliche Leben?

Unwillig schüttelte Ambrosius den Kopf.

Er sass allein an einem der Gartentische, wollte allein bleiben. Schon eine Weile beobachtete er ein quirliges Eichhörnchen; es kletterte an der gewaltigen, zweigeteilten Föhre einige Meter hoch, kam wieder runter und gewann wenig später erneut an Höhe, indem es auf der glatten Rinde aufwärtsturnte.

Für den Schatten, den der vielleicht hundertjährige Baum spendete, war Ambrosius dankbar. Deshalb hatte er auch diesen Tisch gewählt. Und ein bisschen, weil die Blicke Neugieriger ihn so weniger fanden ...

Alleinsein, das war, wie John sagen würde, manchmal die halbe Miete.

Automatisch zählte er, ein neuer Tick?, die von seinem Platz aus sichtbaren Gäste. Er kam auf neun. Dann wandte er sein Interesse der jungen Eidechse zu, die seine in Sandalen steckenden Füsse begutachtete und, wie er einen von ihnen absichtlich bewegte, blitzschnell durch den Lattenzaun schlüpfte, der die Gartenwirtschaft und vor allem schusselige Kinder vom Felsen trennte, der knapp hinter den gräulichen Holzstäben, der Gedanke schoss Ambrosius durch den Kopf, auf Opfer lauerte.

Hoffentlich stürzt das Tierchen nicht ab, weiss um die Gefahr, hoffte Ambrosius ...

Vor seinem Weggehn wollte er, falls der Betrieb es zuliess, Sonja und Franz noch zu einer kühlen Flasche Federweissen* eingeladen — und, wenn möglich, auch John und Yves, der seine Gegenwart ebenfalls zu meiden schien. Béatrice Weber, die diesen Wein besonders liebte, konnte er jedoch kein Gläschen offerieren. Sie war, nach einem spontanen Kuss auf die rechte Backe des Paters, mit ihrer Schwester nach Bregenz oder Lindau unterwegs, und heute abend oder morgen früh würde sie die "Meldegg" ihrerseits verlassen ...

Plötzlich spürte Ambrosius jemanden hinter sich.

Wer war das?

Wer störte seine Ruhe?

Langsam und unwillig drehte er den Kopf und erblickte Antoinette in jenem schneeweissen, die brandmageren Beine für seinen Geschmack zu sehr betonenden Hosenanzug, den sie schon gestern Abend getragen hatte, als er sie vom Stammtisch aus mit Yves an einem Ecktisch zu zweit sitzen sah, etwas, was die beiden sonst nie getan hatten: sich absondern, das Liebespaar spielen.

---

* Wein von roten Trauben, der früh von der Maische genommen wird und beinah wie Weisswein aussieht

„Tschau, Antoinette“, sagte er, sein Unbehagen nur schlecht verbergend, „willst du zu mir hocken ...?“

Sie wollte, was ihr Kopfnicken bewies.

Und Ambrosius, daran änderte seine Feigheit nicht das Geringste, wusste haargenau, warum.

Antoinette setzte sich, schaute ihn mit ihren mandelförmigen Augen an.

Er war nicht begeistert. Dafür irritierte es ihn nicht länger (ein kleines ästhetisches Problem, nichts weiter!), weil er durch die weisse Hose die Konturen des winzigen Slips mitbekam ...

„Möchtest du etwas trinken ...? Den Veltliner mit mir teilen ...? Ich hol dir gern ein Glas ...“

„Nein, kein Wein, ein Glas Mineralwasser vielleicht ... Aber nur, wenn Sonja bei uns vorbeikommt ...“

„Auch gut ...“

Ambrosius legte die stinkende Zigarre auf den Rand des Aschenbechers und sah in das schöne, elegante Gesicht von Antoinette, war wiederum fasziniert von den enganliegenden Ohren, den langen blonden Haaren; etwas Klassisches, im besten Sinn Adliges ging von der jungen Frau aus. Dass sie unglaublich aufgeregt und nervös war, dazu brauchte es keine besondere Menschenkenntnisse, über die er in der momentanen Verfassung — für ihn eine Gewissheit — ohnehin nicht verfügte. Jedem seiner Schüler wäre die Nervosität der Frau auch aufgefallen.

Sie holte eine Camelpackung aus ihrer kleinen beigen Ledertasche, schüttelte eine Zigarette heraus und steckte sie mit zitternden Fingern in den Mund.

Ambrosius gab ihr, die Geste war geradezu weltmännisch, Feuer.

Mindestens eine geschlagene Minute schwiegen sie.

„Ich weiss, warum du zu mir gekommen bist“, durchbrach er die für beide unangenehme Stille, „eigentlich hab ich dich schon gestern erwartet ...“

Antoinette schaute ihn erstaunt und traurig an.

„Sie spüren aber alles ...“

„Nicht alles, leider ...“

Ambrosius, dessen Gesicht auf einmal heftig von der Sonne

beschienen wurde, nahm ihr nichts ab. Es lag an Antoinette, zu sprechen und das "Sie" wieder durch das "Du" zu ersetzen.

Schliesslich ...

Sie rang sich auch zum Reden durch.

„Ambrosius", sagte sie in ihrem langsamen, von einem dunklen Timbre gefärbten Berner Oberländerdütsch, das dem Benediktinerpater selbst jetzt gefiel, „Ambrosius, ich bin am Tod der beiden Männer schuld ..."

„Ich weiss ..."

„Du weisst es ...?"

Ungläubig und erschrocken starrte die junge Frau aufs Gesicht des Mannes, von dem sie Rat und Hilfe, vielleicht Erlösung erhoffte.

„Besser, ich hab's geahnt ... Keiner von uns kam ja letztlich als Täter in Frage, ... und ausser Yves hattest du als einzige einen echten Grund, auf die beiden böse zu sein ..."

„Deshalb hast du's gemerkt?"

„Nein, wegen der Katzen ..."

„Wegen der Katzen?"

Ambrosius gab keine Antwort. Wozu sollte er ihr Träume erzählen, die sie nicht verstehen würde. Einfältig genug von ihm, dass er vor lauter Verlegenheit die Katzen erwähnt hatte ...

Einfältig, oh ja!

Darum log er. Und es war keine Sünde, er wusste es ...

„Wegen der Katzen, die neben den toten Männern im Tobel lagen ..."

„Wegen denen?"

Antoinette, zuvor nahezu erstickt vor Angst, mit Ambrosius zu reden, wurde neugierig. Sie erkannte, so aufgeregt und erschüttert sie war, keinen Zusammenhang.

Doch Ambrosius ging auf ihre Frage nicht ein. „Du bist doch nicht zu mir an den Tisch gekommen, um meine Überlegungen zu hören", erwiderte er bedeutend härter als er's vorgehabt hatte, „du wolltest mir doch erzählen, wie alles geschehen ist ..."

„Ja, darum ..."

Antoinettes sonst so kräftige Stimme zitterte. Wie ein verletztes, sich vor der ganzen Welt fürchtendes Tier schaute sie den Pater mit ihren graugrünen Augen an.

„Dann erzähl, Antoinette ... Ich werde dich bestimmt nicht auffressen und schon gar nicht verurteilen ..."

Auf diese unmissverständliche Aufforderung hatte sie gewartet. Seit Stunden, vielleicht seit Tagen.

Stockend zuerst und dann die Worte schneller und schneller aus ihrem Körper herausstossend, berichtete sie, was an jenem Nachmittag geschehen war. Für Ambrosius bestanden keine Zweifel: Sie wollte ihm die schlimme Sache möglichst umgehend mitteilen, getrieben von einem inneren Zwang, dem sie sich verstandesmässig nicht entziehen konnte.

Und die Ahnung, die Ambrosius seit dem ersten Katzentraum bedrückte, trog nicht, war — gar nicht zu seiner Freude — berechtigt: In letzter Konsequenz hatte er durch sein langes Zögern, mit den beiden PTT-Beamten über Yves zu sprechen, zur Katastrophe beigetragen.

Er war, das konnte er mit keiner Farbe übertünchen, am Tod der beiden indirekt beteiligt.

Weil er, und mit ihm Sonja, die geplante Auseinandersetzung auf die lange Bank geschoben hatte, schlug Antoinette, wie Ambrosius jetzt erfuhr, ihrem Freund vor, sie könnte Hadorn und Fässler einfach bei nächster Gelegenheit ansprechen und um Verschwiegenheit bitten, was den jetzigen Aufenthaltsort von Yves anbelange, so vieles hänge davon ab.

Yves, stolz wie er ist, hatte abgelehnt, das käme nicht in Frage, sei seine und nicht ihre Angelegenheit.

„Und warum hast du seinem starrköpfigen Befehl gehorcht, dich nicht aufgelehnt?"

Statt, wie eben noch gedacht, aufzustehn und den keine zehn Meter entfernten "Pepita"-Sonnenschirm auf seinem schweren Betonsockel zum Tisch zu rollen, schrie er die Frage Antoinette richtiggehend ins Gesicht und wurde damit der Absicht untreu, die junge, mit den Nerven völlig fertige Frau beim Erzählen nie zu unterbrechen.

„Wenn ich auf der Meldegg bin, sind wir praktisch Tag und Nacht jede Minute zusammen ... Nur gerade aufs WC und ins Duschräumchen gehe ich allein ... Auch jetzt musste ich Yves beknien, dich ohne ihn zu treffen ... Er wollte es nicht, ist wütend auf einen Spaziergang gegangen ..."

„Jaja, euer ständiges Zusammensein ist nicht nur mir aufgefallen ..."

Ambrosius hatte keine Lust, das Thema auszuwalzen.

Anderes war jetzt wichtig.

Ganz anderes.

Immerhin, Antoinette, in ihrem Aufgerührtsein noch durchsichtiger als der weisse Hosenanzug geworden, bestätigte, was den Pater bereits an seinem ersten Meldegger Wochenende erstaunt hatte: Dass die zwei viel zu oft zusammen waren, dass Yves den Fehler beging, seiner Freundin nicht mehr Raum zu gewähren. Ob er aus Eifersucht, aus Fürsorge oder andern Gründen sie selten bis nie allein liess, würde Ambrosius kaum je erfahren.

Im Moment war's ohne grossen Belang ...

Und dann vernahm er, ohne Antoinette mit weiteren Fragen zu bremsen und Sonja mit einem heftigen Winken zurückweisend, als sie sich als aufmerksame Wirtin ihrem Tisch näherte, dass Yves an jenem fatalen Montagnachmittag Antoinette zu Fuss und hernach mit dem Walzenhausener Bähnchen zur SBB-Station von Rheineck begleitet hatte, sie dort in den pünktlich einfahrenden Zug stieg und Yves durchs heruntergezogene Fenster bat, nicht länger auf dem Perron herumzustehen, er wüsste doch, wie sehr sie Abschiede auf Bahnhöfen hasse.

Yves akzeptierte es.

Und im allerletzten Moment, ihr unerklärlich wieso, stand sie auf, ergriff ihre Tragtasche, kletterte auf der Rückseite aus dem Zug, wartete eine Handvoll Sekunden neben dem Geleise und rannte hernach zu den zwei Taxis hinüber, die meist hinter dem Bahnhofgebäude und vor der denkmalwürdigen, aus vier oder fünf Wirtschaften bestehenden Häuserzeile parken. (Ambrosius war kürzlich in Rheineck unten gewesen und hatte über die vielen Wirtschaften beim Bahnhof gestaunt, auch über den Verkehr, der das arme Städtchen trotz naher Autobahn ununterbrochen durchtost ...)

„Ich hatte furchtbare Angst, Yves könnte mich entdecken ... Darum eilte ich mit meiner Tasche auf ein Taxi zu und war froh, dass der Fahrer sofort die Tür aufstiess ..."

Dann nahm alles seinen Verlauf: Mit dem Taxifahrer, dessen

Aussehen Antoinette vergessen hatte, fuhr sie nach Leuchen hinauf, liess ihn vor dem "Alten Mann" anhalten, wodurch der Fahrer den Eindruck gewonnen haben dürfte, sie ginge in jenes Restaurant und nicht zur Meldegg hoch. Für Ambrosius, der Antoinette jedes Wort glaubte, war dies die Erklärung, weshalb der Taxichauffeur, nachdem er beim Zeitunglesen höchstwahrscheinlich von den Ereignissen nahe der Meldegg erfahren hatte, keinen Moment an seine hübsche Kundin dachte und und schon deshalb der Aufforderung der Polizei nicht nachkam oder ihr gar nicht nachkommen konnte, allfällige Beobachtungen beim nächsten Polizeiposten zu melden.

Das vermutete der Pater, während Antoinette redete und redete und damit den Druck, der sie seit bald einer Woche nie freigab, etwas vermindern wollte.

„Ich hatte keinen Plan, Ambrosius, glaub's mir bitte ... Tag und Nacht litt ich unter der entsetzlichen Vorstellung, wegen der beiden Männer Yves zu verlieren und nachher, wie früher, jahrelang allein leben zu müssen, mit meiner Angst, niemand könne mich gern haben, ich sei ein hässliches, musikalisch völlig unbegabtes Entlein und höchstens ein Mann interessiere sich für mich, der mir nichts bedeute, wie ein früherer Mitschüler, der mich zur Frau wollte, um von seinen Alkoholproblemen loszukommen... Darum lief ich wie gehetzt, ohne je anzuhalten im Mantel und mit der schweren Tasche zur "Meldegg" hinauf und hoffte, dort auf die beiden Pöstler zu stossen und sie überreden zu können, der Frau und den Bekannten von Yves nichts über seinen Aufenthaltsort zu sagen, nichts, nichts, auch keine Andeutungen zu machen ..."

So war's wohl in groben Zügen gewesen.

Und ein unglaublicher Zufall wollte es, dass kein Mensch Antoinette beobachtet hatte, wie sie das steile Strässchen hinauflief und dann nach Luft schnappend mit der Absicht durch die Gartenwirtschaft ging, das Haus zu betreten, nach den zwei Herren zu suchen — und diese, eine letzte Hoffnung in ihrem verworrenen Zustand, doch nicht zu finden.

Sie fand sie aber, hier im Garten.

Die zwei Männer sassen ausgerechnet am Tisch, den Ambrosius vor einer halben Stunde gewählt hatte.

Nichts ist unmöglich auf der Welt, dachte der mehr und mehr von einer tiefen Traurigkeit heimgesuchte Pater, griff nach dem Glas und hob es, obwohl er den Wein bei dieser Wärme verabscheute, an den Mund.

Er zog es vor, weiter zu schweigen. Und so vernahm er von Antoinette, dass sie trotz ihrer üblichen Schüchternheit auf die zwei zugegangen sei und sie direkt gefragt habe, ob sie für einen Moment zu ihnen an den Tisch sitzen dürfe, sie möchte etwas mit ihnen besprechen.

Antoinette durfte.

„Ich bin nicht ausgewichen", rühmte sie ihr Verhalten ohne jede Eitelkeit und ahnte nicht, dass Ambrosius längst für sie betete — für sie, die junge, nicht allein auf musikalischem Gebiet begabte Frau, die vielleicht unter anderen Umständen eine moderne Heilige geworden wäre; nicht zuletzt die Tatsache, Yves kennengelernt zu haben, hatte es verunmöglicht.

„Aber als ich die beiden Männer gebeten hatte, den Aufenthaltsort von Yves Wenzel in Zürich um alles in der Welt zu verschweigen, er gerate sonst in eine prekäre Situation und meine Beziehung zu dem noch verheirateten Mann wäre aufs Äusserste gefährdet, da hat der junge Fässler mich schnoddrig angegrinst und gemeint, sie könnten kein Versprechen abgeben, letztendlich habe Herr Wenzel doch, wie ihnen bekannt sei, seiner Frau Geld gestohlen, im Quartier sprächen viele Leute darüber ..."

Diese Bemerkung, Ambrosius war's, als hörte er die langsame, einschmeichelnde Stimme des Beamten, muss Antoinette noch stärker aufgebracht haben. Und statt zum Beispiel Sonja oder den zu diesem Zeitpunkt auf seinem Zimmer meditierenden oder in Büchern schmökernden Ambrosius zu suchen und um Unterstützung zu bitten, rannte sie vor lauter Wut und Ohnmacht zur Toilette.

Damit begann, wenn Ambrosius so wollte, das eigentliche und nicht aufzuhaltende Verhängnis: Wie Antoinette die Toilette verlassen hatte und durchs Restaurant wieder ins Freie gehen wollte, erblickte sie auf dem Buffet die Chüngelipistole, erinnerte sich, dass John mehrfach Stammgästen erläutert habe, das Ding funktioniere so und so; ja, in ihrer Gegenwart hatte er zwei- oder dreimal recht anschaulich demonstriert, wie man die Kügelchen hineinschiebt und dann abdrückt.

Das kam hoch, wie von selbst.

Und keineswegs aus freiem Entscheid, vielmehr unter Zwang ging Antoinette zum Buffet, nahm, es muss wie in Trance geschehen sein, die Mini-Waffe, bestückte sie mit einem Kügelchen und schob hernach Chüngelipistole sowie Munitionsschachtel in die Manteltasche.

Hierauf verliess sie die Wirtschaft, näherte sich erneut den zwei Männern, die noch immer an diesem Tisch hier miteinander schwatzten, Hadorn auf dem Platz, den Ambrosius jetzt einnahm, Fässler mit dem Rücken zum Zaun.

Dass aber, abgesehen von Hadorn und Fässler und vielleicht Titine, nach wie vor kein lebendes Wesen Antoinette bemerkte, wollte dem Pater schlicht nicht in den Kopf. Das war ein Verhängnis, wie es übler nicht hätte sein können. Es entschied sozusagen über Leben und Tod.

Antoinette verstand es selber nicht.

„Selbst bei nur relativ schönem Wetter", so staunte die Freundin von Yves im Nachhinein, ohne dass ihr Gegenüber darauf hinwies, „selbst bei solchem Wetter sitzen im Normalfall sechs, acht oder mehr Gäste hier herum, auch jetzt sind etliche da ..."

Es war, wie es war.

Nur schnell, habe sie gedacht, wo steckt denn Sonja?, sie schaut doch sonst alle paar Minuten, ob neue Gäste gekommen sind und einen Wunsch haben ...

Für einmal war's anders.

Sonja musste auf ihrem Zimmer oder bei den Hühnern oder Pferden gewesen sein, und Franz, er amüsierte sich bei seiner schönen Leila ...

Antoinette jedoch, in deren Gehirn alles drehte und gleichzeitig, wie sie dem Pater gegenüber feststellte, eine totale Klarheit herrschte, sie sass nochmals neben die Männer hin und flehte sie an, um Himmels willen nicht den neuen Wohnort von Yves preiszugeben, sie könnten sonst eine Tragödie heraufbeschwören.

Hadorn war, und wieder glaubte Ambrosius der jungen Musikerin, anderer Meinung — und beschwor mit ihr oder mit seiner

Sturheit tatsächlich eine Tragödie herauf, allerdings nicht jene, vor der Antoinette sich so gefürchtet hatte.

„Ein Diebstahl bleibe ein Diebstahl, hat er moralisiert und getan, als ob ich eine Diebin sei, einen Griff in die gemeinsame Kasse könne er von seinen Prinzipien her nicht gutheissen, auch hätten sie mit Herrn Wenzel auf der Zürichbergpost des öftern Probleme gehabt ... Es war furchtbar, Ambrosius, was dieser selbstgerechte, mich wie eine Schülerin behandelnde Hadorn Yves vorwarf ... Und als dann der Jüngere mir wieder zugrinste, bin ich ausgerastet ..."

Es sei für sie keine Entschuldigung, redete sie weiter, aber wie in einem Halbtraum habe sie das läppische Pistölchen aus der Manteltasche gezogen und den beiden mit Tränen in den Augen gedroht, sie würde auf sie schiessen, wenn sie nicht endlich Vernunft annähmen, ihr sei völlig gleich, ob jemand zuschaue oder nicht.

Das war vermutlich das Allerdümmste, was Antoinette hatte tun dürfen: mit der Chüngelipistole zu drohen.

Wieder wurde sie ausgelacht, diesmal von beiden.

Sie ertrug es nicht.

Antoinette, jede Kontrolle verlierend, blieb nicht beim Reden. „Ich habe beiden zu verstehen gegeben", bekannte sie dem Pater, „wenn ich mit dem kleinen Ding ihre Schläfe treffe, höre niemand auf der Meldegg das Schüsschen, aber sie wären dann tot, ich verspräche es ihnen ... Ich wüsste es, ein Bauer habe mir beigebracht, wie die Waffe funktioniere ..."

Das traf nicht zu: Es war kein Bauer gewesen, sondern John; Ambrosius war ja ebenfalls am Stammtisch gesessen, als dieser allen Anwesenden eine Lektion in Sachen Chüngelipistole erteilte.

Warum Antoinette von einem Bauern schwafelte, interessierte den Pater kaum. Sie hatte wohl angenommen, das überzeuge die halsstarrigen Beamten eher ...

Es war umsonst.

Sie konnte die zwei nicht überzeugen.

In der Aufregung habe sie zu ihrem Nachteil nicht daran gedacht, dass sie noch vor drei, vier Tagen am Telefon gegenüber Yves wiederholt hätte, warum zermartern wir uns den Kopf wegen Hadorn und Fässler?, sie würden doch beide in der Hand haben, könnten notfalls mit dem Druckmittel operieren, dass Hadorn verheiratet sei, aber mit seinem Stellvertreter, so unwahrscheinlich es klinge, eine homoerotische Freundschaft oder Liebe pflege ...

„Ich hatte nicht daran gedacht, Ambrosius, vielleicht, weil ich mich schämte, jemanden wie in einem billigen Krimi zu erpressen ... Doch als sie lachten und lachten, zielte ich mit dem Pistölchen auf Hadorn, drückte ab und dachte nicht an mögliche Folgen ... Ich, die ich nie zuvor eine Waffe in der Hand gehalten, geschweige mit einer geschossen habe ...“

Antoinette muss, oh Verhängnis dieses Nachmittages!, den Chef der Zürichbergpost an der Wange getroffen oder gestreift haben.

„Er hat, es war verrückt, dies zu sehen, furchtbar geblutet“, schilderte sie die irgendwie lächerliche und doch todernste Situation, wieder mit Tränen, die aus ihren Augen die Backen herunterliefen. „Ich staunte nur über meine Treffsicherheit, konnte es nicht glauben ...“

Es musste unwahrscheinlich gewesen sein: Da war sie ohne Strategie, ohne klares Konzept zur ”Meldegg“ hinaufgerast, und jetzt hielt sich Hadorn die Wange und versuchte mit der andern Hand, das Blut abzuwischen.

Ein Slapstick, aber einer mit tödlichen Folgen.

Ambrosius konnte sich in Antoinettes damalige Lage hineindenken.

Wie hätte er an ihrer Stelle gehandelt?

Wie?

Hätte es für ihn, als Laie, nicht als Priester, eine vergleichbare Situation überhaupt geben können?

Er bezweifelte es.

Er war er, brauchte keinen andern, dessen Zuneigung und Liebe ihm Bedürfnis, ja, Lebensnotwendigkeit war. Gott brauchte er, nicht Menschen, die beteuerten, dass sie ihn liebten und ohne seine Person nicht leben könnten.

Er dachte dies und betete gleichzeitig, eine Fähigkeit, die Ambrosius geschenkt war, für die Frau auf der andern Seite des Tisches und sah mit leisem Schrecken, dass sechs oder acht Gäste mit vier, fünf lärmenden Kindern durch die Gartenwirtschaft auf sie zukamen und einen Tisch nahe dem ihren suchten. Ein Glück, — die in voller Lautstärke gegenseitig Banalitäten austauschenden Leute wählten schliesslich nach längerer, nicht leise geführter Beratung einen Tisch, der noch einige Meter entfernt war. ‚Mein lieber Franz', dachte der Pater, ‚du musst wieder für Gäste kochen, die dir gegen den Strich gehen ...'

Ein schlechter Witz fürwahr: Ein blödes Grinsen im falschen Moment hatte Schlimmes, Unwiderrufliches verursacht.

Antoinettes Schilderung über das, was dann geschah, wirkte konfus; und die Annahme von Ambrosius, dass sie selber den genauen Ablauf der Dinge am liebsten aus ihrem Kopf für alle Zeiten wegradieren würde, war kaum an den Haaren herbeigezogen.

Mit Erleichterung konstatierte er, dass er ruhiger, gelassener wurde. Fast wie ein neutraler, nicht ins Geschehen involvierter Beobachter nahm er die Worte der jungen Frau auf, erfuhr, während weitere Sonntagsausflügler die "Meldegg" samt ihren Kindern beglückten, dass Antoinette das Pistöleli ein zweitesmal vor den zwei Männern geladen habe und keine Ahnung mehr hatte, wie.

„Ich hab's einfach getan", bekannte sie leise dem mehr und mehr wegen der Sonneneinstrahlung (aber nicht allein deshalb) schwitzenden Ambrosius, „dann forderte ich die mir in jeder Hinsicht widerlichen Kerle auf, aufzustehn und zu jener Eiche dort hinten zu gehn, andernfalls drückte ich zum zweitenmal ab, diesmal würde ich aber die Schläfen treffen ... Warum ich sie dorthin schickte, ist mir heute unverständlich ... Ich muss ausser mir gewesen sein ..."

Das war sie damals, vor ein paar Tagen, kein Zweifel: Ganz ausser sich, vom Hass, von der Angst überflutet.

Und die beiden, schwer zu glauben!, hatten gehorcht und, stellte er auf Antoinette ab, nicht dagegen protestiert, wie unterdrückte Haustiere an einen bestimmten Ort getrieben zu werden.

Vor der Eiche, gut zwanzig Meter hinter der Gartenwirtschaft, versprach dann Hadorn, keinem Menschen in Zürich zu verraten, wo Yves Wenzel heute lebe; wenn sie, Frau Schubiger, endlich mit dem Blödsinn aufhöre und sie alle zur "Meldegg" zurückkehren könnten, halte er sein Wort ...

„Sollte ich ihm glauben?“

Gequält von Schuldgefühlen, überfiel sie mit dieser Frage den Mann, von dem sie, als ob er Gott oder wenigstens einer seiner Stellvertreter wäre, Hilfe erhoffte. Dass sie jedoch keine Antwort erwartete, zeigte ihr Gesicht.

„Wahrscheinlich“, so redete sie weiter, „hätte mir sein Wort gereicht, gutgläubig wie ich von Geburt aus bin ... Aber plötzlich wurde alles anders ...“

Fässler war der Auslöser.

„Er griff, wie wir so dastanden, unverhofft nach der Chüngelipistole, wollte sie mir aus der Hand reissen ... Ich wich reflexartig zurück ... und drückte wieder ab ...“

Antoinette traf nicht die Schläfe, nicht das Gesicht. Sie traf ein Bein.

„Ich sah nur noch rot, freute mich, dass der Kerl vor Schmerz aufjaulte“, rechtfertigte sie ihr Tod und Verderben bringendes Verhalten und merkte nicht, wie dürftig die Entschuldigung auf Ambrosius wirkte. „Noch jetzt sehe ich, wie dieser Fässler mich süffisant angrinst und damit bewies, dass ich für ihn eine Witzfigur war ... Daher zwang ich die beiden, weiterzugehn, fort von der Wirtschaft, von Leuten, die vielleicht über uns gestaunt und den zwei Herren beigestanden wären ...“

Möglich, dass es Antoinette unbewusst ein wenig genoss, die zwei in den Wald hineinzutreiben: Hadorn, der Blut von seiner Wange abwischte, und Fässler, der nur noch humpeln konnte und, wenn Antoinette dies trotz Erregung richtig mitbekommen hatte, dauernd schimpfte.

Es musste urkomisch ausgesehen haben: Die elegante, winterlich angezogene Frau, die wie eine Tierbändigerin mit einer Chüngelipistole zwei leicht verletzte Männer vor sich hertrieb, immer weiter weg von der ”Meldegg“.

Warum tat sie es?

Was veranlasste sie, den beiden minutenlang zu befehlen, geht weiter, weiter!, ich schiesse sonst, drücke ab ...?

Was war es?

Er würde es nicht herausfinden.

Und für sie war ihr keine Woche zurückliegendes Handeln auch ein Rätsel.

Vielleicht (und vielleicht nicht) hatte sie insgeheim gehofft, dass die zwei Männer bei diesem Gehopse über Stock und Stein auf den Knien darum betteln würden, zurückgehen zu dürfen, sie versprächen ihr hoch und heilig, in Zürich kein Wort über den Aufenthaltsort von Yves zu verlieren.

Sie bettelten nicht darum.

Sie liessen sich treiben.

Antoinette, so schien es Ambrosius, erlebte den zur Katastrophe führenden Hergang zum xtenmal mit, den sie nur schlecht zu schildern vermochte. „Der junge Pöstler fluchte wie ein Rohrspatz", beschrieb sie den Fortgang der Ereignisse und warb, man sah's an den müd gewordenen Augen, mit jedem Wort wie um Verständnis für ihr Tun. „Er bezeichnete Yves als Dieb und mich als seine Mittäterin, wir wären Parasiten, lebten auf Kosten anderer ..."

Ambrosius begriff, dass diese und ähnliche Äusserungen Antoinettes Entschlossenheit gesteigert hatte, es beiden zu zeigen.

Dass ihre Handlungsweise jedoch in keiner Weise zu entschuldigen war, daran gab's nichts zu rütteln: Antoinette hatte schwere Schuld auf sich genommen; dafür würde sie büssen müssen, wenn nicht vor einem weltlichen Richter, so vor dem göttlichen.

Der Pater schaute sie an; und weil er jetzt etwas wie dumpfe Wut in seinem Gegenüber aufsteigen sah, blickte er, um besser, unbedrängter atmen zu können, auf die gewaltige, in zwei Stämme geteilte Föhre, die der wunderbaren Gartenbeiz ihr eigenes Gepräge gab.

Wie er diesen Baum liebte, die Aussicht, die südländische Stimmung, den blauen Himmel über dem verbauten Tal!

Und hier in der Nähe waren zwei Menschen buchstäblich in den Tod getrieben worden ...

Hier ...

Wie von sehr, sehr weit weg hörte er Antoinette sagen: „Ich sah nur noch zwei langweilige Männer, die Angst vor mir hatten und den Plan hegten, Yves ins Gefängnis und mich in eine Einsamkeit zu bringen, die ich nicht ein zweitesmal ertragen könnte ..."

Was dann genau auf dem kleinen, von Tannen und Eichen beschatteten Plafond geschah, berichtete Antoinette nur im Ungefähren.

Sie musste es auch nicht genauer.

Ambrosius war keineswegs erpicht, den Ablauf, die Details zu kennen.

„Wir standen dort", sagte sie, „und als dieser entsetzliche Toni Fässler mich eine blöde Kuh nannte, von der Freundin eines Betrügers dürfe man freilich nichts Besseres erwarten, drückte ich wieder auf den Hebel des Pistölchens ... Und dann verlor der Mann sein Gleichgewicht, fiel um, stürzte, ich weiss nicht, wohin ... Hadorn, so glaube ich, wollte ihn noch halten, stolperte selber ... und verschwand wie der andere mit einem Schrei aus meinem Blickfeld ... Keinem von uns war aufgefallen, dass wir direkt über einer hohen Felswand standen, keinem, Ambrosius, keinem, mir schon gar nicht ..."

So war's geschehen, so.

Und deshalb steckten nun Täfelchen in der gewiss schmalen Erdschicht über der Felswand.

Und deshalb floh Antoinette, als sie in ihrem beduselten Zustand begriff, was sie Verhängnisvolles angezettelt hatte, zurück zur "Meldegg", legte, wiederum ungesehen, die Chüngelipistole aufs Buffet, floh erneut, kam Stunden später in Rheineck an, verschwitzt, erschöpft und samt Reisetasche, stieg in den erstbesten Zug nach St. Gallen, wusste nicht aus und nicht ein, war ein Mensch geworden, der das Leben zweier Beamter durch Ungeschicklichkeit und wegen — objektiv letztlich sinnloser — Ängste ausgelöscht hatte ...

Ambrosius konnte sich die Qual und die Hoffnungslosigkeit vorstellen, die in der kaum dreissigjährigen Frau eine Schwere, eine Resignation bewirkt hatten, für die es, in der deutschen Sprache jedenfalls, keinen Namen gibt.

Einzig ungeklärt blieb für den Pater, wie Antoinette, in ihrer Verwirrung, den Mut und die Klugheit aufgebracht hatte, vom Ort des Geschehens zur "Meldegg" zurückzukehren und die Waffe, mit der sie zwar nicht getötet, aber in den Tod getrieben hatte, neben dem Bierhahnen wieder so hinzulegen, dass John, vielleicht eine Stunde später, nichts auffiel, als er in die Wirtschaft kam und die Chüngelipistole holte, um für Sonja zwei Kaninchen zu töten, ehe dann Köbi auftauchte und seine Miniaturwaffe in den karierten Sportsack oder in eine seiner Hosentaschen steckte.

Das alles verstand Ambrosius nicht.

Nur, er wollte darüber nicht nachdenken.

Wozu!

Wieso!

Wie sehr diese Frau litt, die jetzt Lösungen von ihm erhoffte, die er nicht geben konnte, das musste keiner Ambrosius beibringen. Er sah es, spürte es voller Mitempfinden. Weil Antoinette Leben zerstörte, war sie selber zerstört, suchte Tag und Nacht nach Auswegen, die selbst ein Heiliger für sie nicht finden würde.

Auch die Tatsache, dass sie gestern Yves anvertraute, wie's zu den Abstürzen kam, hatte nichts leichter gemacht.

Gar nichts. (Und die Frage, wie Yves das Bekenntnis aufgenommen hatte, interessierten den Pater nicht).

Für Antoinette sprach aber, dass sie den Vorschlag ihres Freundes abgelehnt hatte, keinem weiteren Menschen den Hergang zu erzählen und so einer Verhaftung zu entgehen.

Das deutete auf Grösse hin, auf Bereitsein für das Schlimme, das sie herbeigeführt hatte, geradezustehn (oder wie immer Ambrosius es nennen wollte).

Sie hatte, möglicherweise zum erstenmal, sich gegen Yves durchgesetzt, war zu diesem Tisch gekommen, um einen unbedeutenden, das Leben und Gott viel zu wenig liebenden Pater zu fragen, was sie längst selber wusste, nur nicht wahrhaben wollte: Wie finde ich da heraus, was muss ich tun?

Für Ambrosius war's nicht mal eine Überlegung.

Ihm war klar, was er seiner bedauernswerten Freundin (und Antoinette war eine Freundin) sagen würde.

„Es gibt nur eines", sagte er, aus seinem Schweigen auftauchend, „du stellst dich der Polizei, noch heute ... Ich nehm dir das nicht ab, keiner nimmt dir das ab .... In letzter Konsequenz hast du wahrscheinlich, wenigstens aus meiner Sicht, die beiden nicht ermordet, doch erheblich zu ihrem Tod beigetragen ... Ich kann das nicht ändern: Dafür wirst du bestraft werden ... Wie das Urteil ausfallen wird, weiss ich nicht ... Kaum jahrelange Haft, vermute ich ... Du wirst es überstehen ...“

Würde sie das wirklich?

Verfügte sie über die nötige Kraft?

Konnte eine Frau wie Antoinette mit dem, was sie angerichtet hatte, je fertig werden?

Bestand die Chance?

Er musste eher das Gegenteil annehmen. An ihm sollte es aber nicht liegen: Heute, morgen, so oft die Möglichkeit sich bot, wollte er sie in sein Gebet einschliessen und ihr so auf die einzige Weise beistehen, auf die's nach seiner Einsicht, nein, nach seinem Glauben ankam.

Er schaute ihr ins Gesicht. Als Freund, nicht als Richter.

Dann hob er sein Glas an den Mund, trank den letzten Schluck, sah neue Gäste kommen, hörte Kindergeschrei, blickte Sonja nach, wie sie von Tisch zu Tisch eilte, Bestellungen auf ein Blöckchen kritzelte.

Ein Abschiedstrunk war nicht mehr drin.

Nicht allein wegen der Gäste.

Auch sonst.

Sonja würde mit den Tränen zu kämpfen haben, sobald ihr jemand beigebracht hat, wie und warum die beiden Zürcher Pöstler gestorben waren.

Er brauchte kein Hellseher zu sein, um dies zu wissen.

Offen war nur, ob er's miterlebte oder ob er vorher mit Franz nach St. Margrethen hinunterfuhr, in diesen Ort, der kein Dorf, sondern eben ein Ort war, voller Autos, Strassen, Betonblöcken und Lärm.

Bald würde es sich entscheiden.

Jetzt aber brauchte Antoinette seine Gegenwart, sein Verständnis.

„Was denkst du?“ fragte er. „Hast du Angst, die Polizei oder einen Anwalt anzurufen ...? Du musst ja nicht, musst meinen Rat nicht annehmen, ich würde dich nie anzeigen ...“

„Nein, ich werde telefonieren ... Wenn du mir ein Gläschen offerierst, bring ich's gleich hinter mich ..."

„Gern, sofort ..."

Sie lachte ihn an, wie ein ganz junges Mädchen, das sich zum erstenmal im Leben von einem Mann zu einem Glas Wein verführen lässt.

Das war schön, unglaublich schön, löste Freude aus, im Pater, in Antoinette, in zwei Menschen, von denen jeder auf seine Weise längst erkannt hatte, was Alleinsein ist.

„Ich hol eine Flasche und ein Glas, ich weiss ja, wo Franz seine Weine hat ..."

Ambrosius musste sein Vorhaben verschieben. Genau im Moment, als er aufstehen wollte, fiel, der Ausdruck war nicht übertrieben, ein schwerer Schatten auf sein Gesicht.

Yves stand vor ihnen.

‚Mein Gott', dachte Ambrosius erschrocken, ‚auch das noch ...' und wies doch mit der rechten Hand auf den Stuhl neben Antoinette. „Komm, nimm Platz, wir wollten eben eine Flasche zu zweit trinken, jetzt trinken wir sie halt zu dritt und reden über Antoinette, die Pöstler, alles ..."

Ein Kind schrie.

Es konnte nichts mehr aufhalten.

Antoinette hatte sich entschieden.

Nicht gegen Yves, für ihn.

Das war so klar wie der auf einmal ganz blaue Himmel über dem Rheintal. „Holst du uns die Flasche, Yves, und zwei Gläser ...?" fragte Antoinette, „Sonja ist beschäftigt, hat viel zu viel Arbeit im Moment, wir wollen sie nicht an unsern Tisch bemühen, oder?"

Im Tal unten heulte ein Motorrad. Der Lärm drang nicht ins Innere des Paters. Er sah nur eine junge Frau, die bereit war, zu büssen, ihr Leben radikal zu ändern, Ängste zu überwinden, mit oder ohne Yves und ganz bestimmt ohne die bisherigen Krücken. Der nahezu knatschblaue Himmel passte zu dieser Entwicklung. Die Heimfahrt nach Disentis würde erträglich sein.

orte-KRIMIreihe:

Mord in Mompé
von Jon Durschei und Irmgard Hierdeis
Fr. 14.-/DM 17.-
„Die beiden Autoren erzeugen die Spannung um das Mordopfer Gabi Andermatt weniger mit Action als mit Psychologie."
SonntagsZeitung, Zürich

Mord über Waldstatt
von Jon Durschei
Fr. 16.-/DM 19.20
"Was Durschei schafft, ist mehr als ein intellektueller Krimi: Er versöhnt Anzengruber mit James Joyce."
Tip, Berliner Magazin

Arbeit am Skelett
von Paul Lascaux
Fr. 12.-/DM 14.50
„Der in Ich-Form geschriebene Roman bringt dem Leser neben einer gehörigen Portion Spannung und Unterhaltung auch die Stadt Bern näher."
Beobachter

Der Teufelstrommler
von Paul Lascaux
Fr. 18.-/DM 21.60
Wiederum agieren Lascaux' Figuren in der Bundesstadt der Schweiz, wird mit wenigen Worten deren Schönheit und Mief beschworen.

Bächlers Methode
von Kay Borowsky
Fr. 18.-/DM 21.60
Der vor allem im süddeutschen Raum als Krimiautor, Gedichtemacher und Übersetzer bekannt gewordene Kay Borowsky amüsiert und fasziniert zugleich mit seiner Kriminalerzählung. Dass zudem ein süddeutsches Städtchen (ist es Tübingen?) mehr und mehr ins Bild rückt, sei nur nebenher erwähnt.

Der blonde Hurrikan
von P. Howard
Fr. 20.-/DM 24.-
Wer Krimis liebt, wird sich Howards listige Seitenhiebe auf die Klischees der Action-Romane nicht entgehen lassen. Howard, 1943 von den Nazis umgebracht, gehört zu den farbigsten Autoren Ungarns.

Ophelia in der Gletscherspalte
von Heidi Haas
Fr. 18.-/DM 21.60
Das Buch führt den Leser in einer fleissigen, ungekünstelten Sprache von Seite zu Seite, lässt ihn eintauchen in die Atmosphäre einer Stadtjugend von 1967.